Miguel Angel Asturias
Sturm

MIGUEL ANGEL ASTURIAS

STURM

Roman

Aus dem Spanischen
von Lene Klein

LAMUV TASCHENBUCH 74

CIP-Titelaufnahme der Deutschen Bibliothek

Asturias, Miguel Angel:
Sturm : Roman / Miguel Angel Asturias. Aus. d. Span. von
Lene Klein. - Göttingen : Lamuv Verlag, 1990.
(Lamuv-Taschenbuch ; 74)
Einheitssacht.: Viento fuerto <dt.>
ISBN 3-88977-226-9

NE: GT

1. Auflage, Februar 1990

Umschlaggestaltung: Gerhard Steidl unter Verwendung eines Fotos
von medico international
Gesamtherstellung: Steidl, Göttingen
ISBN 3-88977-226-9

1

Sie waren so erschöpft, daß sie nicht mehr lärmen, nicht mehr lachen konnten. Die einen hier, die anderen da, lagen oder saßen sie herum, ohne sich zu rühren, ohne Schlaf zu finden, nachdem sie Tag und Nacht geschuftet hatten. Der Boden, auf dem sie teils saßen, teils lagen, schien völlig von ihnen bezwungen. Alles hatten sie bezwungen, nur die feuchte, stickige, gleißende Glut der Küste nicht. Der Mensch hatte seinen Willen durchgesetzt. Seine Hände, seine Maschinen hatten Flüsse umgeleitet und durch Schneisen, über Bäume und Brücken Schienen gelegt, auf denen eilige Maschinen, gierig grünliche Holzkloben schlingend, Menschen und Früchte, Hunger und Nahrungsmittel beförderten. Bäume wurden geschlagen oder gepflanzt, um die junge Saat vor der Geißel der Stürme zu schützen, und in den Schluchten, den Eingeweiden des armen, bezähmten, zerstückelten und doch unsterblichen Fabeltiers, wurde der Fels gebrochen. Die Männer schafften das dringend benötigte Gestein tonnenweise fort oder leiteten es unter Ausnutzung des Gefälles die dürftigen Flüßchen hinab, deren trübes Wasser sich weiter unten klärte und durch leuchtend grüne Täler floß.

Adelaido Lucero füllte Backen und Lungen mit der Luft des Küstenlandes. Nackt bis zum Gürtel, mit einer Hose bekleidet, die eher ein Lendenschurz war, ließ er den Blick in die Weite schweifen, hinweg über die kleine Gruppe der Arbeitenden, die aus allen Teilen des Landes gekommen waren, hungrig, zerlumpt, knochendürr, mit ungeschnittenen Haaren und einfachen, von struppigen Bärten entstellten Gesichtern. Ach, du mein Gott . . .!

Seine schwitzenden, schwieligen, arbeitgewohnten Hände packten flink und energisch zu. Bücken, aufrichten, bucken, aufrichten . . . Hart zeichneten sich seine Wirbel ab wie beim Rückgrat der kupferfarbenen Schlange. Bücken, aufrichten, wie ein Scharnier sich öffnend und schließend, häufte er kleine und große Steine auf die Ladefläche der Güterwagen; eine vorsintflutliche Lokomotive brachte sie von dem entlegenen Nebengleis zur Gesteinsmühle, die die Brocken schluckte und als Schotterregen wieder ausspie.

Das ungestüme Brausen des Meeres, das hier stürmischer war als an der anderen Küste, gab dazu den Hintergrund ab. Tönender Horizont, der sich als feurigblaue Linie dem Auge darbot, wenn jemand in der Ferne oder nahebei auf einen Hügel stieg, um des Meeres ansichtig zu werden; vor den frisch Eingetroffenen, die, begierig, den Stillen Ozean zu schauen, auf hohe Masten kletterten, breitete es sich aus, morgens milchig grün wie Kreosot, abends wie eine durchgeschnittene Alligatorbirne mit rotem Kern.

Nahe, gefährliche Küste, wo verfilztes Eichenbuschwerk alles zudeckte. In diesem grünen Spinnennetz wirren Haars machten sich nur die Vögel bemerkbar. Schwärme von Vögeln, die mit ihrem schillernden, regenbogenbunten Gefieder von den ebenholzdunklen Sperbern und den kohlschwarzen Geiern abstachen. Das überklare Licht ließ Vögel und Pflanzen plastisch hervortreten, ein gleißendes, die Augen blendendes Gemälde.

»Ist das eine Hitze, Cucho!« sagte Adelaido Lucero zu einem buckligen Kameraden, der ihm am nächsten stand von den sechsunddreißig Burschen, die Steine brachen für den Rosenkranz der Loren einer knirschenden Eisenbahn. Auch das Eisen ächzte unter der Last der Felsbrocken, die Dynamit und Steinhämmer gesprengt hatten.

»Ist das eine Hitze, Lucero!«

Angeführt von dem Vorarbeiter, zogen die Tagelöhner mit dem Arbeitsgerät auf der Schulter einzeln oder gruppenweise in die Steinbrüche, wo die Stille sie überfiel, Stille und die Insekten, brodelnd, winzig, unsichtbar, aber immer vorhanden. Insekten, die wie toll sirrten und stachen, sobald die Sonne über dem Brutofen regloser Vegetation und den dampfenden Sümpfen der Glut des Mittags entgegenstieg.

Das Keuchen der Männer, in deren Mitte Lucero arbeitete, schien die in die Waggons polternden Steine mit einer Hülle aus samtiger Müdigkeit zu überziehen, die den Aufprall dämpfte.

Aber das schien nur so. Cucho wußte es besser, er wußte, daß die Männer, die sich Stunde um Stunde gebückt und aufgerichtet hatten, im Laufe der Zeit wie taub wurden, so daß sie nur noch das eigene Keuchen im Ohr hatten, das schwere Ein- und Ausatmen der Brust, das Heben und Senken der Arme und der Hände, wenn sie Finger und Nägel in das weiche Erdreich krallten, um die Steine zu greifen und auf die Loren zu werfen — auf, nieder, auf, nieder, sich öffnend und schließend wie ein Scharnier.

Taub jedem fremden Laut, blind vom Staub, den sie aufwirbelten, bedeckt mit klebrigem Schweiß, schufteten sie, bis der Pfiff des Vorarbeiters, der sich in einer rasch errichteten strohgedeckten Bambushütte verkrochen hatte, die Mittagspause ankündigte.

Die Händlerinnen, abgefeimte Betrügerinnen, boten lachend ihre Ware feil: Eierfladen, stark riechenden Käse, Würstchen, gedünstete Chagotes, Yucca, gefüllte Bananen und Bohnen. Die Männer tranken am Wasserhahn — sie ließen den Strahl in den Mund laufen, ohne das von der Sonne glühheiße Messing zu berühren —, dann wuschen sie sich flüchtig das Gesicht, feuchteten das Haar an und trockneten sich mit den Blättern ab, die in ihrer Nähe wuchsen;

dabei gaben sie sorgsam acht, daß sie nicht ein Blatt der brennenden Chichicaste erwischten. Anschließend fielen sie gierig über das Essen her, das die Frauen gebracht hatten.

Über die Maisfladen mit Soße aus grünem Chilepfeffer, über das fette Fleisch, die gerösteten Kartoffeln, die Alligatorbirnen, den Käse und die mit pikanter, buttriger Tunke übergossenen Kuchen.

In verbeulte Blechbecher, die ihnen als Tassen dienten, wurde aus Krügen Milchkaffee geschüttet — wäßrige Milch, auf deren Haut wie Sommersprossen unzählige schwarze Kaffeepunkte schwammen —, und in die bis an den Rand gefüllten Tassen tauchten sie mitsamt den Fingern ein Stück Brot oder Fladen und schoben den aufgeweichten Bissen zwischen Kinn und Schnurrbart in den Mund.

Die Männer drängten sich an die Frauen, deren beißender Geruch sie reizte, als wollten sie sie gleich an Ort und Stelle auf den Rücken legen, mit der gleichen Beweglichkeit der Lenden und dem gleichen Beben der Nüstern, wie sie Steine auf die Loren warfen. Aber die Frauen, ein wirres Knäuel aus Speisen, Zöpfen, heißen Brüsten in schmutzigen Hemden und feisten Hintern, entzogen sich ihnen, vertrösteten sie auf später und machten vage Versprechen, die sie jedoch pünktlich zu erfüllen schienen, denn viele von ihnen waren schwanger.

Der Pfiff des Vorarbeiters rief die Männer wieder an die Arbeit. Mit dem Nachgeschmack der Speisen im Mund — wieviel sie auch essen mochten, satt wurden sie nie — schufteten sie weiter.

Einer schrie auf. Ein zwei Zentner schwerer, riesiger Felsbrocken war ihm auf den Fuß gefallen und hatte ihm fast ein paar Zehen abgequetscht. Die Pfeife im Mund, die Brille auf der Spitze der roten Nase im bleichen Gesicht, lief der Vorarbeiter herbei, nach dem die anderen gerufen hatten. Er befahl, den Verletzten in den nahen Schuppen zu tragen, wo das Gerät, die Kleider und die Bambusrohre mit Trinkwasser aufbewahrt wurden, die die Arbeiter anstelle von Kürbisschalen benutzten. Dort betteten sie den Mann auf eine Decke und holten Hilfe.

Lang, minutenlang schloß ihm der Schmerz die Augen. Er erstickte ihn beinahe, machte ihn wehrlos, verwandelte den großen kräftigen Kerl in einen kleinen, wimmernden Jungen. Pantaleón López. Sie feuchteten ihm die trockenen Lippen an. Schließlich schlief er ein, nicht weil ihn die Müdigkeit, sondern weil ihn die Schmerzen überwältigten. Die anderen fürchteten bereits, er sei tot. Aber nein. Er ersparte sich nur die entsetzliche Nachmittagshitze, die kaum nachließ.

»Cucho, die Erde bezwingen ist schwer.«

Adelaido Lucero sah in die dumpfe, dunstige Nacht hinaus, die

Nacht ohne Mond, ohne Sterne. Nur da und dort ein Lichtschein in den Lagern.

»Heute war es Pantaleón, morgen kann's einer von uns sein. Gott bewahre uns davor.«

»Wenn wir erst anfangen zu zählen, Cucho, hören wir überhaupt nicht mehr auf. Es sind schon so viele, daß man sich wundern muß, wenn man noch heil und gesund ist. Glückssache, wer weiß? Eins aber ist schon mal sicher bei dieser Arbeit: Wen es trifft, den trifft's. Denk an Lucio León, den ›Chinesen‹, den die Klapperschlange getötet hat. Ich war dabei. Erst ist sie mir über die Füße gekrochen und hat mir nichts getan. Er war's, der dran glauben mußte, der Ärmste. Ganz aufgequollen war er. Dem Mister, der damals das Lager leitete, wurde ganz elend davon. Du weißt doch, der arme Alte mit dem mageren Hinterteil, der später verrückt wurde. Meiner Meinung nach, Cucho, hat ihn die Spinne gebissen, die hohes, heftiges Fieber verursacht, das sofort das Gehirn angreift. Und Jobaldo ist uns beinahe an den Krämpfen draufgegangen, er und die anderen, die mit ihm von Jalpatagua gekommen sind. Drei davon hat dann noch der Sandberg erwischt, der ihnen auf den Schädel rutschte, als sie versuchten, die Felsbrocken unter ihm loszuschlagen.«

»Auf alle Fälle wird hier was auf die Beine gestellt«, sagte Cucho, von dem nur die glimmende Zigarette zu sehen war. »Handfeste Kerle sind wir ja, mit Mumm in den Knochen, die wissen, was sie tun, und noch was anderes können, als den Mädchen nachlaufen.«

»Aber Pinkepinke ist auch nötig, das kannst du gleich dazusagen. Ohne Geld wird nichts draus, und wenn wir uns noch so sehr plagen. Mumm in den Knochen . . . na schön. Aber er nützt nichts, wenn kein Moos da ist. Da geht einem gleich zu Anfang die Puste aus.«

»Die wissen schon, was sie wollen.«

»Das bestreite ich nicht, außerdem . . .«

»Außerdem ziehen sie die Sache ganz groß auf. Das wolltest du doch sagen, nicht? So muß man es aber machen, wenn man dem Sumpf fruchtbares Land entreißen will, auf dem der Mensch leben kann.«

Von weitem trug der Wind Wolken von Teer, den durchdringenden Geruch von Teer herüber, und auf den Gleisen in der Ferne flogen die Lichter der Eisenbahnwagen vorüber. Sie rollten bei Tag und Nacht. Die Kessel der Lokomotiven, der Gesteinsmühlen und der anderen Maschinen, die mit Holzfeuer betrieben wurden, verschlangen gefällte Bäume. Das Werk verschlang Menschen über

Menschen und Unmengen an Werkzeugen; Steinbrocken schmolzen im gleichmäßigen Feuer der Öfen zu weißem, bröckligem Kalk, die Bauten verschlangen Steine, immer mehr Steine für Fundamente und Mauern, für Planierungen, Brücken und Deiche, an denen das Wasser stillstand und wie ein tiefer Traum weiterfloß, bis es in die Turbinen stürzte und Strom erzeugte, der in Metalldrähten durch das Land wanderte, als Licht, als feuriger Wespenstachel, der knisternd und blau flimmernd Schienen durchbohrte, Stahlplatten durchschnitt oder Metallkabel für alle Ewigkeit zusammenschweißte.

Der Fortschritt, den das Werk machte, ließ alle Herzen höher schlagen. Ob Arbeiter, Meister oder Ingenieur, alle freuten sich des Sieges über den Feind, denn alle hatten geholfen, jenen Sieg zu erringen, wie in einer richtigen Schlacht; und wie in einer richtigen Schlacht hatte es Opfer gekostet, Tote, Verwundete und Verstümmelte. Und wie in jeder Armee gab es auch hier Deserteure, die sofort kehrtmachten, kaum daß sie des Schlachtfeldes ansichtig wurden, Feiglinge, die plötzlich Angst bekamen, die gewaltigen Anstrengungen nicht zu überstehen.

Adelaido Lucero lehnte sich gegen Cucho. Beide zitterten in der kalten Glut des Malariafiebers und versuchten wie schnüffelnde Hunde auszuspüren, wohin sie der mit Kranken vollgestopfte Güterwagen entführte, in den man mehrere Bund Heu geschüttet hatte als Lager für sie.

Endlich gelangten sie zu einer Baracke, die außen weiß und innen braun gestrichen war. Geschäftige Männer in weißen Kitteln steckten ihnen Glasröhrchen in den Mund, die nach Zuckerrohrschnaps schmeckten; sie waren damit desinfiziert worden, weil es an Alkohol fehlte. Dann packten die Männer die Fiebernden am Arm, entnahmen ihnen Blut aus der Vene und gönnten ihnen dabei kaum einen Blick. Die Wärter hatten schon so viele Kranke gesehen, daß es ihnen nicht der Mühe wert schien, sich einen von ihnen genauer anzusehen. Zum Schluß gaben sie jedem ein rundes Schächtelchen mit Pillen, die, wie sie sagten, gut gegen das Fieber sein sollten.

Als Cucho die ersten Pillen geschluckt hatte, fühlte er, daß ihm der Rücken feucht wurde, und auch Lucero rann es den Rücken herunter. Kuriose Krankheit, die hitzige Kälte und eiskalte Hitze erzeugte. Frisch, ohne Kopfweh und Schwindel, neu belebt, hatten sie Lust, aufzustehen und etwas zu tun. Sie näherten einander die Gesichter. In Ermangelung eines Spiegels erzählte einer dem anderen, wie blaß er war, wie spitz seine Backenknochen waren, wie blutlos die Ohren, fiebrig glänzend die Augen, trocken und schmal die Lippen und wie gelblich das Zahnfleisch war.

Ihre Wege trennten sich. Cucho hustete. Nicht nur er, auch viele andere, und sie alle wurden abgeschoben, weit weg in die Hauptstadt, wo, wie man ihnen sagte, das gesündere Klima vielleicht Genesung bringen würde. Adelaido Lucero, der schon wieder Fleisch angesetzt hatte, erinnerte sich der dürren Arme des Freundes, die ihn zum Abschied umfingen. Ein Toter war es, der ihm Lebewohl sagte.

»Cucho, ich hab ein schlechtes Gewissen, weil ich dich hergelockt habe . . .«

»Das ist Unsinn, ich habe es getan, weil ich wollte. Ich war doch kein kleiner Junge, den man an der Hand nimmt und mit sich zieht. Ich hab ja auch nichts Schlimmes. Wirst sehen, ohne diese schreckliche Hitze, in dem frischeren Klima, bin ich bald wieder gesund und komme zurück. Laß die dummen Gedanken und gib acht auf dich.«

Der Zug fuhr ab. Er hielt auf einem Bahnhof, der nicht auf der Erde zu stehen, sondern an Lianen zu schweben schien, die von den Ästen der Kakaobäume und den hohlstämmigen Guarumos herabhingen. Der Boden war mit dürren Blättern und abgeschälten Rindenfetzen der Eukalypten bedeckt. Weiter unten, der Küste zu, zuckten hellblaue Blitze, gefolgt von Donnerschlägen. Einige erschreckend magere Köter hinkten über die Eisenbahnschwellen. Wo die Schienen eine Biegung machten, ehe sie sich in der Ferne verloren, war eine von feuerroten, blauen und weißen Winden umrankte Brücke, unter der der Fluß, gleichsam ein zweiter Eisenbahnzug aus Wasser, schneller dahinschoß, dem sehnsüchtig geliebten Meere zu.

Adelaido reckte sich, setzte den Hut schief aufs Ohr, zog den Machete aus dem Gürtel und schleifte ihn hinter sich her. So ging er in den nächsten Ort unweit des Bahnhofs.

Er kaufte ein, was ihm fehlte, tat es in den Korb, blieb stehen, um sich eine Zigarette zu drehen, zündete sie an und ging danach weiter. Eine neue grüne Welt umfing ihn, in der es nichts Willkürliches gab, deren kerzengerade Wege überdacht waren von unzähligen Blättern, die aus fleischigen Stämmen, schuppigen Strünken mit Fischbärten und rosafarbenen Schäften hervorsprossen. Die Blätter waren lang wie Ruder, unten noch fleischig wie der Stamm, der Spitze zu jedoch immer dünner, und schließlich so fein wie Schmetterlingsflügel. Diese Bananenblätter, die über Luceros Kopf in die heiße Luft hineinragten, erinnerten ihn an Ruder, die aus dem Meer auftauchten. An einer Wegkreuzung traf er auf einen Mann mit arg geschwollenen Füßen, der den Spitznamen Nigüento hatte. Die Füße waren mit unappetitlichen Lappen umwickelt, die wie Schalen aussahen, und die Zehen, die daraus hervorlugten, glichen angefaulten Kartoffeln. Der Alte sah Lucero mit trüben, traurigen Augen an und fragte ihn, ob er nicht ein Mädchen, seine Tochter, gesehen habe, die ihm eben weggelaufen sei. Lucero antwortete, er komme vom Bahnhof und sei niemandem begegnet.

»Dann helfen Sie mir doch bitte suchen«, sagte Nigüento, »und wenn Sie sie treffen, dann bestellen Sie ihr, daß ich vor Kummer sterbe.«

»Ich werd's ihr ausrichten, wenn ich sie sehe. Aber Sie sollten nach Hause gehen. Es schadet Ihnen, wenn Sie so allein hier herumlaufen. Womöglich kriegen Sie noch einen Krampf in den Beinen oder der Teufel weiß was.«

»Einen größeren Krampf als den, den ich schon habe, kann ich nicht kriegen. Seit vielen Jahren sind mir die Füße wie eingeschlafen, als hätte ich dort Steinklumpen ... Aber Sie helfen mir doch ein bißchen suchen, nicht wahr?«

Hinter einem Baumstamm raschelte etwas, und als Adelaido den Kopf wandte, gewahrte er das dunkelhäutige Gesicht eines Mädchens, das ihm zu schweigen bedeutete, indem sie einen Finger auf den Mund legte.

»Wenn ich sie sehe, werde ich's ihr ausrichten«, wiederholte Lucero mit Nachdruck und machte sich zum Verbündeten des Mädchens.

Jammernd schlurfte Nigüento auf seinen umwickelten Füßen über den blätterbedeckten Boden davon, und Lucero näherte sich dem Mädchen.

»Du bist aber ein schlechtes Ding«, sagte er und trat auf sie zu. »Und wenn man so ein hübsches Gesicht hat, dann ist das doppelt schlimm. Der Mann ist doch dein Vater!«

Bei seinen Vorwürfen senkte die dunkle Blume die Augen, verzog aber gleichzeitig das Mäulchen, um Lucero zu zeigen, daß ihr seine Meinung vollständig gleichgültig sei. Dann setzte sie sich wortlos in Bewegung, anfangs schlurfend, um Staub aufzuwirbeln, dann immer leichter und schneller.

Adelaido schwieg und ließ sie laufen. Er betrachtete sie von Kopf bis Fuß und stellte fest, daß sie eine rosa Bluse und einen gelben Rock trug und daß ihr schwarze Zöpfe unter dem Umschlagtuch hervor auf den Rücken baumelten. So versunken war er in ihren Anblick, daß er den Machete fallen ließ, der ihm beinahe den Fuß verletzt hätte, wäre er nicht schleunigst beiseite gesprungen.

»Das kannst du doch nicht machen, mir einfach aus der Hand rutschen, wenn ich mal einen Augenblick nicht aufpasse«, sagte er zu seinem Machete und hob ihn auf. »Oder soll das etwa heißen:

›Ruht der Machete erst am Boden, dann liegt sein Herr bald darunter‹?«

Das Dickicht der Bananenstauden rechts und links von Lucero mußte dringend gelichtet, alles, was trocken und verdorrt war, mußte herausgeschnitten werden. Allerdings schienen ihm die Pflanzen so krank zu sein wie Cucho, der zuletzt ganz hohlwangig gewesen war, denn wie Cucho husteten die dürren Blätter, wenn der Wind über sie hinstrich.

Über all das grübelte Lucero, während das Mädchen sich zusehends von ihm entfernte. Doch dann gab er sich einen Ruck, schob den Hut zurecht, spuckte aus und sagte laut zu sich selbst: »Nun aber voran, Mann, sonst entwischt sie dir noch.«

Das Mädchen lief einen Weg entlang, dessen Breite sich nach den Maschinen richtete, die die Bananenstauden mit bläulich schimmernden süßlichen Säuren besprühten, um sie vor Krankheiten zu schützen. Eine dieser Maschinen ließ träge schläfrigen Regen auf die Pflanzen niederrieseln. Verspielte Falter gaukelten durch die Luft, und aus dem tiefen Dickicht drang hin und wieder der lustige Ruf der Spottdrossel.

»Verwamsen würde ich dich, wenn ich dein Vater wäre.«

»Wenn Sie es wären«, entgegnete sie. »Sie sind es aber nicht.«

»Und wohin gehst du?«

»Immer der Nase nach«, antwortete das Mädchen keck. »Aber wenn Sie wollen, kann ich auch rückwärts laufen . . . Sehen sie, so . . . Jetzt geht es immer Ihrer Nase nach.«

»Frechdachs.«

Das Mädchen lief so schnell rückwärts, als flöge es. Lucero hastete hinterdrein, ohne es jedoch einholen zu können. So legten sie ein gutes Stück Weges zurück, sie rückwärts laufend, er immer hinterdrein.

»Du wirst mir doch nicht einreden wollen, daß dir das Heiraten zuwider ist. Da muß nur der Richtige kommen.«

»Den gibt's aber nicht.«

»Klar gibt's den, für dich ganz bestimmt«, sagte Lucero und beschleunigte den Schritt.

»Aber mein Vater will nicht, daß ich heirate.«

»Was weiß dein Vater schon vom Heiraten?« Lucero lief schneller.

»Wieso denn nicht? Er hat immerhin zweimal geheiratet, meine Mutter und vorher eine andere, die ihm weggestorben ist. Der weiß Bescheid.«

»Er weiß, wie die Männer sich dabei fühlen, aber nicht, wie den Frauen zumute ist.« Lucero keuchte, was er sagte, war kaum zu verstehen.

»Meine Mutter ist auch dagegen, und die weiß warum.«

»Weil du noch nicht den Richtigen gefunden hast.«

»Den finde ich auch nicht, denn ich will einen guten Mann, und den gibt es nicht.«

»Wer hat dir denn das gesagt?«

Sie liefen beide regelrecht um die Wette; schließlich blieb Adelaido stehen, das Mädchen ebenfalls, aber in sicherer Entfernung.

»Wie heißen Sie?«

»Adelaido Lucero. Warum?«

»Nur so. Ich heiße Roselia de León, zu Ihren Diensten.«

»Zu Diensten stehe ich in allem, was du mir befiehlst, und wenn du das nicht tust, dann werde ich deine Gedanken lesen.« Adelaido machte einige Schritte auf sie zu, sie aber wich zurück.

»Bestimmt sagen Sie das allen Mädchen.«

»Vielen, aber jetzt sage ich es dir.«

»Gut, dann möchte ich, daß Sie mein Kommunionspate sind, wenn der Bischof kommt.«

»Dein Pate!« Es war ihm gelungen, sie am Handgelenk zu pakken, und er hielt sie fest, damit sie ihm nicht wieder entwischte.

»Lassen Sie mich los!«

»Nur wenn du stehenbleibst und mit mir sprichst.«

»Lieber nicht, gehen Sie lieber Ihrer Wege.«

Plötzlich erschien eine Frau mit einem Eulengesicht auf der Bildfläche. Als sie die beiden sah, das Mädchen, das sich losreißen wollte, und den Mann, der es festhielt, erhob sie ein Gezeter. Zusammen mit der Eule tauchten andere Leute auf, Frauen zumeist, aber auch Kinder und bellende Hunde, alle wie aus dem Boden gewachsen. Lucero ließ das Mädchen augenblicklich frei, aber es nützte ihm nichts. Die Alte und die anderen Weiber fuhren fort zu keifen, und die Hunde fuhren fort zu bellen.

Die Eule und Nigüento, der lautlos, als schwömme er, auf seinen umwickelten Füßen herangeschlichen war, beschuldigten ihn, er habe der Tochter Gott weiß was angetan. »Einer Minderjährigen, einer Minderjährigen«, zeterten sie und geiferten vor Zorn.

Auf das Geschrei hin eilte eine Streife vom nahen Stützpunkt herbei, nahm Lucero als erstes den Machete ab und befahl ihm mitzugehen, was er bereitwillig tat. Die Eltern aber lamentierten von neuem, als sie hörten, daß auch das Mädchen mitkommen müsse, um vor dem Friedensrichter auszusagen. Aber da war nichts zu machen. Sie stiegen den Hügel hinauf, wo unter Palmen der Stützpunkt lag, der zugleich das Gericht war. Hinter dem Mädchen schlurften der hinkende Nigüento und die Eule, die nach Rindertalg und Kot stank.

Der Mann, der als Friedensrichter fungierte und so die höchste Autorität im Ort darstellte, erledigte den Fall im Handumdrehen. »Adelaido Lucero, entweder du heiratest das Mädel, dem du Gewalt angetan hast, oder du wanderst für den Rest deines Lebens ins Kittchen.«

»Aber ich hab ihr doch gar nichts getan«, verteidigte sich Lucero. »Fragt sie doch selbst, ob ich ihr auch nur ein Haar gekrümmt habe.«

»Nichts getan«, keifte die Alte, »zugrunde gerichtet hat er sie!«

»So ein Strolch, so ein unverschämter Lump«, schnaubte Nigüento wütend. »Er hat genau gewußt, daß ich sie gesucht habe, ich hab ihm noch gesagt, er soll mir dabei helfen. Und als er sie fand, da hat er sie . . . da hat er sie . . .« Aus seinen in Runzeln eingebetteten und von Brauen und Bart versteckten Augen drang ein Tränenstrom, Tränen eines tiefbeleidigten Vaters. Auch die alte Eule machte ihrem Kummer Luft, sie heulte laut und herzzerreißend.

Roselia de León kroch vor Scham ganz in sich zusammen, bis sie nur noch ein Häufchen Unglück war, ein kleines Tier mit Menschenaugen. Ihr Mund war wie ausgetrocknet, die Zunge so schwer, als hätte ein Skorpion hineingestochen. Sie zwinkerte heftig und blickte gehetzt von einem zum anderen, vermochte aber nicht einmal zwei Tränen herauszuquetschen. Dafür arbeiteten ihre Hände um so fieberhafter, zupften und zerrten an dem Umschlagtuch, als wollten sie es zerreißen.

»Zugrunde gerichtet vorher oder nachher, das bleibt sich ganz gleich. Jedenfalls ist heute ein besonders feierlicher Tag für euch, denn heute wird geheiratet.« Der Richter tat so stolz, als heiratete er selbst.

»Was einem alles zustoßen kann«, sagte Adelaido Lucero noch viele Jahre später, wenn die Rede aufs Heiraten kam. »Ich wollte nur einen kranken Freund, der in die Hauptstadt fuhr, zur Bahn bringen, und als ich am nächsten Morgen aufwachte, lag Roselia neben mir im Bett. Die meisten meiner Freunde haben im Suff geheiratet. Mich haben sie reingelegt, als ich nüchtern war.«

Der Bau des Häuschens ging rasch voran. Jeden Sonn- und Feiertag, jede Minute nach Arbeitsschluß, wenn Adelaido Lucero nicht gar zu müde war, arbeitete er als Maurer, mischte Mörtel und legte einen Ziegel auf den anderen. So wuchs es heran, auf festem Fundament, mit kerzengeraden Mauern. Mehr Mühe machte das Dach, aber auch das wurde fertig. Als Roselia eines Morgens die Augen aufschlug, blickte sie nicht mehr in den Himmel, sondern ins Dunkle, denn auf dem Hauptbalken und den Sparren lagen Ziegel.

Das Haus schien eine Krone aus dunklen Flechten zu tragen, eine Krone, in die man von unten hineinblickte und die nach frischem Holz, feuchter Erde und Kraut duftete.

Lucero mischte Farbe in Blechbüchsen und erklärte seiner Frau, daß er das Häuschen anstreichen werde, den oberen Teil rosa und den Sockel gelb. Roselia fand das häßlich, und er gab ihr recht. »So warst du angezogen, als ich dich zum ersten Male sah, Roselia de León«, sagte er und glitt besonders zärtlich mit dem nassen Pinsel über die Wände, die gierig die Farbe einsogen, bis sie glatt und schön waren. Dann wurde das Haus gesegnet. Irgend jemand bespritzte es mit geweihtem Wasser, denn ein Pfarrer war nicht zur Stelle. Pfarrer kamen nur selten hierher. Und dann gab es ein kleines Fest mit den Freunden. Man hängte blaue und grüne Girlanden auf, lehnte Bambusrohre, die mit bunten Lianen zusammengebunden waren, an die Pfeiler und bedeckte den neuen Ziegelboden mit Piniennadeln. Zu Ehren des Festes hatte Roselia den gelben Rock und die rosa Bluse angezogen, aber sie paßten ihr nicht mehr recht, denn sie war schwanger.

2

Kein Nachtvogel, kein Uhu, keine Eule waren so häßlich wie Adelaidos Schwiegermutter. Diese Überlegung stellte Lucero an, als sie die Einweihung des Hauses feierten, und bei dem Gedanken, daß sie die Mutter seiner reizenden besseren Hälfte war, die die Schwangerschaft mit jedem Monat verschönte, statt ihr Äußeres zu beeinträchtigen, sträubten sich ihm die Haare.

Als die Gäste gegangen und sie allein waren, schmiegte sich Roselia an ihren Mann und legte den Arm um seine Schultern, nicht weil sie zwei Gläser des schweren, guten Weines getrunken hatte, der fast ein Meßwein hätte sein können, sondern weil sie die Zärtlichkeit des Kindes, das sie im Leib trug, dem Vater weitergeben wollte, der auf einer hohen Bank saß und mit den Beinen baumelte wie ein kleiner Junge, der nun, da der Hausbau beendet war, nichts mehr zu spielen hatte.

Die Erde, die an der Küste reines Leben ist, klebte der Frau an den Fußsohlen wie eine brennende Zunge am Gaumen der Füße und leckte an ihnen, bis sie allmählich über den ganzen Körper ein Prickeln verbreitete, das nur Adelaido zu löschen wußte, wenn er ihr mit der Hand über die Brüste, den Leib und die Beine strich, die ständige Gefahr vergessend, die draußen auf Schritt und Tritt drohte — als lauerte in der stickigen Küstenluft nicht unmittelbar neben dem prallen Leben der Tod und als griffe er nicht nach dem wehrlosen Menschen, der in dieser wuchernden Natur so klein, so unscheinbar war wie das Blatt, das vom Baum geweht und durch Millionen andere ersetzt wird.

Mann und Frau genossen den Schlaf, der ihnen die Augen trübte, wie eine Ruhepause in der Hitze, und es war, als trüge er sie fort von der glutheißen Küste in das gesündere Klima der Berge; dabei hatte Lucero sein Haus in Semírames gebaut, wo nachts unablässig eine leichte Brise wehte. Unmittelbar an der Küste war der Schlaf qualvoll, man atmete mühsam wie ein Asthmatiker und wartete sehnsüchtig auf den Tagesanbruch, der indes keine Abkühlung brachte. Als der Morgen graute, hing Roselias Arm von dem Feldbett herunter, sie stöhnte im Schlaf, und neben ihr lag Lucero, dem das Haar ins Gesicht gefallen war.

Die Schwiegermutter riß sie aus dem Schlaf. Mit der Hand strich sie sich den zerknitterten Rock glatt, denn sie schlief angekleidet, und fuhr sich mit allen zehn Fingern durch das Haar, das aussah, als hätte sie die Füllung ihrer Matratze auf dem Kopf mitgebracht. Sie wohnte ziemlich weit entfernt, doch da ihr Mann vor Tau und Tag weggegangen war, hatte sie Zeit genug gehabt, Luceros Haus zu erreichen, bevor die Eheleute erwachten.

Ach, die Alte, dachte der Schwiegersohn, der nach und nach in die Wirklichkeit zurückfand. Draußen rötete sich der Himmel, die Hähne krähten und von fern drang das Brummen der Motoren herüber, die zu arbeiten begonnen hatten.

»Aber Mutter!« seufzte Roselia, verärgert über die Störung.

»Reichlich früh fällt sie einem auf den Wecker«, knurrte Adelaido und rieb den Rücken an dem heißen Bettuch, das wie Sand war.

»Ich wollte es erst nicht sagen, aber vielleicht ist es besser, ihr wißt es. Für alle Fälle. Dein Vater«, wandte sie sich an Roselia, die sich halb aufgerichtet hatte und den Kopf in die Hand stützte, »ist nämlich mit dem Zug weggefahren. Er sagt, im Spital San Juan de Dios wollen sie ihm Arbeit geben.«

»Was ist denn das, Mutter?«

»Nun, das ›Allgemeine Krankenhaus‹, so nennen sie's ja auch.«

»Und was für Arbeit?« fragte Lucero, der ohne das geringste Schamgefühl vor der Schwiegermutter in die Hosen stieg. Bei solcher Wut pfeift man auf gutes Benehmen.

»Er arbeitet als Kranker.«

»Als Kranker will der Vater arbeiten?«

»Als was denn sonst?« warf Lucero ein und schaute sich nach einer Waschschüssel um.

»Ach, Mutter meint, als Krankenwärter, nicht als Kranker«, sagte Roselia gähnend und hob ihre Brüste aus der bunt gesprenkelten Bettdecke.

»Als Kranker«, wiederholte die Schwiegermutter, froh, daß sie die beiden endlich wach bekommen hatte.

Lucero wusch sich gründlich das Gesicht und goß sich das Wasser über den Kopf, daß es ihm auf die Schultern tropfte, dann rieb er mit dem Handtuch Stirn, Wangen, Hals, Ohren, Brust und Achselhöhlen trocken.

»Laßt den Alten laufen, der kommt von selbst zurück. Er hat mal wieder seine Mucken. Das machen die kranken Füße.«

»Ja, die kranken Füße! ›Wer hätte gedacht, daß ich mir mit denen noch mal mein Brot verdienen würde!‹ hat er zu mir gesagt, bevor er wegging. Im Krankenhaus ist nämlich ein Doktor, der meint, dein Vater hat gar keine richtige Lepra, sondern bloß einen Ausschlag von den Sandflöhen, den Tausenden von Niguas, die sich ihm in die Sohlen gebohrt haben. Er holt sie sich ja nie raus, weil er immer besoffen ist, und läßt sie sich auch von mir nicht rausholen. Und da sind die Füße eben so geworden, wie sie jetzt sind. Die reinste Brutstätte für Niguas.«

»Diese sogenannte Lepra kommt also vom Schnaps und von den Flöhen. Wird er nun wieder gesund, oder wird er weiterhinken, als ginge er auf den Hacken, als hätte er nicht Füße, sondern zwei Bananen an den Beinen?«

»Ich weiß nicht, ob er wieder gesund wird, Adelaido. Es ist schon eine komische Krankheit. Es stinkt nicht sehr und näßt auch nicht. Die Haut schält sich ihm, wie soll ich es erklären, wie Fischschuppen, eine schmutzige Asche.«

»Jedenfalls zahlen sie ihm was für den Nachweis, daß es keine richtige Lepra ist. Soll er es ruhig mitnehmen, zum Teufel noch mal. Wer im Zirkus eine Mißgeburt sehen will, zahlt ja auch dafür, und bei ihm ist die Sache doch weit ernster.«

»Was mein Vater so für Ideen hat, na, ich weiß nicht, ich weiß wirklich nicht ...« Roselia hatte sich das Haar mit einem Kamm hochgesteckt und eilte geschäftig hin und her, um das Frühstück zu bereiten. »Du bleibst hier und frühstückst mit uns«, lud sie ihre Mutter ein.

»Ich habe ein Abführmittel eingenommen, außerdem muß ich gehen, weil ich immer Angst habe, es könnte was gestohlen werden. Seit die Leute wissen, daß hier gut verdient wird, kommt allerlei Gesindel her, bloß um krank zu werden, herumzuschnüffeln und sich was unter den Nagel zu reißen.«

Die Züge schafften Unmengen von Menschen zur Landarbeit

heran, wortkarge Leute mit verwitterten Gesichtern unter strohgelben Sombreros. Einige rauchten, andere brüteten vor sich hin, ohne die vorbeifliegende endlose Wand der Bananenstauden zu beachten, die ihre Blätter wie grüne Macheten hochreckten, ein mit Buschmessern bewaffnetes Heer, das dem Meer den Durchgang verwehren will.

Mit ihnen, hinter ihnen, im gleichen Schritt und Tritt kamen der Schnaps, das Bier, die Prostituierte, das Trichtergrammophon, der Musikautomat, die Coca-Cola, der chinesische Kleiderhändler, die Apotheke, die Garnison trauriger Soldaten, der verliebte Telegrafist. Auf einem von der Bananengesellschaft, der Tropical Platanera Company, abgetretenem Gelände bildeten sie endlich zwischen Gräben, Dornengestrüpp und frisch gefällten Bäumen eine kleine Stadt für sich.

Alle diese Menschen, die vor Hitze nicht schlafen konnten, tappten am Abend wie Blinde durch die stockdunkle, halbfertige Siedlung und tasteten mit den Händen, um nicht zu fallen. Wenn sie sich schließlich spät in der Nacht niederlegten, strömten ihre ermatteten Leiber üble Gerüche aus, denn die Müdigkeit riecht, wenn sie gar so groß ist, sie riecht nach gemartertem Fleisch, nach Qual, nach wundgescheuertem Rücken, der am nackten Erdboden klebt, denn sie lagen auf dem bloßen Boden, den Hut auf dem Gesicht, über der Brust in Schulterhöhe die geöffnete Jacke, so daß es aussah, als umfinge sie jemand ohne Arme, nur mit den Ärmeln.

In der Ferne — bei Dunkelheit wirkt alles fern — verriet eine Funzel den Laden des Chinesen: ein Stapel Brennholz aus Pinienästen, Brot, Kaffee, Würstchen, alte Stockfische und anderer Kram. Davor drängten sich, einzeln und in Gruppen, die Männer, boten der Händlerin einen guten Abend und kauften sich etwas zu essen. Sie hockten sich nieder und stellten die Teller und Blechbecher voll Kaffee auf den dunklen Erdboden, der ihnen als Tisch diente. Jene, die bereits längere Zeit an der Küste lebten, hatten sogar des Nachts noch glasige Augen. Das machte die Malaria, deren Glut sie anfangs mit der Tageshitze verwechselten. Die Neuen, die noch besser bei Kräften waren, schäkerten, sprachen von alten Zeiten und waren gern bereit, für ein strammes Weib aus einer der Hütten dort hinten im Dunkeln etwas springen zu lassen. Dort hinten im Dunkeln, in der schwarzen Finsternis, standen — Gespenster mit Goldzähnen — Frauen im Türrahmen, winkten den Männern zu, riefen sie und wollten sie dazu bringen, einzutreten: »Komm her, Kleiner, komm rein, Schatz!«

Tiefe Stille herrschte, aber sie war nicht lautlos. Man hörte regelrecht die Blätter an den Zweigen sprießen, die Äste an den Bäumen wachsen, die Stämme aus den Wurzeln aufsteigen, rauschend, wie eine Fontäne, die unablässig steigt, bis sie groß ist wie ein Busch oder hoch wie ein Baum; auch Tiere hörte man, die im Schutz der Dunkelheit auf der Suche nach Nahrung und Unterschlupf umherschlichen.

Adelaido Lucero, der als Meister auf der Plantage La Maroma arbeitete, frühstückte, nachdem seine Schwiegermutter fort war — aus Angst vor Dieben, wie sie sagte. Wenn der Nigüento nicht daheim war und das Haus bewachte — dazu taugte er nämlich noch —, würden sie bestimmt kommen und einbrechen. Dann ging auch Lucero. Zuvor setzte er seiner Frau zärtlich verspielt seinen Sombrero auf, damit sie ihn nicht vergaß, wenn er nicht bei ihr war.

In Reithosen, Stiefeln und der Guayabera, dem weiten, luftigen Hemd, das über der Hose getragen wurde, auf dem Kopf den breitrandigen Sonnenhut, erschien er an seinem Arbeitsplatz. Die Vorarbeiter umringten ihn. Einer erzählte: »Er oder ich ... Ich habe ihn geschnappt und aufs Kreuz gelegt. Mit so einem werde ich allemal fertig ...« Der häßliche Zaldívar nahm Lucero beiseite, er hatte Wichtigeres mit ihm zu besprechen. Die Ernte stand vor der Tür, und er hatte nicht genug Leute. Die Männer, die man ihm von El Jute schickte, trafen nie vollzählig ein. Bloß drei armselige Figuren. Man solle ihm also nicht die Schuld geben, wenn es mit der Arbeit nicht klappe. Ein anderer Vorarbeiter, der Neger Sologaistoa, äußerte sich zu Lucero ebenso. Es fehlte an Arbeitskräften. Dabei sei das Pflücken eine »frenetische« Arbeit. Der Neger Sologaistoa redete, wie er selbst sagte, ohne ein Blatt vor den Mund zu nehmen, so wie ihm der Schnabel gewachsen war. Tatsächlich hatte das Bananenpflücken etwas Fanatisches an sich. Die riesigen Stauden sahen aus wie grüne Kreuze, und die Männer, die die schweren Früchte mit Haken herunterzogen, um sie abzuschneiden, glichen Juden mit Leitern und Lanzen, die einen grünen Christus in Gestalt eines Bananenbüschels abnahmen und denen zureichten, die schon mit ausgestreckten Armen bereitstanden, die kostbare Last zu empfangen. Sie legten die Früchte auf kleine Karren und fuhren sie dorthin, wo sie mit geweihtem Wasser abgewaschen und in ausgepolsterte Hüllen getan wurden.

Zögernd rann das murmelnde Wasser durch ein neues Bett, das zur Bewässerung angelegt worden war, zwischen Buschwerk, das die Feuchtigkeit festhielt. Unter dem Dach aus Bananenblättern atmete das Erdreich den heißen Dunst der Küste ein, und jeder Atemzug speiste eine grüne Welt, in der sich heute als Blüte erschloß, was gestern noch zarter Keim war. Bis hin ans endlose Meer dehnten sich die riesigen Plantagen, deren Stauden wie Bäume aufragten, Bananenpflanzungen, wohin man blickte, gerade grüne Reihen, die sich am Horizont verloren. Tausende und aber Tausende von Pflanzen, die sich zu vervielfältigen schienen wie in einander gegenüberstehenden Spiegeln. Die Stauden, die alle denselben Abstand hatten, dieselbe Größe und fast den gleichen Farbton, die alle demselben Stirb und Werde unterworfen waren, sahen einander zum Verwechseln ähnlich. Um ihre glatten, metallisch glänzenden Schäfte und die fächerförmigen Blätter wob sich ein smaragdgrüner Schimmer, der unablässiges Knospen und Treiben verhieß.

»Dieses Land verschlingt Menschen«, sagte Lucero; und er mußte es wissen, denn er war von Anfang an dabeigewesen, als noch alles zu tun war; und es wird noch mehr Menschen verschlingen, dachte er, als er mit den Vorarbeitern über die Möglichkeit sprach, Arbeitskräfte zu beschaffen, denn wenn das nicht gelang, sah es böse aus. Schon im vergangenen Jahr waren sie schlimm daran gewesen. Die Banane, die sehr rasch reifte, mußte abgeschnitten werden, solange sie grün war. Geschah das nicht, verdarb sie. Nach den Berechnungen der Bananengesellschaft, der Tropicaltanera, wie die Arbeiter sie nannten, bedeutete das einen Verlust von zwei- oder dreitausend, fünf- oder zehntausend Büscheln. Der dickmäulige Torres war der letzte, der mit Lucero sprach. Er forderte dasselbe wie die anderen: Leute! Sie mußten beschafft werden, ganz gleich woher. Oder es gab eine Katastrophe. Mit den verfügbaren Kräften konnten sie die Arbeit nicht bewältigen.

Die Forderung der Vorarbeiter an die Meister, der Meister an die Inspektoren, der Inspektoren an die Hauptverwaltung setzte eine ganze Reihe geheimnisvoller Triebfedern im Telegrafenamt in Bewegung. Mitten im Urwald, wo eine wuchernde Welt sich in ihrem ungestümen Lebenshunger rasch verzehrt und, kaum geboren, schon stirbt, übermittelte ein Druck auf die Tasten den Hilferuf: Mehr Menschen, mehr Menschen, mehr Menschen!

Die Züge schafften die Menschenfracht heran. An der Küste gibt es Arbeit! An der Küste gibt es Arbeit! Manche kamen zu Fuß von den Bergen herunter, um an der Küste zu arbeiten. Andere trafen auf Lastwagen ein, um an der Küste zu arbeiten. Ohne Frauen und Kinder. Weshalb auch die noch mitschleppen? Sie brachten nur die Ponchos mit und ein paar Centavos Zehrgeld. Und den Machete, für alle Fälle. Und für alle Fälle ein Kettchen mit einem Anhänger, auf dem unser Herr von Esquípulas abgebildet war, ein neues Kettchen, das den Burschen auf die glatte junge und den Männern auf die behaarte Brust herabhing. Bald würde das schmucke Ding ein unansehnliches, verschwitztes Stück Draht sein.

Der Zug spie die reisemüden, wie geräderten Männer auf dem

Bahnhof aus, der den Pflanzungen am nächsten lag. Dort formierten sie sich und zogen los. An der Spitze gingen die Abenteuerlustigen, die immer vorpreschen in der Hoffnung, etwas zu entdecken. Ihnen folgten die Gleichmütigen, denen alles recht ist. Den Schluß bildeten die Faulpelze. Aber sie alle würden gleichzeitig eintreffen wie Rekruten in der Kaserne. Nur daß Rekruten traurig waren, während diese hier lebhaft und fröhlich miteinander sprachen, denn die Aussicht auf Lohn trieb sie schneller an. Gewiß würden sie schon in wenigen Monaten aus dem Gröbsten heraus sein. Dann ging es wieder nach Hause, aber mit Geld in der Tasche. Die Hitze begann, sie aufzuschwemmen. Das straffe Fleisch der Bergbewohner erschlaffte in der stickigen Schwüle. Sie rissen sich die Kleider vom Leib, die ihnen auf der klebrigen, verschwitzten Haut zu brennen schienen. Verzweifelt beschlossen sie, sich nur ein paar Pesos zu verdienen und gleich zurückzukehren. Aber am Ende ergaben sich alle in ihr Schicksal und blieben. Einige hätten immerfort schlafen können, andere konnten überhaupt nicht mehr schlafen. Dazu der Brechreiz, ständig Brechreiz und Durst. An Arbeitern war kein Mangel. Es kamen immer neue und neue. Und immer neue wurden auch gebraucht für die Felder. Bald hieß es, auf der Plantage zu arbeiten sei schlimmer als in Río Hondo. Dann kamen die Landvermesser, Männer mit Theodoliten und Tropenhelmen. Dann erschien ein ganzes Heer, das dem Urwald mit Machete oder Feuer zu Leibe ging. Und dann wurde gepflügt und gesät. Die Pflanzen schossen hoch, und schon sprossen neue Wurzelschößlinge. Wasserbananen, die prachtvollen Sumpfbananen . . . Und alles, was glänzt, ist pures Gold, denn Wasser, Sonne, Mond und Sterne tragen zum Wachstum der Früchte bei, die nach Gewicht und zu Goldpreisen verkauft werden.

Bei den Tagelöhnern, den Vorarbeitern, den Meistern, ja selbst bei den Inspektoren herrschten menschliche Beziehungen. Dann begann die Region der hochbezahlten Angestellten, und dort regierte der blinde Apparat, dort verwandelte sich alles in kalte Ziffern und Zahlenreihen.

Einer dieser Angestellten, Mister John Pyle, der sich durchaus bewußt war, daß er in dem herzlosen Getriebe nur ein winziges Rädchen darstellte, versuchte, es seiner Frau Leland Foster zu erklären, die aus Dakota gekommen war, um die Ferien bei ihm zu verbringen. Er zeigte ihr das Haus Adelaido Luceros, des ältesten Meisters der Plantage. Blumenkästen, Kletterwinden, ein bunter Papagei. Sie genügten, dem Häuschen sein Gepräge zu geben. Dieselben Blumen, derselbe Papagei hätten geschmacklos gewirkt bei den Villen der hohen Beamten, die in einer anderen Sphäre lebten.

»Wir haben zu der magischen Welt der Blumen und der Vögel keinen Zugang«, sagte Mister Pyle, »deshalb fühlen wir uns immer ein wenig fremd hier, wie in einem Internat oder beim Militär. Wir wissen nicht, was wir mit unserer freien Zeit anfangen sollen. Geregelt sind nur die Arbeitsstunden, die an Schulstunden erinnern, und die Stunden der gemeinsamen Mahlzeiten, bei denen wir wie Rekruten immer mit denselben Personen am Tisch sitzen. Leben, Leland, das tun die anderen. Grausam oder gut, aber sie leben. Wir aber sind weder gut noch grausam, wir sind einfach Maschinen.«

Die blauen Augen John Pyles hinter den blanken dicken Brillengläsern blinzelten zufrieden, weil er seiner Gattin die Unterlegenheit von Leuten seinesgleichen, die für mächtige Gesellschaften arbeiteten, überzeugend beweisen konnte.

»Wir sind Automaten«, fuhr er fort, »Leute, denen das Leben als Abenteuer versagt bleibt, denn solange wir untergeordnete Beamte sind, kann uns der kleinste Wechsel im Geschäftsablauf den guten Ruf und die Stellung kosten. Sind wir erst leitende Angestellte, die viel Geld verdienen, dann wollen wir nichts mehr riskieren. Ohne Risiko aber gibt es kein wirkliches Abenteuer.«

Pyle rieb sich die Hände und wartete ab, welchen Eindruck seine Worte auf die Gattin machten. Leland widersprach. Für sie bot ein großes Unternehmen noch immer vielen Menschen die Möglichkeit des Abenteuers.

»Einverstanden, einverstanden«, rief Pyle aus und hüpfte dabei wie ein kleiner Junge. »Auch bei uns hat es natürlich einmal das ›Große Abenteuer‹ gegeben. Aber die Männer, die es erlebt haben, sind tot. Sie sind an ihm zugrunde gegangen, am Klima, an den harten Bedingungen, und ersetzt worden durch uns. Wir aber sind weder gut noch böse, weder traurig noch fröhlich, einfach Maschinen.«

3

Die Luft war stickig, man hatte das Bedürfnis, sich zu bewegen, sich die Schuhsohlen abzulaufen. So verging die Nacht rascher. Sich müde machen, verdauen, sprechen und dabei über die Rasenflächen zwischen den hellerleuchteten Häusern schreiten, die mit ihren lärmenden Radios riesigen Musiktruhen glichen.

Schweigend gingen die beiden Pyles nebeneinanderher; er in weißem, untadeligem Hemd und in einer Hose aus luftdurchlässigem Stoff, sie in weißen Schuhen, weißem Kleid und frisiert wie ihre Großmutter, der sich glich und die von einem der berühmtesten holländischen Maler des vorigen Jahrhunderts porträtiert worden war. Eine schöne Frau.

Eben das sagte Carl Rose, ein alter Angestellter der Tropical Platanera Company; er hatte sich zu ihnen gesellt, um an dem nächtlichen Spaziergang teilzunehmen, der über das Deck eines in der tiefen Nacht — der Nacht unter dem Wendekreis des Krebses — verankerten Schiffes zu führen schien. Er ruderte beim Sprechen lebhaft mit den Armen, deren Flaum im Schein der Lampen golden schimmerte.

In dem Glauben, es seien Stufen, stolperte Leland über die verwirrenden Schatten der Zweige, die das elektrische Licht auf den glatten Zement malte. Sie blieb bei ihrer Behauptung, daß das gigantische Unterfangen der Bananengesellschaft noch immer ein Abenteuer sei.

Der hochgewachsene, knochige Carl Rose klopfte seine Pfeife auf dem Handteller aus und entgegnete:

»Zweifellos war es das einmal in der Pionierzeit. Aber was ist jetzt daraus geworden: Ausbeutung, die plumpe Ausbeutung der Reichtümer eines Landes, das wir kaum kennen und nicht richtig zu schätzen wissen!«

Mister Pyle teilte Carl Roses Meinung, was die Zeit der Abenteuer betraf, als die Plantage angelegt wurde und die Maschine sich in den Urwald fraß. Aber er bestritt, daß es eine plumpe Ausbeutung sei.

Die schöne Leland, deren bebende Stimme verriet, wie sehr sie beteiligt war, ergriff leidenschaftlich Carl Roses Partei. Ausbeuten sei nicht nur plump, sondern dumm, absolut dumm. Ihre Reaktion war so ungestüm weiblich, daß sie dieses Wort wiederholte, ehe sie fortfuhr:

»Von einem so finanzkräftigen Unternehmen, das vor den Toren der Hauptstadt und obendrein mit so billigen Arbeitskräften Neuland erschließt, kann man etwas anderes erwarten.«

»Früher war das auch anders, nicht wahr, alter John?« rief Carl Rose. »Zwischen den Pionieren, die sich in den unerschlossenen Urwald wagten, um seine Schätze zu heben, und den Nachfolgern, bei denen alles Routine ist, die nur die vorgeschriebenen Wege gehen und sich mit dem Erreichten zufriedengeben, besteht ein himmelweiter Unterschied.«

»Und schlimm ist, schlimm« — Leland legte die Hand auf den Arm ihres Mannes —, »wer Zeit verliert, verliert alles. Denn ein Unternehmen durchläuft wie der Mensch bestimmte Altersstufen. Wenn das Abenteuer ein Zeichen von Jugend ist, so war die Jugend dieses Unternehmens rasch vorüber, ist dem Alter und dem Verfall gewichen.«

»Das machen die Tropen«, warf der alte John ein.

»Laßt mich ausreden ... Ich sagte, daß das Unternehmen seine besten Kräfte sehr bald verbraucht hat. Jetzt ist es ein Greis, der seine letzten Jahre ungestört und sorglos verbringen will.«

»Ich weiß nicht recht, worauf Sie hinauswollen«, sagte Carl Rose und sah sich um, als wollte er feststellen, ob ihm jemand folgte. Das tat er häufig, seit er vor vielen Jahren erlebt hatte, daß auf einer Bahnstation ein Mann aus dem Hinterhalt erschossen wurde. Nun spürte er in seinem Rücken immer die Gefahr. »Ich weiß nicht recht, worauf Sie hinauswollen. Zweifellos aber ist die Bananengesellschaft in eine Sackgasse geraten, aus der sie nicht herausfindet.«

»Denn das Abenteuer wäre erst zu einem glücklichen Ende gebracht worden, wenn es die Menschen dazu gebracht hätte, inmitten dieser smaragdgrünen Pflanzenwelt zusammenzuarbeiten. Statt dessen haben wir uns mit einer rein äußerlichen Herrschaft zufriedengegeben. Aus Angst vor dem Tod versäumen wir das Leben. Wir leben wie Gefangene in Drahtkäfigen, wie Leichname, die man unter Glas konserviert.«

»Und in Alkohol«, ergänzte Pyle.

»Stimmt. Die Männer hier leben offenbar nur, wenn sie betrunken sind.«

Leland fühlte sich von der Heiterkeit ihres Mannes so weit entfernt wie einer jener glänzenden Sterne am fahlen Himmelsgewölbe, die vor Hitze zu vergehen, die mühsam zu atmen schienen, die flakkerten, als müßten sie sich Luft zufächeln, so wie sie. Nur daß sie etwas trinken und Kegel spielen konnten.

Der alte John nahm seine Kugel und warf alle neun. Er wollte sich für die Niederlage am Abend zuvor rächen.

Leland spannte die schöne, bloße Schulter und tat es ihm gleich.

»Donnerwetter, wieder alle neun. Ihr seid ja die reinsten Abenteurer«, rief ihnen Carl Rose zu, dessen Kugel abirrte und sprang. Man gab sie ihm zurück, und er sagte: »Beim zweitenmal ist es schon Routine. Der alte John muß uns sagen, wie, wann und wo die Routine beginnt!«

»Ich will dir lieber sagen, wo sie endet, nämlich in dem Augenblick, in dem dir die Kugel aus der Hand gleitet. Da hörst du auf, der routinierte Spieler zu sein, denn dann fängt das Abenteuer der rollenden Kugel an, dieser runden Masse, die auf ein bestimmtes Ziel zufliegt und deren Aufprall ein neues Kapitel in eben diesem Abenteuer beginnt.«

Schließlich gingen sie wie immer schlafen — wenn es ihnen auch zuwider war. Im Halbdunkel, hinter der Drahtgaze, tanzten die

Fläschchen mit den Abführsalzen und den Schlafpulvern einen gespenstischen Reigen.

Während die Herren in ihren Büros arbeiteten, unternahm Leland auf eigene Faust Streifzüge durch die Plantage, auf der man sich leicht verirren konnte, und gelangte bis an das Haus des Meisters Adelaido Lucero. Das gelbliche rohseidene Kleid machte sie jünger. Es war zwar kein Modell, sah aber doch recht hübsch aus mit seinen Kimonoärmeln. Über den goldblonden Flechten, um die sie einen Turban in der Farbe des Kleides geschlungen hatte, schwebte ein runder, geblümter japanischer Sonnenschirm.

Man konnte sich leicht verlaufen auf der Plantage, weil das Gelände, das mit einem Gewebe aus kostbaren, feuchten Blüten bedeckt war, mit einem Netz, in dem sich surrende Insekten verfingen, nicht wechselte, überall gleich aussah. In einiger Entfernung entdeckte Leland Landarbeiter, die an einer Feldspritze hantierten. In ihren seltsamen Schutzanzügen glichen sie Tauchern, die auf dem Meeresgrund gegeneinander kämpften. Um sich vor der brennenden Sonnenglut zu schützen, trugen sie Umhänge aus Blättern. Dadurch sahen sie von nahem wie große Pflanzen aus, die sich fortbewegen. Nachdem sie die Schläuche an die Sprühgeräte angeschlossen hatten, spritzten sie die leuchtend grünen Stauden und die Bananenbüschel ab, von denen manche mehr als zweihundert Pfund wogen. Bald war die ganze Pflanzung in einen süßlich riechenden, blauen Säureschleier gehüllt.

Leland beschleunigte den Schritt. Ein Verlangen überkam sie, sich aufzugeben, ihren Leib den unmitelbaren Eindrücken der Sinne zu überlassen. Verweilen wollte sie, hier, unter dem buntschimmernden Bogen des künstlichen Regens, der die glühende Atmosphäre durchtränkte, wenn das Wasser der stillen Kanäle in Schwaden von Millionen kühler Tröpfchen auf die Heerschau grüner Lanzen niederrieselte.

Die Männer an den Sprühgeräten sahen Leland vorbeigehen. Die Stauden, an denen die »Frucht der Weisen« wuchs, waren zahlreichen Gefahren ausgesetzt, deshalb mußten sie täglich zweimal, während die Sonne Bäche aus feinstem Gold durch die zerfransten Blätter rinnen ließ, von oben bis unten sorgfältig untersucht werden.

Papageien waren da und andere langsam fliegende Vögel, Wolken wie Schaum und Männer, die emsig wie Maulwürfe Petroleum in Wasserlachen schütteten, um die Mückenlarven zu vernichten.

Doña Roselia de Lucero schob ihrem Gast flink einen Stuhl hin, den besten, den sie besaß. Diese Aufmerksamkeit war sie der liebenswürdigen Dame schuldig, die trotz der Hitze so frisch und munter aussah. Allerdings war Roselia über den Besuch nicht gerade erbaut, denn sie konnte kein Wort Englisch und Leland kein Wort Spanisch.

Ihre Mienen entspannten sich, als sie sich niedersetzten — Leland auf den angebotenen Stuhl und Roselia auf ein Schemelchen ihr gegenüber — und einander anblickten. Was hätten sie auch anderes tun sollen? Sie lachten. Nun betrachteten sie sich schon nicht mehr so kritisch wie zu Anfang, sondern wohlwollend wie zwei gute Bekannte. Leland wies auf den jüngsten der drei Luceros, den Nachkömmling, der noch auf allen vieren kroch — die beiden anderen waren bereits große Jungen — und sagte: »Hübsches Kind.« In einem Anflug von Zärtlichkeit hob die Mutter den Kleinen zu ihrem dunkelhäutigen Gesicht empor, dann noch höher, über ihren Kopf hinaus, und drückte ihn schließlich an sich.

Leland fand es schrecklich, daß sie sich nicht verständigen konnten, weil die Sprachschwierigkeiten wie eine trennende Mauer zwischen ihnen standen. Jeder war in seine eigene Welt eingeschlossen, in die Welt seiner Sprache. Das Mysterium der Sprache. Die Verwirrung beim Turmbau zu Babel. Leland schlug ihre schöngeformten Beine mit den schlanken Fesseln übereinander, zog ein Etui aus Schildpatt hervor und bot ihrer stummen Gefährtin eine Zigarette an. Roselia lehnte lächelnd ab.

Plötzlich fuhr Leland zusammen, weil ein gellendes Clownslachen ihr Ohr traf. Ein gezwungenes Lachen, das trotzdem beleidigend aggressiv wirkte. Sie erschrak noch mehr, als gleich darauf ein Mann erschien, der noch immer hemmungslos lachte.

Er trug eine vor Alter glänzende Jacke mit ausgefransten Ärmeln und rötlichem Kragen. Die zerdrückte, viel zu kurze graue Hose war an den Knien durchgescheuert. Er hatte einen feinen Mund, eine Adlernase und Augen, hellgrün wie die Blätter junger Bananenstauden. Von seinem sorgfältig gepflegten Haar und den glattrasierten, bläulich schimmernden Wangen ging ein sauberer Duft nach Wasser und Seife aus. Einige nannten ihn Cosi, andere Stoner, wieder andere Lester Mead.

Cosi, Stoner oder Lester Mead ließ seinen Kunden keine Zeit, zu flüchten. Kaum ertönte sein gellendes Lachen, da war er auch schon selbst mit seiner Ware zur Stelle. »Alles, was Sie für den Nähkorb brauchen!« Wenn er das gesagt hatte, riß er die grünen Augen übermäßig weit auf, so daß sie ihm fast aus den Höhlen traten, und schwieg. Nach einer Weile wiederholte er: »Alles, was Sie für den Nähkorb brauchen«, starrte auf seinen Kram und schlug von neuem das durchdringende Lachen an.

Leland beglückwünschte ihn zu der eigenartigen Methode, seine

Ware, die er mit diesem gellenden Lachen ankündigte, an den Mann zu bringen. Es klang, als gurgelte er mit zu heißem Wasser, das er dann ausspuckte. »Alles, was Sie für den Nähkorb brauchen.« Haha, hahahaha.

Cosi reagierte nicht auf Lelands Lob. Schweigend blickte er sie an, mit grünen, runden Augen, aus denen eiserner Wille sprach. Plötzlich senkte er ein wenig den Kopf, so daß sein Nacken sichtbar wurde, auf dem das ungeschnittene Haar wie ein Polster lag. Es sah aus, als bräche der Kopf ab, aber schon hob er ihn wieder und stieß von neuem das schrille Lachen aus, das den Ohren weh tat, weil es wie ein spitzer Draht das Trommelfell zu durchbohren schien.

Leland fragte ihn, wer er sei. Er schluckte ein paarmal, so daß sein Adamsapfel auf und ab hüpfte, als wollte er den Worten den Weg freigeben. Dann antwortete er gemessen wie ein Professor, ein protestantischer Geistlicher oder ein Diplomat. Er sprach ein gepflegtes Oxford-Englisch, und Leland fand, daß die Bekanntschaft mit ihm die angenehmste Überraschung dieses Morgens sei. Señora Lucero verstand kein Wort von dem, was die beiden miteinander redeten. Zum Abschied ergriff Cosi die Hand der schönen Missis Pyle und nannte sie im Ton eines Mannes, der ein Wort findet, das er seit langem nicht gebraucht hat, seine Freundin.

»Pfeifend, wie die Schlangen lachen würden, wenn sie lachen könnten.« Das war das letzte, was Leland aus dem Mund Lester Meads vernahm, der alles hatte, »was Sie für den Nähkorb brauchen«.

»Pfeifend, wie Schlangen lachen würden, wenn sie lachen könnten.«

Die Hand auf einen Pfosten gestützt, stand er vor ihr. Zu seinen Füßen lag der große Beutel mit den prächtigen bunten Garnröllchen, mit Nähnadeln, Fingerhüten, Sicherheitsnadeln und Stricknadeln. Einer seiner Schuhe war zerrissen. Auf den anderen hing die Socke herab.

Leland versuchte, Doña Roselia zuzulächeln. Aber sie vermochte es nicht, konnte nur schmerzlich die Lippen verziehen. Bevor sie aufbrach, richtete sie noch einmal forschend die goldbraunen Augen auf den seltsamen Menschen, den sie kennengelernt hatte. Offenbar war er nicht der arme Narr, dessen Rolle er spielte. Aber wer war er? Sie verabschiedete sich von Doña Roselia, die den Kleinen auf dem Arm hatte, indem sie ihr mit dem Sonnenschirm zuwinkte. Cosi ließ sie vorbei, und nur seine Augen sprachen zu ihr, folgten ihr, zwei bewimperte Hoffnungen. Dann ging auch er. Sein unechtes Clownslachen verhallte in der Ferne.

Während die schöne Leland Foster sich ihrem Hause näherte, ließ sie nervös den Sonnenschirm kreisen, der auf ihrer Schulter lag, weil sie irgend etwas tun mußte. Der alte John lobte ihren Entschluß, sich nicht im Hause zu verkriechen, während er im Büro arbeitete. Sie fand also allmählich Gefallen an ihrer Umgebung? Wie lange würde sie in den Tropen bleiben, wohin sie nur gekommen war, um die Ferien zu verbringen? Warum sah sie so vergnügt aus, als sie zur Tür hereintrat, den Sonnenschirm zuklappte und um ein Glas Sodawasser mit Whisky und Eis bat? Sie begrüßte ihren Mann mit einem Kuß und reichte Carl Rose und Ernie Walker, einem Pokerspieler, der sich das Haar in die Stirn kämmte, die Hand.

Bevor die anderen etwas sagen konnten, berichtete Leland über ihre sonderbare Begegnung mit jenem scheinbar geistesgestörten Menschen, der ein so tadelloses Englisch sprach. Sofort begann eine lebhafte Auseinandersetzung. Was verstand sie, verstanden alle anderen, verstand man überhaupt unter »tadellosem Englisch«? Eine trockene, kalte, geschraubte Art zu reden! Wer einen vorsintflutlichen Wortschatz gebraucht, spricht ein tadelloses Englisch! Da war das ihre besser, lebendiger. Leland dagegen fand es beschämend armselig. So stammelten Riesen, die wieder Kinder geworden waren und das Sprechen verlernt hatten. Sie verschluckten die Hälfte der Wörter, um Zeit zu sparen, oder fügten sie aneinander zu dem unverständlichen Kauderwelsch, wie es unter Kaufleuten üblich ist.

Nachmittags wurde kaum noch gearbeitet. Genaugenommen überhaupt nicht mehr. Man warf sich unbekleidet aufs Bett und hielt Siesta. Nur die schweigsamen, einheimischen Angestellten, deren Arbeit liegengeblieben war, kehrten für eine Weile ins Büro zurück. Bald würde das einschläfernde Quaken der Frösche laut werden, bald würden hoch über dem schwarzen Rauch der Lokomotiven — die auf einem Bahnhof rangierten, wo es keine Gebäude, sondern nur Trauerweiden und silbrig glänzende Wasserbehälter aus Aluminium gab — die ersten Sterne aufgehen und sich ihrerseits an die Arbeit machen, die darin bestand, Mittler zu Gott zu sein.

Abgespannt kehrte Adelaido Lucero heim. Manchmal waren die Tage zu kurz für all das, was getan werden mußte, dann schaffte er nicht, was er sich vorgenommen hatte, obgleich er sich die Arbeit genau einteilte. Seine drei Jungen umringten ihn. Wenn er ihnen am Abend die Hand auf die braunen Köpfe legte, dann fühlte er sich reich wie ein Baum, der voller Kokosnüsse hängt. Am meisten verhätschelte er den Jüngsten. Kaum hatte der Vater sich hingesetzt, da kroch er auf allen vieren heran wie eine kleine Eidechse. So nannte ihn die ganze Familie.

»Schaut, da kommt ja unser Eidechslein!«

Der braunhäutige kleine Kerl patschte fröhlich mit den Händen auf den Fußboden, als verstünde er die Worte des Vaters, und kroch, so schnell er konnte, zu ihm. Er umklammerte Luceros Knie und versuchte, sich aufzurichten. Der Vater half ihm.

»So ein Schlingel! Und kein Zahn im Mäulchen. Wirst der erste Mensch auf Gottes Erdboden sein, der ohne Zähne rumläuft!«

»Die Frau von Don John war hier«, berichtete Roselia. »Besser, sie wäre nicht gekommen. Ich wußte gar nicht, was ich mit ihr anfangen sollte. Ich verstehe sie nicht, und sie versteht mich nicht.«

»Hast du ihr einen Stuhl angeboten?«

»Aber natürlich, sofort. Eine ganze Weile war sie hier, bis Cosi kam. Mit dem hat sie sich dann unterhalten in deren Kauderwelsch, das bloß der Satan versteht.«

Lucero sagte »Soso«, und sie schwiegen. Das Eidechslein versuchte, ihm den Finger und die Schnurrbartenden in die Nase zu stopfen.

»Gib ihm einen Klaps«, sagte die Mutter.

»Hast du das gehört, Söhnchen? Ich soll meinen eigenen Jungen schlagen ... Und wie hat sich Cosi benommen?«

»Nun, wie immer. Auf einmal war er da. Den sieht man doch nie kommen. Kaum hört man ihn lachen, hat man ihn auch schon auf dem Hals. Und ebenso schnell ist er wieder weg, kein Mensch weiß, wohin. Ein verrückter Kerl!«

»Völlig verrückt! Und doch, er ist der Sohn, Stiefsohn oder Adoptivsohn von einem der Männer, die den Urwald bezwungen, die gegen den Sumpf, die Moskitos, die Malaria, die Kröteneidechsen, die Giftschlangen, den Teufel selbst gekämpft haben, um das hier zu schaffen. Ohne sie gäbe es hier nichts, sie waren die Bahnbrecher ... Ach, da hab ich doch was vergessen! Laß los, Eidechslein ... Ich muß ja Mister Pyle noch die Unterlagen bringen, die er braucht. Bin gleich zurück!«

Das Eidechslein heulte, weil der Vater ihn absetzte. Als Lucero bei den Pyles eintraf, wollten die Gäste gerade aufbrechen. »Kommen Sie herein, Lucero«, forderte Mister Pyle ihn auf.

Adelaido nahm den Hut ab und hörte zu, wie sich die Gäste verabschiedeten. Er verstand kein Wort. Am eifrigsten redete Doña Leland, die Carl Rose und Ernie Walker an die Gartentür begleitete. Als sie sich umwandte und die Stufen hinaufstieg, die ins Haus führten, sah sie Lucero und ihren Mann miteinander sprechen. Ihr war, als ständen sie in einem Drahtkäfig, zwei große Vögel, die mit dem Schnabel in die Luft hackten und wie Menschen gekleidet waren. Lucero faltete die Papiere zusammen und verabschiedete sich von Mister Pyle. Auf der Treppe begegnete er Leland. Er wußte nicht recht, ob er den Hut wieder aufsetzen oder barhaupt bleiben sollte. Er sagte: »Ich hab schon gehört, daß Sie bei uns den Verrückten getroffen haben, der wie ein Brüllaffe lacht. Lassen Sie sich doch mal von Mister Pyle erzählen, wer er ist. Vielleicht wäre es ganz gut, wenn Sie sich um ihn kümmerten. Meine Frau hat mir nämlich gesagt, daß Sie großen Eindruck auf ihn gemacht haben, daß er ganz eifrig zugehört hat, als Sie zu ihm gesprochen haben. Ihr Mann wird Ihnen schon sagen, wer er ist. Es tut einem ja weh, zu sehen, wie er herumläuft, mit zerrissenen Schuhen, in geschenkten Kleidern, ohne Hut . . . Der arme Narr!«

Leland verstand nicht, was Lucero ihr erklärte; er redete langsam auf sie ein, als könnte er sich dadurch verständlich machen. Ihr Mann übersetzte. Als Lucero ging, bemühte sich Leland, so zu lächeln, wie sie Roselia zugelächelt hatte, aber sie vermochte nur gequält die Lippen zu verziehen.

Und dann regnete es, Tag und Nacht, und sie war gezwungen, zu Hause zu hocken. Mister Pyle ging und kam, ein Gespenst in Regenumhang, Kapuze, Schirm und Galoschen. Die Freunde ließen sich nicht mehr blicken. Jeder zog es vor, in seinen vier Wänden zu bleiben. Zigaretten, Bücher, Whisky. Man unterhielt sich telefonisch, und eines Tages — es dämmerte bereits — brachte ihr das Telefon Cosi ins Haus. Aus dem Apparat schallte sein gräßlich schepperndes Lachen, und da stand er auch schon vor Leland, als wäre er aus der Telefonmuschel gefallen, und seine grünen Augen wanderten hin und her, wie die Augen einer Statue, die plötzlich lebendig wird.

Als Leland ihn sah, vor Nässe triefend und dennoch lachend, brachte sie ein Handtuch, Hausschuhe und trockene Wäsche von ihrem Mann. Er kleidete sich um und nahm aus einem lackierten Kästchen, das er lange betrachtete, eine Zigarette. Dann rieb er das Streichholz an der Reibfläche, um es anzuzünden. Es sah aus, als würde er sich das Gesicht verbrennen. Was mache ich nur, wenn er nicht wieder weggeht? dachte Leland, die längst nicht mehr wünschte, daß er ginge.

Die herbe, überschlanke Tury Duzin, jugendlicher Champion im Lawn-Tennis, die erschreckende Ähnlichkeit mit einer Addiermaschine und Brüste wie Tennisbälle hatte, empfing jedes Wochenende in dem hübschen Haus, das ihr als Chefsekretärin von Mister Dimas zustand, den Besuch schöner Amazonen. Die jungen Frauen taten, als hätten sie sich die ganze Woche nicht gesehen, dabei wohnten sie Tür an Tür und hatten täglich miteinander zu tun.

Nach dem Ritt half Tury ihrer Freundin Nelly Alcántara aus dem Sattel. Die beiden pflegten die Sonntage gemeinsam zu verbringen. Ein frugales, zwangloses Mittagsmahl, dann folgte die Diktatur der Tennisspielerin, die von ihrer Freundin Liebeserklärungen forderte.

Tury Duzin, Herrscherin im Reich der Kontors, sah ziemlich männlich aus mit ihrem gelblichen Teint und dem kurzen, schwarzen, in der Mitte gescheitelten Haar. Unter ausgesuchten Umgangsformen verbarg sie die Instinkte eines Wüstenräubers, und zwar so gut, daß die Frauen, mit denen sie Umgang hatte, die Gefahr, in der sie sich befanden, erst ahnten, wenn es zu spät war. Dann verdrängte ein Sumpf ekelhafter sexueller Zärtlichkeit Turys sonstige Zurückhaltung, bis ihr schließlich die Tränen kamen, Tropfen um Tropfen, wie durch einen Filter. »Ach, ich unglückselige Jungfrau«, sagte sie mit heiserer Stimme zu sich selbst, »ich habe das Weib in mir getötet, so daß nur der Mann übriggeblieben ist, der in sich selbst keine Befriedigung findet und sie bei einer anderen suchen muß.«

Die Liebe Tury Duzins zu ihren Auserwählten entsprang dieser Sehnsucht nach dem Weiblichen. Deshalb ertrug sie außerhalb des Büros kein männliches Wesen, sondern umgab sich mit Freundinnen, denen ihre ausgesuchte Liebenswürdigkeit, ihre sensible Koketterie, ihr zartes Werben gefielen. Sie war schwärmerisch und freigebig, eine recht hübsche, knabenhafte Frau, die um sechs Uhr früh aufstand, Gymnastik trieb, zum Frühstück Obst aß und dann den ganzen Vormittag und einen Teil des Nachmittags wie eine Maschine arbeitete. Nach Büroschluß ging sie nach Hause, warf sich aufs Sofa wie ein kleines Raubtier und wartete auf ihre Freundinnen, unter denen sie zur Zeit Nelly Alcántara bevorzugte.

Tury Duzin umschlang Nellys Taille, fuhr ihr zärtlich mit der Rechten über den Rücken und küßte sie auf den Mund, während sie ihr mit der Linken das Gesäß streichelte.

Aus der nahen, ständig wachsenden Siedlung drang das blecherne Bimmeln der Glocke herüber, die im Gestühl einer noch nicht fertiggebauten Kirche schwang, und weckte die beiden glücklich Liebenden. Menschen betraten die Kirche, die beten wollten, andere kamen nur her, um zu sehen, was los war. Nie war etwas los. Einmal aber würde doch etwas geschehen, und dann wollten sie dabeisein. Irgend etwas mußte doch einmal dort geschehen, wo Gott zu Hause war.

Auch Adelaido Lucero und seine Frau hatten sich eingestellt mit den beiden Großen, Lino und Juan, und dem Eidechslein. Wie hätten sie fehlen sollen, wenn alle erschienen, über den Kirchplatz schlenderten, Maulaffen feilhielten, die Ohren spitzten und die

Sonntagskleider spazierenführten. Einige waren sogar zu Pferd gekommen, die Reiter dort an der Ecke, anscheinend dienstfreie Offiziere. Manche drängten sich um das Glücksrad und gaben ihr Geld aus. Dazu hatten sie es ja verdient. Samuel aus Chamelco hatte seine Zukünftige bei sich, die begehrliche Blicke auf die Parfümflaschen im Schaufenster des Chinesen warf. Einige Neger warteten darauf, daß das Tanzvergnügen begann.

Lucero, seine Frau und die Jungen betraten den Friseurladen »Los Equinoccios«. Der Barbier machte ein saures Gesicht, denn er glaubte, es gäbe Arbeit. Als er hörte, daß sie ihn nur besuchen wollten, küßte er hocherfreut die beiden Großen und nahm das Nesthäkchen auf den Arm. Dann bat er seine Gäste, sich in die Barbiersessel zu setzen. Doña Roselia, die sich nicht dort niederlassen wollte, wo sonst nur Männer saßen, zog einen Stuhl vor. Lucero war wegen des Stücks Land gekommen, das er seit langem zu kaufen gedachte. Er wollte jetzt den Vertrag unterschreiben.

»Mal mußte es ja geschehen, nicht wahr, Roselia? An einem Sonntagnachmittag, wenn Gott dabei ist. Jetzt haben wir Land für die Jungen. Lino und Juan Lucero werden eigenen Grund und Boden haben.«

»Weißt du, woran ich auf dem Heimweg die ganze Zeit gedacht habe?« fragte Doña Roselia, während sie ihrem Mann und den Söhnen neben den Teller voll dampfender, stark gepfefferter Bohnen eine Tasse schwarzen Kaffees stellte, der mit Rohrzucker gesüßt war und einen dicken Bodensatz hatte. »Weißt du, ich habe gedacht, daß die mal besser dran sein werden als wir mit dem Land, das du gekauft hast. Denn wir waren nie etwas, weil wir nichts hatten, was uns richtig gehört.«

»Hast schon recht, es geht nichts über eigenen Grund und Boden. Wer für andere arbeitet, der bleibt sein Lebtag ein armer Schlucker. Sieh doch mich an! Ich habe jahrelang geschuftet, und wie stehe ich da? Vielleicht sogar noch etwas schlechter als früher. Es ist ja nicht mehr so wie damals, als die Leute arbeiteten und das Maul hielten, zufrieden mit dem, was man ihnen zahlte.«

»Das kann man wohl sagen . . .«

»Die Menschen sind aufgewacht, und unsereiner muß die Zeche bezahlen. Ständig muß ich ihnen zureden, daß sie sich gedulden sollen, daß sich alles regeln wird.«

»Lino hat dir vielleicht gesagt, daß sie schon wieder murren.«

Lino hob den Blick vom Teller und sagte undeutlich, weil er den Mund voll Bohnen hatte: »Ja, aber nicht wegen dem Lohn, Mutter.«

»Ach so, ich weiß schon, wegen der Frauen, die sie nicht in Ruhe lassen«, sagte der Vater. »Ist ja auch schrecklich. Eine Frau kann kaum noch allein ausgehen, ohne daß ihr ein paar Kerle nachlaufen, die nur darauf lauern, über sie herzufallen.«

»Am schlimmsten sind die Chefs. Die locken sich so ein Mädel unter einem Vorwand ins Haus und tun ihr dann was an«, rief Juan, Luceros Zweiter, aus, den diese Niedertracht offensichtlich sehr traf.

»Warum regt dich das denn so auf, Junge? Sprich dich aus, dafür hast du doch deinen Vater.«

»Es regt nicht nur mich auf, es regt alle auf.«

4

»Eine Flüssigkeit, die sehr rasch verdunstet«, sagte Mister Pyle, der mit dem Rücken an einem Wandschrank lehnte und aus einer kleinen Flasche ein bißchen Benzin in sein Feuerzeug goß. Dann wandte er sich um und lächelte Carl Rose zu, der tief bekümmert dastand.

Einen langjährigen Freund wie John Pyle zu verlieren war ebenso schmerzhaft, als würde einem ein Arm oder ein Bein amputiert, ein Stück vom eigenen Körper. Betrübt verließ Carl Rose das Zimmer. Hoffentlich würde der alte John nicht von ihm verlangen, daß er ihn in seinem kleinen Auto zur Bahn brachte. Er suchte nach einer Ausrede. Der Motor lief sich so heiß, daß er einer Dampfmaschine glich; der Dampf, der aus dem Kühler aufstieg, beschlug die Windschutzscheibe, die er nicht säubern konnte, weil sie keinen Wischer hatte. Und da der Weg unübersichtlich war, konnte man sich nicht unterhalten. Weshalb dann aber überhaupt zum Bahnhof fahren?

John Pyle, der sich diesen Argumenten beugen mußte, benutzte zum letztenmal den Wagen der Gesellschaft, den der Neger Soledad steuerte. Da er wußte, daß Mister Pyle nicht zurückkehren würde, war Soledad entschieden williger als sonst und half ihm, das Gepäck — Hüte, Mäntel und anderen Kram — zu verstauen.

Die Scheidung gab John Pyle die Freiheit, ein zweites Mal zu heiraten. Darin sah er den einzigen Nachteil einer Scheidung: die Gefahr einer zweiten Ehe. Tury Duzin erschien in Begleitung Nelly Alcántaras, um sich zu verabschieden. Nelly drängte ihm einen Brief an eine Freundin in Chicago auf. Als das Auto am Hause der Luceros vorbeifuhr, konnte Doña Roselia ihren Kummer nicht verbergen. Tränen traten ihr in die Augen — Tränen einer alten Kreolin —, jedesmal, wenn sie sagte: Leben Sie wohl, Mister Pyle.

Der Pokerspieler Ernie Walker, mit seiner Haarsträhne in der Stirn und der ewigen Virginia im Mund, war auf dem Bahnhof. Wenigstens einer, der John zum Abschied die Hand drückte.

Nie waren John Pyle die Felder so grün, Soledad so schwarz, der frische, im Opal des Nebels schlummernde Morgen so friedlich erschienen, nie waren ihm die Büschel so groß und schwer, der aus der Höhe auf die Pflanzen niederrieselnde Säureregen so zartblau, die von der Panamakrankheit befallenen Stauden so hinfällig vorgekommen.

Im Zug setzte er sich auf den einzigen Platz, der noch frei war, neben eine ungeheuer dicke Frau, deren Fettmassen, die offensichtlich Eigenleben hatten, nach allen Seiten quollen und den schmalen Raum beschränkten, den sein knochendürrer Leib zwischen dem Bankende und der halbkugelförmigen Dame vergeblich zu behaupten suchte. Am Ende kam er sich selbst dick vor. Wem sich solche Massen gegen die Knochen pressen, der muß sich einfach dick fühlen.

Glühender Mittag. Enge. Unbequemlichkeit. So viele Menschen in einem einzigen Wagen. John Pyle krempelte sich die Hemdsärmel bis an die Ellenbogen hoch. Die Dame, die ihn schon einmal hold angelächelt hatte wie ein pummliges Schulmädchen, übte mit den beringten Fingern Etüden auf der Scheibe des Abteilfensters, das man geschlossen hielt, um zu verhindern, daß der Rauch der Lokomotive, in dem Funken und Kohlestückchen tanzten, und der Sand hereindrangen, der von den kleinen Wällen an der Bahnlinie aufstieg, die erzitterten und zusammenfielen, wenn der Zug vorbeifuhr. Die Hitze nahm ihnen jede Lust zu sprechen. Aber als die Bahn das Gebirge erklomm und es frischer wurde, unterhielten sie sich. Schließlich hatte ja das Schicksal sie auf dieser Reise zusammengeführt, Körper an Körper, auf engstem Raum. Was ist die Vereinigung von Mann und Frau anders? Sie öffneten ein paar Flaschen Bier, die Mister Pyle bestellt hatte, und die Frau zog aus einem Bündel Empanadas, mit Schinken und Käse, Hühnerfleisch und harten Eiern belegte Brötchen, hervor. So waren sie bald gute Bekannte, und Mister Pyle konnte es wagen, sich etwas bequemer hinzusetzen, ein paar Knochen zu entlasten, auf denen gar zu viel fremdes Fleisch ruhte, und anderen, die es nötig hatten, ein molliges Fettpolster zu verschaffen, indem er bei der Dame für den Rest der Fahrt eine Anleihe machte.

»Sechzigmal im Jahr mache ich diese Reise«, sagte sie, »und ich hab's schon satt zu verlangen, daß man noch ein paar Wagen anhängt, wenn Leute aus Mexiko mitfahren. Denn dann ist es hier so rappelvoll, daß man sich nicht mehr rühren kann. Sie sollten das in die Hand nehmen. Sind doch bestimmt ein hohes Tier bei der Bananengesellschaft. Es wäre für alle gut, auch für Ihre Gesellschaft, denn damit könnte sie sich ein bißchen beliebter machen.«

Mister Pyle antwortete nicht.

»Das hören Sie wohl nicht gern, was? Ich soll wohl sagen, daß ihr uns furchtbar sympathisch seid, weil ihr so schön saufen könnt, was?«

»Herzlichen Dank, was meine Person betrifft.«

»Keine Ursache. Das betrifft nicht nur Sie. Wir lieben euch alle, durch die Bank, weil ihr trotz der Hitze herkommt und arbeitet, damit andere bei euch daheim wie die Fürsten leben können. Natürlich haben die, die hier herumkommandieren, bei euch daheim nichts zu bestellen. So ist das nun mal.«

Auf der Hochebene wechselte die Vegetation. Die Bäume hatten metallisch glänzende Blätter, die aussahen, als hätte man sie in grüne Ölfarbe getaucht. Die reine Luft, die zwischen den Blättern flirrte, schenkte ein tiefes Gefühl von Freiheit und Frische. Die Bäume waren luftige Gebilde, die man in sich aufnehmen, die man einatmen, mit denen man sich die Lungen füllen konnte. An der Küste dagegen war jeder Baum ein kompakter Körper, eine grüne Decke, die auf den Menschen lastete wie die Betten, unter die sich die Zigeuner schlafen legen.

Die Reisenden zogen Jacken, Pullover und Mäntel an.

»Wenn man von der Küste kommt, muß man sich vorsehen«, sagte Mister Pyles neue Bekannte und erzählte ihm zum Abschied, daß sie Clara heiße. »Aber wegen meiner hellen Haut werde ich Clarinera genannt«, fügte sie hinzu. »Wenn Sie mal in Ayutla sind, fragen Sie im Hotel ›Buena Vista‹ nur nach der Clarinera, und Sie werden bedient, wie es sich gehört.«

Ein Reisender auf dem Platz hinter ihnen fuhr aus dem Schlaf auf und murmelte, ohne den Kopf zu heben: »Dann kriegen Sie lauter Extrawürste.«

Clarinera fuhr herum und sagte: »Wer hat Sie überhaupt um Ihre Meinung gefragt?«

»Lauter Extrawürste«, murmelte der hinter ihnen. Er schnaufte im Schlaf, den Kopf auf der Banklehne, den Hut im Gesicht.

Clarinera beachtete ihn nicht weiter. Pyle rollte sich die Hemdsärmel über die dünnen, behaarten Unterarme, zählte seine Gepäckstücke und zog die Jacke an. Mechanisch ruckte er mit den Schultern. Immer diese Schuppen.

Im Hotel — er wollte die Gastfreundschaft der Thortons, seiner Freunde, nicht in Anspruch nehmen — setzte er sich auf einen Stuhl an einen runden Tisch, auf dem eine versengte Decke lag, ein

Zeichen, daß hier mitunter gebügelt wurde, und öffnete die Briefe, die man ihm für andere mitgegeben hatte. Früher hätte er so etwas nie getan, doch einmal hatte er nicht widerstehen können und einen der Briefe geöffnet. Dieses Schreiben aber begann mit den Worten:

»Der Trottel, der Dir diesen Brief überbringt . . .« Seither öffnete er alle Post, die man ihm anvertraute. Briefe, deren Inhalt ihn nicht interessierte, überflog er nur, andere las er Wort für Wort.

Er setzte die Brille auf und las den Brief, den die sanfte Miss Havisham an ihre Mutter geschrieben hatte. Miss Havisham war eine Frau an die Fünfzig, die sich bemühte, mit ihren Umgangsformen auf alle Leute den Eindruck eines wohlerzogenen Menschen zu machen; das gelang ihr aber nicht, denn ihr war ein hochfahrendes, schulmeisterliches Gehabe eigen. Sie sprach stets, als gäbe sie Unterricht, und hatte über Disziplin und Pünktlichkeit äußerst strenge Ansichten. Wenn sie sich über Charakterfestigkeit, Pflichtbewußtsein und andere Tugenden ausließ, die sie über alles stellte, dann verzog sie den Mund, über dem sie den Flaum beseitigt hatte, runzelte nervös die Stirn und war wie verwandelt.

In dem Brief an ihre Mutter stand etwas über die Scheidung John Pyles und Leland Fosters:

»Du kannst Dich an Hand der Landkarte, die ich Dir vor zwei Jahren geschickt habe, leicht orientieren. Seither hat sich nichts geändert. Im Norden siehst Du einen Berg, dort gibt es eine Menge buntgefiederter Vögel. Meiner Meinung nach hat dieser Berg Lelands Entschluß wesentlich beeinflußt. Die Berge, in deren Tiefe das Mineral ruht, strömen feuchte Dünste aus, die die menschliche Seele angreifen, so daß sie schwermütig wird und unzufrieden mit dem, was sie hat. Missis Pyle hat gelacht, als ich ihr sagte, sie solle nicht so oft in diese Gegend reiten. So hat sie, die früher in allem unseren strengen moralischen Maßstäben entsprach, jeden Halt verloren. Alles andere weißt Du ja aus meinen früheren Briefen. Sie ist mit einem Abenteurer durchgegangen, und der arme Ehemann . . .«

An dieser Stelle kratzte sich Mister Pyle den Kopf, bevor er weiterlas.

». . . der arme Ehemann glaubt, wie viele seinesgleichen, daß wir Frauen uns lediglich von den Männern unterscheiden, weil wir Frauen sind. Er begeistert sich für die Heldentaten der Pioniere, die das riesige Unternehmen hier aufgebaut und dem Urwald dieses fruchtbare Land entrissen haben, und steckt alle anderen mit seiner Begeisterung an. Als nun Leland einem dieser großen Abenteurer begegnete, hat sie ihn unbesehen adoptiert — wie wir Frauen es in einem gewissen Alter tun. Wir nehmen den Mann, den wir lieben, an Kindes Statt an. Der Verlust der Jugend, liebste Mama, bedeutet, daß die Zeit endgültig vorüber ist, in der wir lieben konnten, ohne zu adoptieren . . .«

Pyle mußte herzlich lachen. Der Brief gab ziemlich genau das wieder, was geschehen war. Neu war ihm nur die Geschichte mit dem Berg im Norden, auf dem eine Menge buntgefiederter Vögel leben und in dessen Tiefe Minerale ruhen sollten.

Er legte das Schreiben der unvergleichlichen Miss Havisham beiseite und öffnete den Brief Nelly Alcántaras, der Freundin Tury Duzins. Mister Pyle hatte eine gewisse Schwäche für diese Damen, die in einer Welt für sich lebten und keinerlei Ansprüche an den Mann stellten, der ihnen gerade dort gleichgültig war, wo er für andere Frauen interessant wurde. Wenn sich der alte John mit ihnen unterhielt, dann hatte er immer das angenehme Empfinden, sich, genauer gesagt, sein Geschlecht, nicht verteidigen zu müssen, das doch die Männer im Beisein von Frauen stets verteidigen. Er konnte sich völlig entspannen, wie jemand, der auf dem Rücken schwimmt, von keiner Gefahr bedroht.

»Leland Foster«, hieß es in dem Brief Nelly Alcántaras, »hat mit ihrem Mann gebrochen, einem reizenden, unbedeutenden Menschen, wie Tury Duzin meint, die mir jetzt offen zeigt, daß sie mich liebt. Ach, die Welt müßte wieder wie früher sein, als die Liebe zwischen Personen desselben Geschlechts das einzige Mittel war, glücklich zu sein! Wirklich schade, daß Leland sich von ihrem Mann wegen eines anderen getrennt hat, den sie obendrein noch heiraten wird. Er hat einfach unmögliche Ansichten, spricht von sozialer Gerechtigkeit und daß die Welt wieder menschlicher werden müßte . . . Es ist unerträglich. Ich kann Leland nur noch ertragen, wenn sie Klavier spielt. Mozart, von ihr gespielt, ist wunderbar, und Tury Duzin ist eifersüchtig, aber nicht auf Mozart, sondern auf Lelands Finger . . . Und was meine Melomanie angeht, da muß ich Dir noch etwas ganz Komisches erzählen. Als wir neulich nach einem Spaziergang bei den Luceros haltmachten — das sind Einheimische, bekannte und angesehene Leute —, kam die Rede auf das Spinett, das für mich ein bewundernswertes Instrument ist. Die anderen lachten mich aus und stempelten mich zum Melomanen, zum Obermelomanen und Überübermelomanen. Die Einheimischen saßen dabei, machten runde Augen und verstanden kein Wort. Was soll ich sagen, am Spätnachmittag — wir hatten gerade ausgeschlafen — steht der alte Lucero vor der Tür mit einem Netz voll herrlicher, goldgelber Melonen. Und weißt Du, warum? Weil er glaubte, ich sei schwanger und hätte Heißhunger auf Melonen. Die Leute hier denken nämlich, daß eine Schwangere blöde Kinder kriegt, wenn sie ihre Gelüste nicht befriedigt. Ich und schwanger! Von Tury Duzin vielleicht, wenn die Götter wieder auf die Erde herabsteigen.«

Die anderen Briefe, die er las, fünf im ganzen, waren von seinen Kollegen, die dafür sorgten, daß auf der Welt die Dummheit nicht ausstarb. Der plumpe Mister Kobler zum Beispiel behauptete, daß er, Pyle, ein Phantast sei und es der Gesellschaft gegenüber an Loyalität fehlen lasse. Als darauf seine Frau Leland, die doch als Nordamerikanerin Teil der Gesellschaft sei, an deren Methoden zu zweifeln begann, da habe Pyle es ihr überlassen, einen Ausweg für sich zu suchen. Auf welche Art Ausweg aber eine Frau verfällt, nun, das wisse man ja . . .

Mister Pyle zerknüllte den Brief und stieß eine Verwünschung aus. Der plumpe Mister Kobler ging in seiner Bosheit so weit, daß er den letzten Satz auf spanisch und bei dem Wort verfällt die erste Silbe unleserlich schrieb.

Aber was konnte man von diesem ehrenwerten Schwein schon erwarten, einem Kerl, der sein Gesäß nur vom Schreibtischsessel hob, um einen streichen zu lassen, der seine Nase ständig in den Rechnungsbüchern und zu Hause ein hysterisches Weib hatte . . .

Pyle zündete die Zigarette wieder an, die ihm an der Unterlippe klebte und ausgegangen war, während er die Briefe las. Eigentlich durfte er seine Kollegen nicht verurteilen, hatte er doch damals den Freunden in New York berichtet, wie der Medizinmann Chamá Rito Perraj Missis Kobler von der Hysterie kurierte.

Er hatte sie mit Stricken an einer Kokospalme hochziehen lassen, mit gespreizten Schenkeln den Stamm hinauf; es sah aus, als kletterte sie ohne fremde Hilfe; sie gebrauchte Arme und Beine, schabte, rieb und scheuerte sich. Wirklich und wahrhaftig. Ein Jahr lang hatte die Gute vor ihren hysterischen Anfällen Ruhe, dann allerdings mußte man wieder nach Rito Perraj rufen. Der große Medizinmann kam, beschnupperte Missis Kobler und sagte: »Die hat wieder Appetit auf den Stecken!« Das Gesicht, das der plumpe Mister Kobler schnitt!

Pyle zerriß die Briefe in winzig kleine Stücke. Er wollte sie weder befördern noch behalten. Jeder Brief enthielt ein Körnchen Wahrheit, selbst die beiden, in denen er als ein »prächtiger Hahnrei« und ein »Othello mit der Brille eines protestantischen Pfarrers« bezeichnet wurde. Ja sogar der, in dem es hieß, seine Frau habe nur einen Narren gegen den anderen eingetauscht. Er sammelte die Papierfetzen, warf sie ins Klosett und zog an der Kette, als hätte er abgeführt. Ihn beunruhigte nur, daß er auch den Brief zerrissen hatte, der von dem »Berg im Norden« handelte, auf dem »eine Menge buntgefiederter Vögel lebe« und in dessen »Tiefe Minerale ruhen« sollten.

»Ein poetischer Scheidungsgrund, auf den ich noch gar nicht gekommen war«, dachte er, während das Wasser die Schnipsel hinunterspülte. Er kehrte ins Zimmer zurück, kleidete sich mechanisch aus und legte sich ins Bett. Vorher holte er aber noch eine Flasche Whisky aus dem Koffer. Leute wie er, die wissen, was sie wert sind, und die lange Zeit in den Tropen gelebt haben, gehen nicht schlafen, ohne sich wenigstens einen Viertelliter hinter die Binde gegossen zu haben. Er kostete genießerisch. Schade, daß er den Whisky aus einem Mundspülglas trinken mußte, das nach Zahnpasta roch.

Ein neuer Tag, ein neuer Beginn. Am Morgen hatte er noch in der Direktion zu tun. Als er über die einfarbigen lila Teppiche schritt, in die seine Schuhe einsanken, an getäfelten Wänden und Fenstern vorbei, die Gitter in kalifornisch-spanischem Stil hatten, war ihm, als begäbe er sich zum Erzbischof. Bei seinem Eintritt erhob sich ein Mann, der weit größer war als er. Er begrüßte Mister Pyle mit dröhnender Stimme und heftete auf ihn seine Augen, die am Gesims der niedrigen Stirn hingen, aus der ein Schwall seines zu einer Hahnentolle zusammengebürsteten, unbändigen Haares fortstrebte. Von hinten wirkte der Mann schlanker als von vorn. An einer Schreibmaschine tippte kaum hörbar eine grauhaarige Sekretärin.

Vor den mit Landkarten und Fotografien von der Plantage und deren Gebäuden geschmückten Wänden redete der baumlange Direktor weiter mit dröhnender Stimme auf Mister Pyle ein, wandte den Blick nicht von ihm und zog das bißchen Stirn kraus, das ihm sein Haarschopf gelassen hatte.

Er nahm einen Stoß Papiere vom Schreibtisch, auf dem das gedämpfte Läuten des Telefons erklang, und breitete sie vor seinem Besucher aus. Dann wandte er sich, fast ohne die untere Hälfte seines Körpers zu bewegen — es sah aus, als höbe er sich selbst aus den Angeln —, dem Apparat zu und griff mit langen, an der Spitze verdickten Fingern nach dem Hörer.

Mister Pyle, der genau wußte, was in den Blättern stand, sah sie nicht einmal an. Er hielt sie in der Hand und sagte, nachdem der Direktor den Hörer wieder aufgelegt hatte, mit gelassener Stimme:

»Es ist sinnlos, weiterzudiskutieren. Sie kennen meine Meinung. Es ist auf lange Sicht gewinnbringender, wenn wir den selbständigen Pflanzern die Bananen abkaufen, statt daß wir neue Plantagen anlegen. Die Arbeitsbedingungen auf der ganzen Welt ändern sich ununterbrochen, und leider besitzen wir kein Gift, das den Sozialismus vertilgt, wie es die Bordeauxsäure mit dem Sigatogapilz macht.«

»Sehr richtig. Die Sekretärin hat Ihren Bericht schon fast fertig abgeschrieben. Wir werden ihn den ›hohen Herrschaften da drüben‹ zuschicken.«

Den alten John hatte es schon immer geärgert, daß der Direktor die Leitung der Tropical Platanera Company in Chicago nie beim Namen nannte. Heute versetzte es ihn in helle Wut.

»Wenn die ›hohen Herrschaften da drüben‹ erst wissen, was sich hier tut, dann werden ihre Drohungen, sich anderswo niederzulassen, ebensowenig nützen wie Kriegsschiffe und Diplomaten.«

»Vielleicht denken alle so, aber da man immer etwas tun kann, werden ›die hohen Herrschaften da drüben‹ vorher tun, was getan werden muß, und schon machen, was not tut: Ihren Bericht lesen, Mister Pyle.«

Der alte John verabschiedete sich von dem Direktor, der mit hängenden Armen an seinem Schreibtisch stehen blieb. Verlorene Zeit, ins Leere hinein mit Leuten zu reden, die nicht sahen, daß die Wirklichkeit in Verwandlung begriffen war, die Realität von morgen die Realität von heute ablöste.

Er begab sich in den Club Americano. Die Stammgäste. Der herzliche Gruß des Barmannes. Die Diener, vom Neger in der Portierloge bis zu Chilo, der den Innendienst versah. Er brauchte nicht zu bestellen. Während er Hut und Aktentasche auf die Theke legte, die einen großen Teil des Raumes einnahm, servierte man ihm bereits sein übliches Glas Whisky und eine Flasche Mineralwasser, die ihn freundlich sprudelnd zu bewillkommnen schien.

»Eine Kleinigkeit zu essen, Mister Pyle?« fragte der Barmann Jacinto Montes. Bald fanden sich Freunde und Bekannte ein, um ihr Gläschen zu trinken, und sie feierten die Anwesenheit des alten John. Jeder rechnete sich aus, wann er ihn zum letztenmal gesehen hatte. Einige waren auf der Plantage gewesen und hatten ihn dort getroffen — ein Anlaß für weitere Lagen. Gegen Nachmittag blieben in dem großen Klubraum nur Mister Pyle, Jacinto Montes und einige Kellner zurück, die darauf warteten, daß auch er aufbrach, damit sie schließen konnten.

»Das ist jetzt meine Beschäftigung, Jacinto«, sagte Pyle und wies auf sein Glas, um sich dafür zu entschuldigen, daß er hier war, während alle Welt arbeitete. Der Ärmste! Wenn er nicht im Büro saß, hatte er ein schlechtes Gewissen, als bestähle er jemanden.

Um etwas zu sagen, erzählte ihm Jacinto Montes, daß eine seiner Bekannten in der Nähe des Priesterseminars ermordet worden sei.

Der alte John hörte mit halbem Ohr zu. Er wischte mit dem Whiskyglas in der kostbaren Flüssigkeit herum, die auf dem Bartisch verschüttet worden war.

»Das arme Ding! Da ist sie nun hierher gekommen, um so zu

sterben!«

Das Licht wurde eingeschaltet. Pyle, der stockbetrunken vor seinem Glas saß, das nicht mehr leer wurde, zuckte nicht mit der Wimper. Er wurde ärgerlich, wenn er das Glas leer sah. Darum füllte man es ihm unablässig. Und wenn es voll war, dann leerte er es.

»Ich trinke, nicht weil es mir schmeckt oder weil ich es brauche oder aus einem anderen Grunde, sondern weil ich kein volles Glas sehen kann.«

Als er ausgetrunken hatte, knallte er das Glas auf die Theke und schrie dumpf:

»Her mit dem Whisky! Ich kann kein leeres Glas sehen!«

Kaum hatte man ihm nachgeschenkt, da wiederholte er mit schwerer Zunge, auf der Welt gebe es nichts Ekelhafteres als ein volles Glas, und kippte den Whisky hinunter, der ihm schon aus den Mundwinkeln troff.

Der schwarze Portier kam mit der Zeitung. Sie brachte ein Foto von Jacintos ermordeter Freundin. Als der Barmann die Zeitung ausbreitete, fiel Mister Pyles Blick auf das Bild der Toten. Es war die Clarinera.

»Die kenne ich, und ich weiß auch, wer sie umgebracht hat«, lallte er und stützte den Kopf auf die Theke, daß ihm der Hut bis auf die Brauen rutschte. Jacinto Montes zwinkerte den Kellnern zu, die wieder ihren Dienst antraten, als wollte er sagen: Laßt den alten Gringo ruhig quatschen. Aber John, der vielleicht erriet, was der andere meinte, richtete sich kerzengerade auf und verlangte nach einem Taxi, um zur Polizei zu fahren. Er war sicher, den Mörder zu kennen.

Jacinto Montes, der jetzt dienstfrei hatte, bot sich an, ihn zu begleiten. Er packte Pyle am Arm. Zum Glück war Pyle nicht sehr groß. Mit Betrunkenen von mäßiger Statur war leichter umzugehen. Auf der Polizei schilderte John den Vorfall, der sich im Zug abgespielt hatte. Der Mann, der hinter Clarinera gesessen und getan hatte, als schliefe er, habe sie provoziert, als der Zug schon in der Nähe des Hauptbahnhofs war und über die Weichen ratterte.

Plötzlich fühlte der alte John eine große Liebe zu Clarinera in sich aufsteigen. Er bewegte seinen Kopf wie eine Glocke hin und her und verlangte wieder ein Taxi, um auf eigene Kosten nach dem Leichenschauhaus zu fahren. Er mußte sie unbedingt noch einmal sehen. Für einen Augenblick schien es, als weinte er, aber er hatte nur den Schluckauf.

»Fahren wir, wenn er unbedingt will«, sagte Montes zu einem Freund, den sie unterwegs trafen und der Clarinera ebenfalls kannte.

Beim Telegrafenamt hielten sie ein Taxi an und verstauten ihre kostbare nordamerikanische Fracht auf dem Rücksitz. Montes setzte sich neben Pyle, der Freund neben den Fahrer.

Pyle wurde sofort nüchtern, als er Clarinera nackt auf dem Seziertisch liegen sah. Ihr Kopf ruhte auf dem dichten, kohlschwarzen Haar wie auf einem dunklen Kissen. Ihr Gesicht war verzerrt und gedunsen, der Blick der halboffenen Augen starr ins Leere gerichtet. Der Unterkiefer hing nach der Seite, auf die sie den Kopf gedreht hatte. Unterhalb der dunklen Brust mit der schwärzlichen Warze begann der Messerschnitt, der zum Bauch hinab eine klaffende Wunde mit blutigen, quellenden Rändern bildete.

Schweigend gingen die Besucher hinaus. Der Aufseher des Seziersaals, ein fratzenhaft häßliches, zitterndes Hinkebein mit Löffelohren, griff gierig nach dem Trinkgeld, das Montes ihm reichte, und zeigte dankbar lächelnd die weißen Zähne.

Bevor der Club Americano schloß, wohin Montes und sein Freund Mister Pyle gebracht hatten, stürzte er rasch ein paar Whiskys hinunter, um die tödliche Wunde der Clarinera zu vergessen, die von einem Rasiermesser oder einem sehr scharfen Dolch stammte. Von einem Kellner hatte er erfahren, daß man sie nicht beim Priesterseminar, sondern in der Nähe der Kolumbusstatue erstochen hatte.

Zwei Vorsänger im Talar, sechs Mohren, als gehörnte Teufel verkleidet, ein Esel, groß wie ein Elefant, und dahinter er, nackt, in der Hand eine Waschschüssel. Er träumte. Füße wie ausgefranste Schaufeln, Knie wie Baumgeschwüre. Ihm folgte die Sekretärin der Tropicaltanera, einen Geigenbogen zwischen den Beinen. Zwei Koffer, zwanzig Koffer, dreißig Koffer. Es war schrecklich, nicht als Privatmann, sondern als Direktor einer Schauspieltruppe zu reisen. Von einem Sprungbrett stürzte er sich in ein leeres Schwimmbecken, kam aber niemals unten an. Die »hohen Herrschaften da drüben« waren nirgends zu finden, dabei hatte er sie auf der Plantage verkörpert, ehe er absprang, er, John Pyle, als ihr zehnmillionster Teil, sechsunddreißig Jahre, drei Monate und dreiundzwanzig Tage lang. Hatte sie verkörpert für die »armen Teufel hier«. Gar keine schlechte Taktik, ein Ding dem anderen gegenüberzustellen. Die Massen hatten für solche Vereinfachungen viel übrig. Schwarz — weiß, schmutzig — sauber, häßlich — schön. Eine harmlose Rede, die etwa so begann: »Eure Häuser sind vier Meter lang, ihre Gärten allein vierhundert Meter. In euren Häusern fehlt es an allem, in ihren herrscht an allem Überfluß. Eure Frauen tragen grobes Unterzeug, ihre Frauen Seidenwäsche, hauchdünn wie Schmetterlingsflügel. Nicht nur ihr, sogar die Seidenraupen arbeiten für sie. SOS! Schickt unverzüglich zehn Kreuzer, sechs Zerstörer, neun Torpedoboote, um den gefährlichen Gedanken abzuschießen, daß nicht nur ihr für sie arbeitet, sondern sogar die Seidenraupen. Den Richter her, damit die Kolumbusstatue in seinem Beisein aussagt, wer die Clarinera umgebracht hat. Was nützt es ihm, daß er Amerika entdeckt hat, wenn er das nicht sagen kann. Ein Mann hat Clarinera umgebracht, der auf der einen Seite einen Arm und auf der anderen einen leeren Ärmel hatte. Erdolcht hat er sie mit dem leeren Ärmel. Sie ist umgefallen wie ein Sack schwarzer Sand.«

Er lag lange wach, ohne zu wissen, wo er war. Durch ein Fenster fiel Licht in das ihm unbekannte Zimmer. Er wußte, daß er in einem Bett lag, daß er eine Decke über sich und einen Nachttisch neben sich hatte. Aber wo er war, wußte er nicht. Nicht an dem Ort, von dem er geträumt hatte, sondern in irgendeinem Haus.

Offensichtlich in einem Hotel, den Möbeln nach zu urteilen. Sein Hut hing am Kleiderhaken. Er entschloß sich zu klingeln. Ein Dienstbote erschien. Das Hotel hieß »Metrópoli«.

»Metropol?« fragte er zurück, um sicherzugehen.

»Nein, Señor«, antwortete der Bursche, »Metrópoli.« Das Hotel schien ihm besser als das, in dem er abgestiegen war. Er mußte hin, sein Gepäck holen und zahlen. Aber das konnten sie auch vom »Metrópoli« aus besorgen. Er beauftragte den Burschen und murmelte vor sich hin, als er wieder allein war: »Das Schicksal hat mich hierher geführt, und hier bleibe ich. Nur meine Aktentasche fehlt. Die muß ich im Club gelassen haben.« Der Bursche hatte ihm noch gesagt, daß ein paar englisch sprechende Herren ihn gegen drei Uhr morgens abgeliefert und auch gleich das Zimmer für ihn bezahlt hätten. Er zog die Bettdecke über die Ohren und schlief wieder ein.

All das erzählte er am Nachmittag seinem Freund Thorton. Die Thortons waren ihm böse, weil er nicht geradenwegs vom Bahnhof zu ihnen gekommen war. Für gute Freunde stand immer ein Bett bereit, und das Essen war auch kein Problem, wenn man mehr Wasser in die Suppe goß. Pyle versuchte, sich herauszureden. Am Ende zog er es vor, offen zu sprechen.

»Ich mochte nicht; so rücksichtsvoll ihr auch seid, eure Augen hätten mich nach Leland gefragt, und es wäre mir unangenehm gewesen, von ihr zu reden. Auch wenn es nur mit Blicken gewesen wäre, hätte ich antworten müssen: Sie ist nicht mit mir gekommen, ich bin allein und werde es bis an mein Lebensende bleiben.«

Pyle verabschiedete sich von den Thortons, um in sein Hotelzimmer zurückzukehren, das er trotz ihres Protestes nicht aufgeben wollte. Die Thortons begleiteten ihn bis ans Gartentor und kamen zurück wie von einer Beerdigung.

Schließlich sagte der alte Thorton: »Kaum zu glauben, was John erzählt hat. Leland Foster verliebt in einen Mann, der im Oberstübchen nicht ganz richtig ist. Wie konnte diese ausgeglichene schöne Frau nur so den Kopf verlieren!«

Die letzte Nachricht, die sie von John Pyle erhielten, war eine Postkarte aus New York. Er wünschte ihnen fröhliche Weihnachten und ein glückliches neues Jahr.

5

Nigüento kam völlig verändert nach Hause. Sie konnten sich mit eigenen Augen davon überzeugen, die Ungläubigen, die ihm prophezeit hatten, er werde im Krankenhaus sterben. Seine Füße hatten sich so gebessert, daß er wieder Schuhe anziehen konnte, Segeltuchschuhe zwar, aber immerhin Schuhe. Früher hatte er sich nur Lappen um die Füße wickeln können, immer mehr Lappen, je ärger die Krankheit wurde, bis es schließlich richtige Kissen waren.

Sara Jobalda, Lino Luceros Patin, hatte sich vor fünfzig Jahren am Vorabend des Johannistages den Fuß am Herd verbrannt und erinnerte sich noch, wie fürchterlich geschwollen er war und was es ihre Eltern gekostet hatte, daß sie kein Krüppel blieb. Daher hatte sie stets besonders viel Mitleid mit Nigüento gehabt, der nicht einen, sondern zwei schlimme Füße hatte, und sie beglückwünschte ihn zu seiner wunderbaren Heilung, indem sie ihm immer wieder auf den Rücken klopfte.

Wenn man ihren Namen zusammenschrieb — Sarajobalda —, dann verwandelte sie sich in das gefährlichste Weib der ganzen Gegend, vor dem sich alle fürchteten, ohne recht zu wissen, warum.

Nigüento kramte in einem Hanfbeutel, der Geschenke enthielt. Der Sarajobalda hatte er Vanillestangen mitgebracht, die genauso dunkel waren wie ihre Augen. Die Gevatterin roch daran und sagte, lächelnd die makellosen Zähne weisend, Señor Blas habe ihr mit dem Geschenk eine große Freude bereitet.

»Blas ist wieder gesund«, schrien sie dem tauben Ambrosio Díaz ins Ohr, der einst mit Schuhen an den Füßen hergekommen war, die ihm die Armut aber ausgezogen hatte.

Señor Ambrosio Díaz hatte den weiten Weg nach Semírames zum Hause der Luceros zurückgelegt, um das Wunder mit eigenen Augen zu sehen, um es mit seinen Händen zu betasten. Und nachdem er es besehen und befühlt hatte, entblößte er seine strohgelben Zähne und fragte mit dünnem Lächeln, ob es nicht ein Mittel gebe, das ihm zu Schuhen verhalf, ohne daß er sie zu kaufen brauche.

»Geh zum Teufel!« antwortete ihm Nigüento, aber weil er nicht laut fluchte, wußte der andere nicht, an wen er sich nun wenden sollte.

Die Hausfrau Roselia de Lucero und ihre Mutter, die Frau Nigüentos, bereiteten den Freunden, die gekommen waren, den von der Lepra geheilten Nigüento zu bestaunen, einen Erfrischungstrank.

»Denn es war Lepra, was du gehabt hast«, erklärte seine Frau und vergaß ganz, wie sie gewettert hatte, wenn früher, ehe Blas ins Krankenhaus gegangen war, einer zu behaupten wagte, der Alte sei aussätzig.

»Seine Krankheit kommt vom Schnaps und den Niguas«, hatte sie überall verkündet, damit auch jeder erfuhr, was es mit Nigüento auf sich hatte.

Aber jetzt, da er wieder gesund war, keine Rede von Schnaps und Niguas! Die Lepra, nur noch die Lepra! Er hatte allen Grund, stolz darauf zu sein. Denn die Lepra ist keine Krankheit wie jede andere . . . erstens war sie keine gewöhnliche Krankheit, seit, wie es hieß, Philipp II. sie gehabt hatte. Zweitens war sie nicht ansteckend, wenn die Leute auch das Gegenteil behaupteten: sie hatten ja schließlich wie Mann und Frau gelebt, und doch war sie nicht krank geworden. Drittens wurde nicht jeder gesund. Ihr Mann war der erste.

Die Sarajobalda schlürfte genießerisch den Erfrischungstrank. Jemand erzählte, daß am Abend zuvor einer der Vorarbeiter halbtot aufgefunden worden sei, weil ihn sein Pferd abgeworfen habe. Der Trank war aus Melonenkernen zubereitet, und die Sarajobalda zerkaute ein paar Kernchen, als sie die Neuigkeit vernahm.

Ein ängstlicher Blick huschte von einem Gesicht zum anderen, das Augenpaar eines Mädchens, das nicht verbergen kann, was es empfindet. Aber nur die Sarajobalda bemerkte es und sah das Mädchen an, schrecklich, mit ihren Augen aus kaltem Ebenholz, als wollte sie sagen: Du hast es geschafft . . . Jetzt geh zu ihm ins Krankenhaus, sooft sie dich lassen, und sei nett zu ihm; bring ihm mit, woran er seine Freude hat, dieser Mann ist dein, es hat Mühe gekostet, aber er ist dein.

Adelaido Lucero trat ein. Er kam spät, weil er sich noch um den Vorarbeiter hatte kümmern müssen, der vom Pferd gestürzt war; hinter ihm seine beiden großen Söhne, die sich aber in der Gesellschaft der Erwachsenen nicht recht wohl fühlten.

»Nun geht schon hinein, seid nicht solche Tölpel«, sagte er zu den beiden Burschen und stupste Juan in den Rücken. »Gebt dem Großvater die Hand und der Señora Sara Jobalda, den Señor Ambrosio Díaz und der Pablita . . . Was, Pablita, du willst schon wieder weg?«

»Vor drei so großen Mannsbildern kann man schon Angst haben.«

»Besonders vor dem Alten, was, Roselia?«

Die Sarajobalda wußte, weshalb ihre Kundin es plötzlich so eilig hatte. Das Herz eines Mannes zu gewinnen war nicht leicht. Man mußte alles mögliche tun, und doch gelang es nicht immer. Diesen Klotz von einem Vorarbeiter mußte man erst einmal vom Pferd stürzen lassen, um ihm seinen Hochmut auszutreiben. Das arme Ding verliebt bis über beide Ohren, und er hart wie ein Stein! Aber jeder Stein läßt sich erweichen — jetzt würde er gewiß in sich gehen.

»Das Getränk ist ja gar nicht gezuckert«, beschwerte sich Lucero.

»Bei dir muß immer alles honigsüß sein«, erwiderte seine Frau, die schon die Zuckerdose holte.

»Wenn ich mal tot bin, werden die Würmer von mir sagen, der Alte schmeckt nach Honig.«

»Daß sie sich nur nicht den Magen an dir verderben!«

»Auf meinen Schwiegervater bin ich richtig böse«, sagte Adelaido. »Stellt euch vor, was er mit mir gemacht hat. Erst zwingt er mich, seine Tochter zu heiraten« — Roselia warf ihm einen schelmischen Blick zu —, »und dann verrät er seinem Schwiegersohn nicht mal, daß er sich absichtlich krank gemacht hat mit Niguas und Zuckerrohrschnaps, nur damit wir glauben, er hat die Lepra. Und zum Schluß findet er auch noch einen Arzt, der ihm dafür zahlt, daß er sich wieder kurieren läßt.«

»Und wenn der Arzt sieht, daß ich wirklich für immer geheilt bin, will er mich sogar nach Frankreich, nach Paris mitnehmen. Denn was nützt ihm schon all seine Studiererei über diese Art Lepra ohne mich; er will mich als Beweisstück gleich bei der Hand haben.«

»Und ich gucke derweil in die Röhre«, maulte seine Frau. »Ich hab ihm nicht nur das Mädel großgezogen, ich hab ihm auch die geschwollenen Füße gepflegt, ein halbes Leben lang. Aber jetzt, wo der Herr wieder gesund ist, will er allein mit seinem Doktor auf Reisen gehen.«

»Bei uns«, warf Lucero ein, »reist nur der Generaldirektor mit seinem Arzt.«

»Dann sind wir also zwei, mein Lieber. Bloß daß der Direktor seinen Arzt, mein Arzt aber mich bezahlt.«

»Alle diese Geheimnisse hättet Ihr mir früher verraten sollen, dann hätte ich mich die Jahre hindurch nicht so plagen müssen. Unsereiner kommt doch nicht einmal in die Stadt, um sich ein bißchen zu amüsieren.«

»Der Gevatter hat es faustdick hinter den Ohren«, meinte die Sarajobalda, die Luceros Worte auf ihre Weise auslegte.

Die beiden Söhne Lino und Juan füllten sich den Magen bis zum Platzen mit Melonensaft; dann gingen sie hinaus, um die Pferde abzusatteln, die unter den Silberbäumen standen und sich gegen die Bremsen wehrten.

Wenn die Mutter ihre beiden Großen ansah, wurden ihr immer gleich die Augen feucht. Lino, der Ältere, konnte schon recht gut lesen. Juan, der Jüngere, war weniger eifrig. Es war nicht einfach gewesen, sie bei diesem schweren Leben großzuziehen. In diesem Dorf, das aus dem Nichts entstanden war und nun den verfaulten Füßen ihres Vaters glich, ehe der Arzt sie kuriert hatte. Geschwollen, stinkend und voller Laster. Aber vielleicht war es Gottes Wille. Wenn Adelaido den Jungen wenigstens verböte, zum Tanz zu gehen. Der Tanz. Dieser bittere und giftige Fliegenfänger.

Die Sarajobalda stand auf und bedankte sich für den Erfrischungstrank, das Gebäck und die Vanillestangen, die Señor Blas de León ihr freundlicherweise mitgebracht hatte. Mit seinen Jahren benahm er sich wie ein junger Kavalier.

»Damit du es weißt, Sarajobalda, wenn es nächstens im Ort wieder Tanz gibt, sind wir beide dabei. Die Schuhsohlen werden wir uns durchtanzen.«

»Mit dem größten Vergnügen, mein Herr. Ich muß mir nur das Kleid in Ordnung bringen lassen. So wollt Ihr mich doch gewiß nicht mitnehmen! Was würden die Leute dazu sagen, vor allem der Herr Direktor, Euer Kollege, der auch mit seinem Arzt auf Reisen geht.«

Alle lachten. Wie lustig die Sarajobalda war! Aber irgend etwas stimmt nicht bei ihr, dachte Adelaido Lucero. Irgend etwas ist faul und krank, wie bei dem Alten, meinem Schwiegervater.

Sporenklirrend betraten die Jungen wieder das Haus. Sie tranken noch mehr Melonensaft und legten sich schlafen. Draußen schaukelte die leere Hängematte. Lucero und seine Frau zählten die Pesos, die sie beiseite gelegt hatten, denn die nächste Rate für das Land war fällig.

»Du weißt ja«, sagte Lucero zu seiner besseren Hälfte, »daß ich das Stück vor allem gekauft habe, damit die Jungen ihre eigenen Bananen pflanzen können. Unabhängig sollen meine Söhne sein, mehr will ich gar nicht, sie sollen einmal keinen Herrn über sich haben. Ich habe mich deshalb schon mit Mascarón Zaldívar herumgestritten . . .«

»Der Schwarze will uns nicht wohl.«

»Als Vater, Roselia, muß ich vor allem dafür sorgen, daß meine Söhne unabhängig werden; ich verstehe nicht, daß Vätern, die wie ich immer abhängig waren, die Freiheit ihrer Kinder gleichgültig bleibt. Unsereiner ist doch der reinste Sklave ... Ich träume schon davon, daß die Jungen eigenen Grund und Boden haben, von dem sie leben können, ohne daß ihnen jemand dreinzureden hat. Arm, aber frei.«

»Cucho hat dir doch ausrichten lassen, daß viele herkommen wollen, um Bananen anzupflanzen.«

»Am schönsten wäre es, wenn er selbst käme. Aber er will sein Patenkind schicken. Wie hieß der doch?«

»Ich weiß nicht. Er hat es ja dir ausrichten lassen.«

»Ich habe den Namen vergessen. Er wird sich schon zu uns durchfragen.«

»Cucho war ein feiner Kerl.«

»Das will ich meinen. Vor allem, wenn du ihn mit Zaldívar vergleichst. Der ist wirklich grundschlecht. Aber, Gott verzeih mir, ich glaube beinahe, Cucho hat was an der Lunge.«

»Ich habe ihn nie kennengelernt. Aber von dir habe ich gehört, daß bei ihm was nicht stimmt. Du hast gesagt, daß er hustet, und das ist kein gutes Zeichen, schon gar nicht hier. Wer hier zu husten anfängt, kann sich gleich begraben lassen.«

»An dem Tage, an dem ich Cucho zur Bahn brachte, haben wir uns kennengelernt. Als ich vom Bahnhof kam, lief ich deinem Vater in die Arme, und schon saß ich in der Falle ...«

»So siehst du gerade aus!«

»Hat er mich vielleicht nicht gezwungen, dich zu heiraten?«

»Weil du was Böses mit mir vorhattest.«

»Nun hör sich das einer an. Bei den Frauen haben es doch alle Männer auf das gleiche abgesehen. Deshalb werden sie noch lange nicht verheiratet.«

»Kannst ja noch immer deiner Wege gehen.«

Adelaido lächelte und verwahrte das Geld, das sie für die Rate gespart hatten. Seine Söhne schnarchten. Bald darauf schnarchte auch die Frau. Nur er blieb wach und rechnete sich aus, wie viele Stauden sie setzen, wie viele Büschel sie ernten würden und wieviel ihnen jedes Büschel einbringen würde ...

6

Hustend, mit kranker, brüchiger Stimme sprach Cucho zu seinem Patenkind Bastiancito. Und wenn die Worte, die er zu ihm sagte, auch in der Luft zerbröckelten wie trockene Erdklumpen, die zu Staub werden, wenn man sie mit aller Kraft hinwirft, so blieben sie Bastiancito doch im Gedächtnis haften. Er konnte sie jederzeit hören, wenn er nur wollte.

»Sei kein Esel, Bastiancito. Schindest dich hier ab, auf einem Boden, der nichts mehr hergibt. Klebst hier wie deine Alten, machst den Holzfäller, aber zum Leben reicht's nicht . . . Schöne Aussichten! Die Alten, versteht sich, haben nicht mehr die Kraft, was Neues anzufangen. Laß sie weiter ihr Holz fällen und verkaufen. Aber du, Bastián . . .!«

Einsam streifte Bastián durch das Gebirge, aber einsamer noch ging sein Blick in die Weite, als suche er in den Tälern und Höhen eine wirksame Antwort auf die Rede seines Paten. Berge würde er versetzen, nur um ihm entgegnen zu können: »Ich bleibe hier, weil . . .« Er konnte ihm nicht sagen, daß er bleibe, weil er von hier sei, denn nach des Paten Meinung gehörte man dorthin, wo der Boden einen ernährte, aber diese schmalen Äcker zwischen den steilen Bergen waren elend und karg. Und wenn man dem Paten sagte, daß die Eltern gerade dort eigenen Grund besäßen, so erwiderte er, daß dieser Grund nichts taugte: Verbrannte Erde, nackter Fels, Erosionen seit uralter Zeit . . .

Bastián hämmerte mit den Fäusten gegen den Schädel und stampfte mit dem Fuß auf, denn er fühlte sich vom glänzenden Blick des Paten in zwei Hälften zerteilt: in einen Habenichts, einen armen Schlucker, mit dem man Mitleid haben mußte, und einen Feigling, den man nur verachten konnte.

Ein Reiter, der in der Ferne auftauchte und noch nicht zu erkennen war, riß Bastián Cojubul aus seinem Sinnen. Roß und Reiter kamen schnell näher, und dann sah er, um wen es sich handelte. Es war ein Onkel von ihm. Onkel Pedrito. Er ritt dicht an Cojubul heran, klopfte ihm auf die Schulter und fragte ihn, was er treibe.

»Ich suche ein Kalb, das sich verirrt hat. Und wohin wollt Ihr, Onkel Pedrito?«

»Zu euch, Bastiancito. Ich bin schon zeitig losgeritten, weil ich noch vor Mittag bei deinem Vater sein will. Gestern habe ich es ihm ausrichten lassen, gewiß wartet er schon auf mich. Ich mache jetzt, daß ich weiterkomme. Also, bis später, Bastián. Hoffentlich ist das Tier nicht abgestürzt.«

Der Reiter gab seinem Pferd die Sporen und sprengte davon. Bald war nur noch eine Staubwolke zu sehen, die über leblosem, schmutziggrünem Gehölz aufwirbelte, das von weitem an die Füllung einer alten Matratze erinnerte.

Onkel Pedrito, dachte Bastián, als er den Reiter endgültig aus den

Augen verloren hatte. Onkel Pedrito, das lebende Beispiel eines Mannes, der sein Leben hier verbracht hat, ohne etwas anderes fertigzubringen, als alt zu werden und der Tante einen Haufen Kinder zu machen, und nicht nur der Tante.

Es hielt ihn nicht länger. Er ließ das Kalb Kalb sein und lief quer über ein Stoppelfeld dem Haus des Paten zu. Das größte Kalb war er selbst, er, Bastián Cojubul, wenn er hierblieb.

Bastián voraus. Seine Frau hinterdrein. Bastiancito Cojubul voraus, mit den langen Schritten eines Mannes, der es eilig hat, und ihm auf den Fersen die trippelnde Frau. An einer Wegbiegung machten sie halt, als der leere, verlassene Rancho längst hinter ihnen lag. Es war Zeit, Feuer zu machen und Kaffee zu kochen. Der Morgen graute.

Bastián kletterte eine Schlucht hinunter und holte Wasser aus dem Fluß, während seine Frau trockenes Holz sammelte. Alles, was sie sonst brauchten, hatten sie in einem Korb: Kaffee, Rohzucker und Zündhölzer. Das Feuer erfreute sie mit seiner Wärme und seinem hellen Schein. Sie zeigten es nicht. Sie fühlten es. Bald begann es in dem Töpfchen zu sprudeln. Die Frau schüttete eine Handvoll Kaffee in die siedende Flüssigkeit, dann, später, goß sie ein wenig kaltes Wasser nach, damit der Kaffee nicht überkochte und sich setzte. So schmeckte er Bastiancito. Er holte Eierfladen und stark riechenden Käse aus dem Hanfbeutel. Mit dem Rest Wasser löschten sie das Feuer. Dann machten sie sich wieder auf den Weg.

Wen ließen sie zurück? Die Eltern natürlich. Und zu wem wollten sie? Zu einem Freund des Paten. Was brachten sie mit? Er ein bißchen Geld, um an der Küste Land zu kaufen, und sich selbst, einen handfesten Kerl, der mit Leichtigkeit vier Zentner auf die Schultern nahm. Und sie? Nun, ebenfalls sich selbst. Und noch etwas. Etwas, was die Frauen manchmal mitschleppen, ohne es zu wissen. Die Männer natürlich auch. Aber das ist nicht dasselbe. Die Männer haben es immer bei sich. Die Frauen aber nur, wenn es um sie steht wie um Gaudelia Ayuc Gaitán, die Frau Bastiancitos.

Wenn sie das Land gekauft hatten, würden sie Bananen pflanzen, so wie der Pate es ihnen geraten hatte. »Die Bananenstauden«, hatte ihnen Cucho mit seiner kranken Stimme erklärt, mit einem Lachen, das kein Lachen war, »haben große, grüne Blätter, wie Geldscheine. Stellt euch eine Wäscheleine vor, an der viele, viele, viele solcher Scheine hängen, und ihr habt ein einziges großes Bananenblatt. Und die Büschel sind wie viele Blätter, viele zusammengepreßte grüne Geldscheine, wie grüne Goldbarren.«

Wie schwer ihnen der Abschied von den Eltern geworden war!

Am Sonnabend waren sie zu ihnen aufgebrochen und erst am Dienstag in ihren Rancho zurückgekehrt, der jetzt leer und verlassen stand. Zwei Tage lang hatten sie sich allein bei den alten Cojubuls aufgehalten. Señor Bastianón hatte ihnen von Notzeiten, Unglücksfällen und Krankheiten erzählt. Als sie aufbrachen, gab es ein Gläschen Schnaps. Bei den Angehörigen der Frau, den Ayuc Gaitáns, hielten sie sich nicht ganz so lange auf. Dort gab es Bier zum Abschied. Sie tranken auf die Gesundheit aller und auf eine gute Reise.

Den Ayuc Gaitáns beantwortete Bastiancito alle Fragen, die sie ihm stellten, mit der Sicherheit eines Mannes, der weiß, was er will. Er würde einen gewissen Herrn Lucero aufsuchen, einen guten Freund des Paten, und sich beim Landkauf von ihm beraten lassen. Dann würde er Bananen pflanzen. Alles, was er besaß, das Vieh — sechs Schweine und einige Kühe —, das Arbeitsgerät und den Rest der Vorräte, hatten Gaudelia und er auf dem Wochenmarkt zu Geld gemacht. Das wollten sie mitnehmen, aber nicht, um es auszugeben, sondern nur, um sich Land dafür zu kaufen. Die Brüder Gaudelias behaupteten, Bastiancito sei übergeschnappt. Den Hut auf dem Kopf, saßen sie da, rauchten, spuckten aus und wiederholten: »Ein Verrückter.«

Das Geld, das sie für die Reise vorgesehen hatten, reichte gerade für die Fahrkarten. Außer dem Kaffee morgens am Wegrand hatten sie ihrem Magen an diesem Tag nichts zukommen lassen. Er unentwegt voran, sie hinterdrein, so durchquerten sie die Stadt bis zum Bahnhof, ohne rechts und links zu blicken, weil sie nicht in Versuchung geraten wollten, sich etwas zu essen zu kaufen.

Am Bahnhof zog Bastián das Fahrgeld aus der neuen, fleischfarbenen Lederbrieftasche und löste die Karten. Zwei harte Pappkärtchen, eins so groß wie das andere, mit den gleichen Buchstaben und den gleichen Zahlen darauf. Zwei Pappkärtchen, und so teuer. Dann suchten sie sich einen Platz. Sie setzten sich, wo sie standen. Ohne ein Wort, ohne einen Blick zu wechseln. Da sie immer beisammen waren, sahen sie sich schon nicht mehr. Vielleicht hatten sie sich nur an dem Tag gesehen, an dem sie heirateten. Sie setzten sich auf eine Holzbank. Durch die Fenster, die zum Bahnhofsgebäude hingingen, sah man Personen- und Güterwagen.

Am Abend fuhren sie ab. Sie froren, waren hungrig und müde, aber sie sagten kein Wort, weder er noch sie. Das Abteil zweiter Klasse, in dem sie die beiden Plätze erwischt hatten, vielmehr einen Platz für zwei, lag halb im Dunkeln. Die Gesichter der Reisenden waren kaum zu erkennen. Über den verschwommenen Leibern Filz- oder Strohhüte, die Strohhüte waren in der Mehrzahl. Zu einem Paar bloßer Füße ein Strohhut, zu einem Paar beschuhter Füße ein Filzhut. Der Zug huschte an Männern vorbei, die weiße, grüne, rote Lampen schwenkten.

Gaudelia, die Schenkel an Schenkel mit einem nach Terpentin stinkenden Alten saß, gähnte, zupfte sich das Umschlagtuch zurecht und machte es sich so bequem, wie es eben möglich war. Bastián blickte sie an und sah sie doch nicht. Er gähnte, weil sie ihn mit ihrem Gähnen angesteckt hatte. Der Uniformierte ihnen gegenüber stand auf und reckte sich. Um ein Haar wäre ihm die Pistole zu Boden gefallen. Er hielt sie fest, als wäre sie ein Teil seines Körpers.

Als der Zug das Bahnhofsgelände verlassen hatte, glitt er unaufhaltsam dahin, als wären alle seine Teile übereingekommen, gemeinsam in eine Richtung zu rollen, unaufhörlich Stunde um Stunde, die ganze Nacht hindurch.

Gaudelia hatte den Kopf an die Schulter ihres Mannes gelehnt und schlief. Er hielt die Augen offen, weil er das Geld hüten mußte, starrte in das trübe Licht an der Decke oder heftete sie auf den Boden, als könnte er durch den Wagen hindurch die Schienen sehen, auf denen sie dahinfuhren, die Schwellen, auf denen die Schienen ruhten, und die Erde darunter. Er lauschte dem ratternden Kauen des Zuges, der vorn mit eisernen Zähnen Kilometer um Kilometer in sich hineinfraß und hinten wie dunklen Dung das Land ausschied, das sich entfernte.

Die Nachbarn kratzten sich; manche schnarchten, andere wieder rutschten auf den harten Holzbänken hin und her. Wenn einer die Tür öffnete, um von einem Abteil ins andere zu gehen, dann wehten von den Feldern üble Gerüche herein. Wie spät mochte es sein . . . wer weiß . . .

Der Zug hielt, es pfiff, Wagen wurden an- oder abgehängt, und weiter ging die Fahrt. In der Frühe drang eisige Kälte ins Abteil. Bastián schnarchte mit offenem Mund, den Kopf in den Nacken gelegt. Ein durchdringender Pfiff und die Glocke, die die Ankunft meldete, weckten ihn und Gaudelia. Schon begann der Zug seine Geschwindigkeit zu verringern. Bastián steckte den Kopf aus dem Fenster, und seine Augen saugten sich mit Violett voll, mit violettem Tau, der bald lila schimmerte, lila, blau, rosa, golden. Tau und Licht. In dieser Stunde waren sie eins. Tau, Licht und Blattwerk, in dieser Stunde schien alles miteinander zu verschmelzen. Da gab es herzförmige, zerfranste Blätter, die Bastiancito nie zuvor gesehen hatte. Einige waren gescheckt wie Tigerfelle, andere hatten einen großen, roten Fleck in der Mitte, als wären sie das Herz eines Tieres. Vergebens hielt Bastián nach den Bananenstauden Ausschau, den Blättern, grün wie Geldscheine, nach jenen Stauden, derentwegen er und Gaudelia auf den Rat Cuchos hin gekommen waren.

Sie stiegen aus und sahen der Lokomotive zu, die an das große Wasserdepot heranfuhr, um mit einem trichterförmigen Strahl, der gleichfalls aus einem riesigen Trichter stürzte, ihren Durst zu löschen. Seitlich stieß sie, wie beim Niesen, weißen Dampf aus, der die beiden einhüllte und sich auf ihren Kleidern augenblicklich in Nässe verwandelte.

Sie fragten nach dem Weg, der zur Plantage führte, und man sagte ihnen, daß sie ein Gehölz durchqueren müßten. Bastián voraus, Gaudelia hinterdrein, so marschierten sie los. Von den Bäumen flogen Vögel auf, feuer- und blutfarben, und Bastiancito erklärte seiner Frau, es seien Dominikanerfinken. Sie sahen hellblaue Wildtauben mit sonnensprühenden Augen und schwarz umränderten Flügeln, kreischende Papageien und Heere von Sittichen, die zwischen hohen Kapokbäumen umherschwirrten wie Blätter im Wind.

Wald und Buschwerk waren beiderseits des Weges, der sich immer mehr mit Arbeitern, Ochsen- und Eselskarren belebte, mit Reitern auf schnellen Pferden. Nachdem sie ein ganzes Stück gegangen waren, fragten sie den ersten, den sie trafen, einen Mann mit rotem Haar, nach dem Ort Semírames. Er wies ihnen die Richtung. Es sei noch weit, aber wenn sie sich beeilten, würden sie es schaffen. Bastiancito voraus, Gaudelia hinterdrein.

Lucero hieß er, der Freund des Paten. »Señor Don Adelaido Lucero, Semírames, überbracht von Señor Sebastián Cojubul«, stand auf dem Umschlag. Darin war das Empfehlungsschreiben Cuchos, in dem es hieß, daß Bastián Land kaufen und Bananen pflanzen wolle.

Semíra ...

Das Wort blieb Bastiancito in der Kehle stecken. Eng aneinandergeschmiegt, mit offenem Mund, standen sie da, er und die Frau, wie getroffen vom Streich unzähliger, starrer Bananenblätter, die wie Buschmesser aufragten. Ihr wundervolles Grün war anders als das Grün der Bergwälder, anders als das Grün der Papageienfedern, anders als das Grün der Büsche. In ihm mischten sich die Farben des Meeres, der goldene Schimmer des Tages, der auf den Blättern lag, und das kräftige Blaugrün des Wassers, mit dem die Pflanzen berieselt wurden. Die Sonne, die sich durch den dichten grünen Baldachin der Blätter stahl, ließ im Dämmerdunkel darunter Brillanten sprühen. Die Reihen der Bananenstauden waren zugleich reglos und nach allen Seiten hin in Bewegung, während die beiden in Richtung Semírames wanderten.

Sie sahen einander an und dachten dasselbe. Der Pate hatte sie nicht belogen. Alles war genau so, wie er es ihnen mit seiner kranken, brüchigen Stimme geschildert hatte: daß sie beim Betreten der Plantage das Gefühl haben würden, in ein Meer ohne Wasser und Fische einzutauchen, das aber doch ein Meer war; ein Meer, aus dem die Stämme wie Speere herausragten, die in die glühend heiße Luft stießen und oben Wimpel aus sanften, grünen Blättern trugen, deren Anblick dem Auge wohltat, Blätter, frisch und kühl wie Spinnweb, das man auf blutende Wunden legt.

Lucero ... Semírames ... Schon unterwegs lernten sie ihn kennen. Hoch zu Roß, ein stattlicher Reiter, kam er ihnen entgegen. Um den Brief Cuchos lesen zu können, ohne von Schatten gestört zu werden, schob er den Sombrero aus der Stirn.

»Sehr schön, daß ihr da seid, sehr schön! Aber wir unterhalten uns lieber bei mir zu Hause.« Er wies ihnen den Weg.

»Geht immer geradeaus, an den wogenden Bananenstauden entlang!« — In der Tat, mehr als einen Kilometer weit sahen sie, wie sich die Blätter bewegten, sich bewegten, unablässig bewegten. — »An der Wegkreuzung haltet ihr euch rechts und geht den Weg hinauf nach Semírames. Wir wohnen ganz oben auf dem Hügel. Bestellt meiner Frau, daß ihr mich getroffen habt und daß Cucho euch schickt. Ich bin zum Mittagessen zurück, dann werden wir alles miteinander besprechen.«

Während Adelaido den Brief las, betrachtete Bastián ihn eingehend. Auch seine Frau musterte ihn, als er ihnen den Weg erklärte. Beiden gefiel er. Auch mit Lucero hatte der Pate sie nicht betrogen. Er hatte ihnen gesagt, Lucero sei ein guter Mensch, und das war er offensichtlich.

Sebastián Jerónimo Cojubul, auch Don Bastianón genannt, seit er einen erwachsenen Sohn hatte, besuchte die Eltern seiner Schwiegertochter Gaudelia Ayuc Gaitán, um mit ihnen über die Kinder zu sprechen, die sich plötzlich entschlossen hatten, ihr Glück an der Küste zu versuchen. Gaudelias Brüder waren nicht zu Hause, nur die Alten waren da, als Don Bastianón den Kopf zur Tür hereinsteckte und krächzte: »Sie sollen mit dem Zug gefahren sein. Wundern würde es mich nicht, so dreist wie die sind. Ich habe ihnen erklärt, daß einer, der sein Eigen hat und trotzdem weggeht, fremdes Land zu bebauen, in meinen Augen ein Vagabund ist. Eine Schande, sich in der Weltgeschichte herumzutreiben, wenn man etwas hat, was einem gehört.«

Die Schwiegermutter Bastiancitos, Gaudelias Mutter, kniff die Augen zusammen, um besser sehen zu können, und murmelte etwas, was ihr Mann mit gespitzten Lippen, als spräche er durch einen Trichter, wiederholte. So wurden Familienangelegenheiten bei ihnen behandelt, seit sie verheiratet waren. Sie murmelte etwas, und er wiederholte es laut und vernehmlich.

»Auf uns wollten sie auch nicht hören. Aber wir haben ihnen gesagt, daß wir es in ihrem Alter genauso gemacht hätten. Dort, wo sie hin sind, verdient man recht gut, besser als hier, wo das Gewonnene schon weg ist, ehe man es noch hat. Bastiancito hat mir erzählt, daß man das Land an der Küste halb geschenkt kriegt, man muß dem Busch nur mit dem Machete zu Leibe gehen, Pfähle für Stückholz schlagen, alles abbrennen, Furchen ziehen und die Bananenschößlinge setzen.«

»Das alles hat mir mein Bastiancito auch gesagt, aber wer weiß, ob es stimmt, wer weiß, wie es wirklich ist. Drüber reden ist leicht, aber wenn man erst dort ist, sieht alles anders aus. Das Klima ist ungesund, und eine Menge giftiges Viehzeug gibt es auch. Wenn das einen, Gott behüte, sticht oder beißt, dann platzt man wie ein aufgeblasener Frosch. Hier haben wir, was wir brauchen, hab ich ihm gesagt, zu essen und herrliches frisches Wasser. Das wird ihnen am meisten fehlen, denn die Glut an der Küste dörrt einen aus.«

Sie schwiegen. Die Schwiegermutter trommelte mit den mageren kantigen Händen auf ihre dünnen Schenkel und sagte, während Don Bastianón seine Zigarre aus selbst gezogenem Tabak hervorholte: »Gott verzeih mir, aber meiner Meinung nach hat Cucho ihnen den Kopf verdreht. Der hat ihnen erzählt, daß es an der Küste ein paar Ausländer gibt, die die Bananen gleich nach der Ernte aufkaufen und schweres Geld dafür zahlen. Mit seinen Aufschneidereien hat er sie verrückt gemacht.«

Als Don Bastianón seine Zigarre angezündet und seinem Mitschwiegervater Feuer gegeben hatte, meinte er: »Cucho ist mein Gevatter und Bastiancitos Pate, aber . . .« Er konnte den Satz nicht beenden, weil der Mitschwiegervater ihm ins Wort fiel: »Spinnereien von Schwindsüchtigen. Die sind alle verdreht, phantasieren, stellen sich sonst was vor.«

»Auf jeden Fall sind sie fort«, sagte seine Frau mit dünner Stimme und lutschte an ihrer Zigarre, die sie mit den letzten Zähnen, die ihr geblieben waren, festhielt. Draußen brannte die Mittagssonne auf die ausgedörrten Bäume herab, die beinahe zu glimmen begannen, als wären auch sie Zigarren.

Don Bastianón wollte gerade aufbrechen, nachdem er langsam und genießerisch geraucht hatte, als Gaudelias Brüder Juan Sóstenes, Macario und Lisandro angeritten kamen. Ohne abzusetzen, begrüßten sie Don Bastianón und teilten ihm mit, daß unterwegs ein Mann nach ihm gefragt habe, der einen Brief von Bastiancito bringe.

In der Mittagsglut sah das Land, dem die Jahrhunderte ihren

Stempel aufgedrückt hatten, noch trostloser und einsamer aus als sonst. Da die Wälder abgeholzt waren, hatte das Wasser die Humuserde weggespült, und zurückgeblieben waren kahles Gestein, nackte Schluchten und als Wahrzeichen dieser Tragödie ein paar Kalköfen.

Nachdem die Brüder Don Bastianón die große Neuigkeit mitgeteilt hatten, saßen sie ab, banden die Pferde fest und begrüßten mit gekreuzten Armen, den Hut in der Hand, den Herrn Vater und die Frau Mutter, während der alte Bastianón ohne Eile aufbrach, um dem Mann entgegenzuhumpeln, der Bastiancitos Brief brachte.

Ein wenig später stellten sich Juan Sóstenes, Macario und Lisandro bei Cojubul ein und fragten, was der Brief denn noch enthalte. Indem sie so taten, als wüßten sie schon einiges, hofften sie, dem Alten den Brief zu entlocken. Aber je älter der Teufel, um so schlauer ist er — Don Bastián schnitt ihnen das Wort ab:

»Steht nichts Besondres drin.«

Darauf sagte Juan Sóstenes, ein kleiner Kerl mit O-Beinen und Wasserkopf: »Unser Herr Vater läßt fragen, ob Gaudelin wohlauf ist, ob es bei Bastiancito etwas Neues gibt, ob sie Arbeit gefunden haben . . .«

»Ja, ja, alle sind wohlauf, keiner ist krank geworden, und eine Bleibe haben sie auch. Aber es ist wohl besser, ich komme bei euch vorbei und zeige eurem Vater den Brief selbst . . . Oder nein, ich gehe zur Brücke, ich muß ja noch in den Ort, was erledigen. Sagt eurem Vater, er soll an die Brücke kommen, ich gehe schon hin.«

»Arme Schwester!« rief Lisandro aus, dessen schwarze Augen den Schwiegervater Gaudelias mit Hammerschlägen der Wut, den Schlägen seines Herzens, an ein imaginäres Kreuz nagelten, wo er ihn sein Leben lang hätte hängen lassen mögen. »Arme Schwester . . .«, und dann in unverschämtem Ton: »Obwohl Euch natürlich keine Schuld trifft!«

Sie gingen. Voran der kleine, wasserköpfige Juan Sóstenes, ihm auf den Fersen Lisandro, der seinem Zorn Luft gemacht hatte, und zum Schluß Macario, dunkel und grünlich wie Flaschenglas. Als sie weit genug entfernt waren, kam Don Bastianón an die Tür, schüttelte den Kopf mit dem schlohweißen Haar, das ihm in die Stirn wuchs, und seufzte. »Was soll der Brief denn noch enthalten? Ihr werdet es jedenfalls nicht zu sehen kriegen.«

Als er sich auf seinem alten Gaul dem Dorf näherte, bemerkte er auf der Brücke, die über den schmalen, in Felsen eingebetteten Fluß führte, eine kleine Gestalt, in der er bald seinen Mitschwiegervater erkannte, der schon auf ihn wartete. Manchmal vergaß Bastianón dessen Vornamen, so auch in diesem Augenblick. Er konnte sich beim besten Willen nicht daran erinnern. Erst als er bei dem Alten war und ihm vom Pferd herab die Hand reichte, fiel er ihm wieder ein: Teo!

»Ihr wartet gewiß schon lange auf mich, Don Teo«, sagte Cojubul höflich, »aber ich habe nicht gedacht, daß Ihr so schnell kommen würdet. Ich habe noch nach einem Schriftstück gesucht und mich dabei zu lange aufgehalten.«

»Als mir die Jungen sagten, ich sollte herkommen, bin ich sofort aufgebrochen. Ich möchte doch wissen, was mit dem Mädel ist. Ihr tut ja so geheimnisvoll mit dem Brief, daß nur was Gutes drinstehen kann, etwas, was die Jungen nicht wissen sollen.«

»Hier ist der Brief, Don Teo, nehmt ihn nur.«

»Die Wirklichkeit wird von den Worten so hart wiedergegeben, Don Bastianón, daß man manchmal über das, was man hört oder liest, eine Brücke wie unsere hier bauen möchte, um ans andere Ufer zu gelangen, ohne den Fluß der Worte zu berühren . . . Aber meinetwegen braucht Ihr doch nicht abzusitzen. Bleibt im Sattel und kommt mit. Ich muß nur noch einkaufen, Kerzen, Mehl, Salz, was man so zu Hause braucht.«

Der kleine Ort, dessen schilfgedeckte Hütten sich unter große Bäume duckten, streckte sich bis an den Fluß hinunter. Dort flatterten ein paar Wäschestücke, und es sah aus, als wasche er sich die Füße. Der Handel wickelte sich in der steil ansteigenden gepflasterten Hauptstraße ab, dem sogenannten Kalvarienberg, in Häusern mit abgeblättertem Putz, von denen die meisten Schnapsläden waren.

»Ich wollte Euch zu einem Schnäpschen einladen, damit wir in Ruhe den Brief lesen können, das heißt Ihr, nicht ich. Ich kenne ihn schon auswendig, habe ihn mehr als sechzigmal gelesen.«

In dem mit Bambusrohr und bunten Papiergirlanden geschmückten Lokal — offensichtlich sollte am Abend Tanz sein — machten sie es sich auf zwei Stühlen an einem kleinen Tisch bequem. Die Serviererin stellte die Schnapsgläser, eine Schüssel mit Salz und drei Scheiben grünen Mango vor sie hin.

Aus einer Blechdose, in der Don Bastianón die zusammengerollte Urkunde aufbewahrte, zog er den Brief Bastiancitos hervor und reichte ihn Ayuc Gaitán. Der nahm ihn, schlug die mageren, ausgemergelten Beine übereinander und streckte die Hand nach dem Glas aus, um den Schnaps hinunterzustürzen, ehe er den Brief las. Hoffentlich gab es keine schlechten Nachrichten. Cojubul sah ihn von der Seite an. Gleich mußte sich die Miene des Mitschwiegervaters aufhellen.

»Señor Don . . . Don . . . Don . . .«, las Señor Teo. »Los Macabeos. Wahrhaftig, so heißt der Ort. Was für ein häßlicher Name! Direkt dazu gemacht, daß man ihn wieder vergißt. Aber dort vergessen ihn die Kinder bestimmt nicht.«

»In der Fremde erinnert man sich an alles, Don Teo. Sogar wann und wo einen die Flöhe gestochen haben.«

»Meine lieben Eltern!« las Don Teo halblaut. »Empfangt zuerst unsere besten Grüße. Ich hoffe, daß es Euch mit Gottes Hilfe gut geht, so wie uns. Zeigt diesen Brief auch meinem Paten und den Eltern meiner Frau, damit sie wissen, daß wir wohlauf sind, und grüßt alle von uns. Es wäre gut, wenn Gaudelias Brüder herkämen. Hier gibt es so viel Land, daß es einem in der Seele wehtut, wenn man es nicht bebaut. Wir haben Gelände gekauft, und unser Rancho ist schon fertig. Die Hälfte des Bodens habe ich mit dem bezahlt, was ich für das geschlagene Holz erhielt. Ich will aber nichts mehr darüber schreiben, denn wenn die Schwäger herkommen, möchte ich, daß sie sich selbst von der Schönheit des Landes überzeugen. Gaudelia hat schon ziemlich viele Hühner beisammen. Sie läßt Euch herzlich grüßen. Wenn Ihr meinen Paten seht, dann sagt ihm, daß uns Señor Lucero, an den er uns verwies, sehr geholfen hat, er, seine Frau, Señora Roselia, und ihre beiden Söhne Lino und Juan. Das sind schon große Burschen, leider kennt der Pate sie nicht. Wir wissen gar nicht, wie wir ihnen danken sollen. Neben den Luceros haben wir uns angekauft, und wir arbeiten alle gemeinsam. Das Anwesen auf der anderen Seite gehört Ausländern, die sehr freundlich zu uns sind. Sie heißt Doña Leland und er Don Lester, sie legen ebenfalls eine Bananenpflanzung an.«

»Don Teo«, unterbrach Bastianó , als er feststellte, daß sich dessen Miene aufgehellt hatte, »ich gehe jetzt, weil ich noch die Sache mit der Besitzurkunde regeln muß. Den Brief lasse ich Euch da, aber nur unter der Bedingung, daß Ihr ihn nicht den Jungen zeigt, sonst wollen die auch noch weg.«

»Ich hätte nichts dagegen, wenn sie schon weg wären. Junge Leute müssen sich den Wind um die Nase wehen lassen. Hier kann man sich drehen, wie man will, der Arsch bleibt immer hinten. Was nützt den Jungen ihr Stück Land und daß sie sich Bauern schimpfen, wenn sie doch bloß dreckige Holzfäller sind?«

»Don Teo, Don Teo, wie redet Ihr nur!«

»Aber es stimmt doch, Alter! Wer immer zu Hause hockt wie ein in der Erde begrabener Wurm, hat keine Grütze im Kopf, glaubt, daß es anderswo nicht besser sein kann —.«

Es dunkelte, im Dorf wurden hier und da die Lichter angezündet; aber wie die Häuser waren auch sie im Düstern verborgen. Der Fluß, der in seinem schmalen Bett zwischen den Felsen dahinschoß, lärmte wie ein Betrunkener.

»Da bist du ja noch, Onkel Pedrito«, sagte Don Bastianón, als er ins Haus trat.

»Ja, ja, da bin ich noch. Wirst gleich hören, warum.«

»Und warum, Onkel Pedrito?«

»Weil . . .«

»Sprich dich ruhig aus! Sind wir nicht Verwandte?«

»Weil meine Tochter María Luisa, Guberios Frau, gleich niederkommt. Aber Guberio, der noch Halbpächter ist, haben sie die Lieferung Holz nicht ausgezahlt, und nun bringt er sie hierher . . .«

»Ich will lieber gleich nein sagen, Onkel Pedrito, ehe du weitersprichst. Ich wollte mir nämlich heute auf meine Besitzurkunde Geld ausleihen, das ich unbedingt brauche, aber sie haben sich die Urkunde nicht mal angesehen, sie leihen nichts mehr aus auf diesen verbrannten, kahlen Boden.«

»Aber das Holz ist doch was wert.«

»Mehr wert ist die Kohle, Onkel Pedrito, aber die brennen die Indios, die scheuen sich nämlich nicht vor der Arbeit. Wir fällen das Holz, weil das weniger Arbeit macht, und dafür, daß wir Holz schlagen, sind wir nun Landbesitzer.«

»Bastianón, ich könnte dir als Pfand . . .«

». . . das gesattelte Pferd geben, nicht wahr? Bei uns ist es ja üblich, daß das Pferd den ganzen Tag nicht abgesattelt wird, weil es darauf wartet, daß wir endlich zur Arbeit reiten. Aber statt dessen liegen wir auf der faulen Haut, schwatzen oder spielen Karten.«

»Na gut, dann gib mir wenigstens ein Glas Wasser.«

»Nimm's nicht krumm, Onkel Pedrito, aber ich bin so wütend, weil sie mir auf die Urkunde kein Geld mehr geben wollen. Da hast du es eben ausbaden müssen, und das alles wegen deiner Töchter, die die reinsten Karnickel sind.«

Bastiancitos Frau, Doña Nicomedes San Juan de Cojubul, trat ein, eine Frau, die ständig erkältet war und die man nur mit einem Kopftuch und einem dicken Wollschal um die Schultern kannte. Ihre weiten Unterröcke raschelten, und an ihren Fingern, die grob und dick waren wie Zehen, glänzten kupfrig zwei Goldringe, die ihr tief ins Fleisch schnitten. Sie hatte eine Kerze in der Hand, hielt nach dem Ständer Ausschau und murmelte: »Gelobt sei das Heilige Sakrament.«

»Amen«, antworteten die Männer, wobei sie die Sombreros absetzten und den Kopf neigten. Die Frau stellte die Kerze auf und wünschte ihnen einen guten Abend.

»Ich hole dir Wasser, Onkel Pedrito«, sagte Bastianón und ging in die Küche.

»Laß dich von dem nicht foppen, Pedro«, bemerkte Doña Nicomedes. »Der ist imstande und schleppt den Guacal, den Holztrog, an.«

»Nicht den Guacal, sondern den Tol«, widersprach Bastianón, der schon aus der Küche zurück war und eine langhalsige Gießflasche vor sich hertrug. »Aus dem Tol schmeckt es am besten.«

»Was sind denn das für Manieren! Hier hast du ein Glas, Pedro!« Doña Nicomedes nahm die Flasche, die mit kristallklarem Wasser gefüllt war, und leerte sie in das Glas, um es ihrem Bruder zu reichen.

»Vergelt's Gott. Aber jetzt muß ich gehen. Ich bin in Sorge wegen der Mädel. Seid froh, daß euer Bastiancito euch nicht mehr zu schaffen macht.«

»Hat dir mein Mann noch nicht erzählt, wie gut es ihm an der Küste geht? Laß dir doch den Brief von ihm zeigen!«

»Den hat Don Teo, Gaudelias Vater. Bastiancito schreibt, Lisandro, Macario und Juan Sóstenes sollen auch hinkommen.«

»Das wäre ein Einfall, Bruder! Wenn deine Schwiegersöhne auch an die Küste führen, um dort zu arbeiten.«

»Sie wollen nicht, Nicomedes. Es scheint, daß sie die Mädel bloß wegen des Landes geheiratet haben. Nun geben sie sich damit zufrieden, es abzuholzen. Sonst tun sie nichts, die faulen Kerle.«

»Dann haben sie also das Holz geheiratet.«

»So sieht es aus. Ihnen ist ja auch schon angeboten worden, an die Küste zu gehen. Die Bedingungen waren gar nicht schlecht. Aber du siehst ja, sie wollen nichts riskieren.«

»Was haben sie denn schon zu riskieren!« mischte sich Don Bastianón ein.

»Faulpelze sind es«, schalt Doña Nicomedes, »die Sorte, die immer ein Haar in der Suppe findet und an allem herummäkelt. Am liebsten hocken sie im Nest wie Hennen und setzen Kinder in die Welt, die sie verkommen lassen, die genauso dumm und unwissend bleiben wie wir. Einrosten werden sie hier und vor der Zeit alt werden, denn von nichts wird man so rasch alt wie von der Faulheit.«

Plötzlich trat Guberio zur Tür herein. Die Alten verstummten, als sie sein starres, vergrämtes Gesicht sahen. Er sprach, als zupfe er die Worte aus den Brusthaaren, die aus dem Hemd hervorkamen und sich vor Kummer aufzurichten schienen. Seine Stimme klang herzzerreißend traurig.

Doña Nicomedes holte noch ein Glas Wasser und schüttete ein paar Tropfen Orangenblütenwasser hinein. Nachdem Guberio getrunken hatte, nippten auch die anderen.

Alle Wege füllten sich mit Menschen — Verwandten, Freunden

und Bekannten —, die ihre Arbeit eine Weile ruhen ließen, um sich im Trauerhaus einzufinden. Onkel Pedrito, dem Tränen über das verhärmte alte Gesicht rannen, starrte wortlos hinaus in die Dunkelheit, zu dem bleichen Mond hin, der langsam hinter der fernen Hügelkette aufstieg. Wie tot alles war! Und wie bedrückend die vielen Menschen, die auf einmal da waren, ihn umarmten und ihm ihr Beileid aussprachen. Auf allen Wegen, die zu seiner Hütte führten, schlurrten sie heran, mit langsamen, schwerfälligen Schritten, sprachen von der Blume, die so frühzeitig geknickt worden war, von der armen jungen Frau, die an einer Fehlgeburt sterben mußte. Obgleich er nicht zuhörte, vernahm er jedes Wort.

»Ein blöder Kerl, dein Schwiegersohn, Onkel Pedrito, ein richtiges Stück Vieh. Jedes Jahr ein Kind, statt mal 'ne Pause einzulegen. Das hält ja kein Pferd aus. Kaputtgemacht hat er die Frau mit seiner ständigen Gier. Hätte sie es sich nur vorher überlegt und einen Christenmenschen zum Mann genommen statt so einen Schweinehund, der sie immerfort geschwängert hat, der sie ständig zwang, Gottes Gebot zu genügen, als wär's ein Vergnügen, hintereinander weg Kinder zu kriegen.«

Stumm, dumpf von dem Schnaps, in dem der Witwer Guberio seinen Kummer ersäuft hatte, schlich er umher. Seine mutterlosen Kinder folgten ihm auf Schritt und Tritt. Die Kleinste umklammerte seine Beine und wollte auf den Arm genommen werden, weil sie kalte Füßchen hatte und niemand da war, der ihr die Schuhe anzog. Als Guberio sie aufhob, machte sie ihn naß. Es rann ihm in den Ärmel, aber er hatte nicht die Zeit, es abzuwischen, weil ein größerer Junge ihn in die Küche rief, damit er die Lampe anzündete, und ein anderer ihn an der Jacke zupfte und verlangte, ins Bett gebracht zu werden.

Die Kälte der Toten teilte sich dem Zimmer mit, in dem sie aufgebahrt lag, der Luft, dem Kerzenlicht, den Möbeln, den Reliquien, den Heiligenbildern und den Fotografien, die man mit Zweigen vom Palmsonntag geschmückt hatte, um den Sturm abzuwehren. Verarbeitete Frauenhände, dünne Arme, die durch viele Schwangerschaften ihre Rundung eingebüßt hatten, ein ovales, von zwei pechschwarzen Zöpfen gerahmtes Gesicht, unter der breiten Stirn geschlossene Augen und volle Lippen. Man hatte ihr ein Tuch umgebunden, als hätte sie Zahnweh. Damit die Kinnlade nicht herunterfiel. Und wennschon, dachte Onkel Pedrito. Und wenn ihr die Kinnlade herunterfällt, ihr kann es doch gleich sein.

Oben auf dem Hügel, auf dem der Friedhof lag, hoben zwei Männer das Grab aus. Dann und wann hielten sie inne und atmeten tief den Geruch der feuchten Erde ein und den süßen Duft der

Suquinayblüte, der berauschend und bedrückend ist. Es war dunkel, sie gruben beim Schein eines großen Feuers, bis das Grab fertig war und sie mit reinem Gewissen zur Totenwache gehen konnten. Wenn der Spaten auf Steine traf, klang es, als läuteten sie eine dumpfe Glocke. Einer lockerte den harten Boden mit einer spitzen Eisenstange auf, der andere neigte sich immer tiefer in die Grube, um die Erde herauszuholen, anfangs mit dem Spaten und dann mit einem Eimer, den er füllte und langsam emporzog. Sie schwitzten. Die Sterne waren wie Menschenaugen, die man durchs Wasser sah. Menschen mit goldenen Augen. Himmlische Menschen. Vielleicht Engel.

»Der Backofen ist heiß. Vorsicht, daß er nicht wieder ausgeht«, rief nochmals eine Frauenstimme in dem Hof hinter dem Haus, wo man kaum etwas sah, weil sich dauernd schwarze Wolken vor den Mond schoben. Ein Jacotebaum mit einer Leiter, Hühner darauf, die erregt gackerten, als wüßten sie, daß es im Hause eine Tote gab. Ein ausgehöhlter Stamm, der als Pferdetränke diente. Ein paar Steine, die offensichtlich die Wäscheleine ersetzen mußten, denn über ihnen hing eine Hose, und zwei Fässer mit schmutzigem Wasser, aus denen die Nacht mit Krokodilsaugen starrte.

»Beinahe hättest du mir ein Auge ausgestoßen«, rief ein Mann aus, als sich zwei Gestalten dem Backofen näherten.

»Da wäre dir nur recht geschehen. Wie du dich aufführst, du respektloser Kerl! Siehst du nicht, daß wir eine Tote haben?«

»Reg dich nicht auf.«

»Still, da ruft jemand!«

»Der Ofen geht aus, so beeilt euch doch! Was sie nur immer herumquatschen, anstatt zu kommen!«

»Verdammter Hund, dafür wirst du mir noch büßen . . . Los, man ruft uns . . . Ich werfe das weg!«

Hinten im Hof, wo es stockdunkel war, hörte man zärtlich flüstern und wispern, als träumte den Hühnern und Hähnen, Menschen zu sein, als nähmen die Menschen die Totenwache zum Vorwand, sich hinter dem Haus in Hühner und Hähne zu verwandeln.

Manchmal kam eine Alte mit einer Lampe heraus. Sie hielt sie hoch, um besser sehen zu können, sah aber trotzdem nichts.

Sämtliche Sitzgelegenheiten, die man hatte auftreiben können, wurden auf die Veranda vor dem Haus neben die Tür gestellt. Jeder, der kam — barhaupt, mit dem Hut in der Hand —, mußte an den Männern und den Frauen vorbei, die bereits saßen und höflich leise seinen Gruß erwiderten. Wenn es sich um einen Freund oder Bekannten handelte, so fiel der Gruß herzlicher aus, und man bot ihm einen Platz an.

Wie Menschen, die einen betäubenden Schlag erhalten haben und noch nicht recht zur Besinnung gekommen sind, wanderten die Angehörigen von einem Zimmer ins andere, setzten sich auf Betten und Feldbetten oder blieben stehen, rauchten und sprachen miteinander. Freundliche Nachbarinnen füllten die Schnapsgläser und bereiteten Schnitten zu, die sie nach Mitternacht anbieten würden.

Der Brief Bastiancito Cojubuls ging von Hand zu Hand. Jeder sagte seine Meinung, fand ihn gut oder schlecht. Nur einige schwiegen sich aus.

»Alles gelogen«, sagte einer der Schwiegersöhne Onkel Pedritos. »Und selbst wenn es stimmt, ist es doch nicht recht, daß man die Eltern verläßt und in der Fremde Frucht trägt.«

Onkel Pedrito hörte nicht zu und vernahm doch jedes Wort.

»Die Früchte, die ihr hier gezeugt habt, meine Söhne, sind bitter, sind Früchte des Todes. Ihr seid faul, legt die Hände in den Schoß und habt deshalb nur eins im Sinn: die Frau zu beschlafen. Gesegnet seien die Söhne, die die Eltern verlassen, die sich von ihnen lösen und dort Wurzeln schlagen, wo Gott es bestimmt hat. Gesegnet seien die Söhne, die nicht wie Grind an der Familie haften — Grind, der die Alten nur noch mehr ausdörrt —, sondern die in die Fremde ziehen, Äste und Zweige hervorbringen und eines Tages zurückkehren oder eine Botschaft senden, damit der alte Stamm sich verjüngt, damit die Eltern neu aufleben mit ihnen, die ihr Leben zu nutzen wußten und nicht mehr träge, tote Asche sind.«

»In dem Brief steht nichts Neues«, meinte ein anderer. »Jeder weiß, daß an den Bananen am meisten zu verdienen ist. Aber dort gibt es zuviel Krankheit und Gefahr. Seht euch nur Cucho an mit seinen Lungen, die wie Fronleichnamstrommeln dröhnen, wenn er hustet.«

»Du gefällst mir! Natürlich muß man was riskieren. Aber du willst alles umsonst: kriegst dein Stück Land, pflanzt und verdienst eine Stange Geld, und das alles ohne Risiko. Das hast du nur, wenn du stirbst und in den Himmel kommst. Wenn man natürlich zufrieden ist mit dem, was man hat, auch wenn es noch so wenig ist, um so besser . . .«

Onkel Pedrito hörte nicht zu und vernahm doch jedes Wort.

Einen Baum pflanzen, ein Kind haben . . . Wir alle hier haben viele Kinder. Aber Kinder haben heißt doch, über sich selbst hinauswachsen . . . Und mit dem Bäumepflanzen ist es auch nichts. Wir fällen sie höchstens, holzen ganze Wälder ab, um leben zu können.

In den Baumkronen vor dem Haus raschelte der Nachtwind. Es war, als trüge er die Tote mit sich fort, die immer wächserner aussah, je mehr sie sich vom Leben entfernte, die nur noch ein Sack aus getrockneter Haut war, einer Haut, die im Morgengrauen runzlig wurde und bläulich schimmerte.

Dominica, Onkel Pedritos andere Tochter, die einen hohen Leib vor sich hertrug, betrat das Zimmer. Ihr Mann, ein Bauer mit struppigem Haar, sagte gerade etwas über Bastiancitos Brief.

»Du faselst ja, Bejuco«, schnitt ihm Don Bastianón der neben Don Teo stand und seine Zigarre aus selbstgezogenem Tabak rauchte, das Wort ab.

»Ich fasele nicht. Alles darf man mir sagen, nur nicht, daß ich an die Küste runter soll, wo es so viele Moskitos gibt. Vor der Arbeit fürchte ich mich nicht, arbeiten muß ich hier auch. Es stimmt natürlich, daß man hier nicht viel verdient. Der Boden ist karg, und es tut weh, wenn man sieht, wie schlecht der Mais und die Bohnen stehen. Aber vielleicht mit ein bißchen Dünger . . .«

»Dünger kostet Geld«, sagte Don Teo, »wir müßten uns schon alle zum Scheißen hinhocken, statt uns von den letzten Eichenwäldern zu ernähren, die wir abholzen und verkaufen.«

»Du bist und bleibst doch immer das gleiche Schandmaul, Don Teo.«

»Und du bist und bleibst immer derselbe Holzkopf, der sich nicht von dort wegrührt, wo er geboren ist. Wie willst du denn für deinen Stall voller Kinder sorgen? Dominica kriegt jetzt glücklich das siebente.«

»Schlimmer wär's, wenn ich aus reiner Prahlerei an die Küste ginge und dort an der Malaria oder an irgendeinem anderen Fieber verreckte oder wenn ich zurückkäme wie Cucho, der doch zu nichts mehr nütze ist.«

»Hier wirst du an der Armut eingehen, langsam, aber sicher. Und nicht nur du, deine ganze Familie. Es langt doch weder hinten noch vorn. Nicht für Medizin, nicht für die Kinder, um sie halbwegs ordentlich durchzubringen. Wie sehen sie denn aus! Dreckige Gesichtchen, maskenhaft, als gehörten sie Ungeborenen, Stöckchenbeine, und den Blähbauch voll Würmer! Die Mütter haben ja nicht mal genug Milch, um sie zu stillen.«

Cuchos Husten verriet ihn, wo er auch war. Er wurde immer buckliger. Seine fiebrigen Augen lagen tief in den Höhlen, seine Lider, welk und runzlig, schienen an den Augenbrauen zu hängen, die Nase war messerscharf.

»Wer bin ich?« fragte Cucho einen kleinen, blinden Mann, der zu ihm trat, um ihn zu begrüßen, und ihm die dicke haarige Wollkleidung betastete. Die Freunde, die Cucho umstanden, fragten, ob er ihn an der Gestalt erkenne.

»Der Frage nach bist du . . . Ja, wer bist du eigentlich?«

»Errat es doch, Schlauberger! Ich bin ein Kranker, der den Gesunden predigt, denen Gott Verstand und ein paar kräftige Hände gegeben hat, ihre Jugend zu nützen . . .«

»Ein unternehmungslustiger Toter!«

Sogar Cucho mußte über die Worte des Blinden lachen. »Genau das bin ich, ein Toter vom Leichenbestattungsunternehmen, ein Toter, der das bißchen Stimme, das er in der Brust hat, verbraucht, um den jungen Leuten zu predigen, sie sollen von hier weggehen und an der Küste arbeiten, wo für die Männer der Kampf beginnt, für die Männer, die dem Meer das Land entreißen.«

»Cucho, und wenn du noch so schön redest, du wirst sie nicht überzeugen«, sagte einer aus der Gruppe.

»Zum Teufel noch mal, wenn ich sie schon nicht überzeuge, dann sollen sie wenigstens zuhören!«

»Männer, Männer . . . Du machst dir ja schöne Illusionen.«

»Die Faulheit ist es, die den Mann zum Weib macht. Waschlappen, die sich mit Arbeiten abgeben, zu denen sie lieber Röcke anziehen sollten.«

Cucho hustete und hustete. Als der Anfall vorüber war, zog er sein Seidentüchlein hervor, um sich zu schneuzen und von der spitzen Nase die Kälte wegzuwischen, die ihm die Wirbelsäule hinunterrann, ihn schüttelte, von den Knöcheln und Handgelenken bis hin zu den durchscheinenden Ohren.

»Mit dem Meer kämpfen, daß ich nicht lache!« sagte einer der Männer, die Cucho umringten, und klopfte ihm freundschaftlich auf die Schulter.

»Wenn ich noch mein Augenlicht hätte, bei Gott, ich würde es mit dem Meer aufnehmen. Etwas Größeres kann ich mir gar nicht denken! Was sind das doch für Schlappschwänze, daß sie nicht den Mut aufbringen, ihr armseliges Stückchen Land zu verlassen und zu sehen, was es anderswo zu verdienen gibt!«

»Cucho, erklär uns doch mal richtig, was das eigentlich heißt, mit dem Meer zu kämpfen. Ich glaube nämlich, daß du es selbst nicht weißt, daß du bloß angibst.«

»So geht es einem, wenn man mit Leuten redet, die ihr Lebtag am Rockzipfel ihrer Mutter gehangen haben, und wenn nicht am Rockzipfel der Mutter, dann an dem der Frau. Mit dem Meer kämpfen heißt für mich, wie die Bäume an der Küste sein, die bis zur Brandung hinabsteigen. Ihr müßtet die Mangroven und die anderen Bäume sehen, wie sie auf den Felsen, von Gischt bespritzt, ihre starken, grünen Äste ausstrecken und sich dem Meer entgegenstemmen. Tausende Stämme, Äste und Blätter sind ständig im Kampf mit den Wellen, vor allem, wenn es Sturm gibt. Deshalb hat sich das Meer das Land nicht holen können. Aber wer steht hinter diesen Bäumen? Wer steht dahinter? Wir doch nicht!«

»Stimmt, Cucho, das Meer frißt das Land, ich hab es auch gesehen.«

»Darum werde ich nicht müde, den Gesunden immer wieder zu sagen, daß ihr Platz an der Küste ist, in jenen Niederungen, wo alles ungestüm wuchert und das Grün ein Grün der Papageien ist. Wozu Mais anbauen, wenn die Kolben leer sind, wenn die Bohnen winzig bleiben wie die Leberflecken im Gesicht einer Schwangeren? Wißt ihr, was ich denke, wenn ich mir eure Felder ansehe? Das sind keine Halme, die aus dem Boden sprießen, sondern Federn von toten Hühnern.«

»Als ich jung war«, erzählte der Blinde, »wollte mich mal einer anwerben, der hier vorbeikam und Edelhölzer suchte. Ich sollte mit ihm die Landstriche am Pazifik ausbeuten. Ich wäre um ein Haar mitgegangen, aber dann tat ich es doch nicht. Tausend Dinge hielten mich zurück, die Bequemlichkeit daheim, das schlechte Gewissen, weil ich die Alten im Stich lassen sollte, die Verwandten und die Bekannten, die Vergnügungen, die Braut, all das, womit es sowieso aus war, als mir am Vorabend von Mariä Empfängnis ein Feuerwerkskörper ins Gesicht hinein explodierte und ich erblindete. Wäre ich mit dem Holzhändler gegangen, dann hätte ich vielleicht mein Augenlicht noch. Wenn es aber Gottes Ratschluß war, daß ich es verlieren sollte, wäre ich vielleicht blind, aber nicht so arm wie jetzt. Hol's der Teufel!« Der Blinde seufzte tief auf, schüttelte die graue Pferdemähne und fuhr fort: »Jetzt gehe ich zu der Toten. Meine Hände sollen mir sagen, daß sie es wirklich ist, die Gute, die Sanfte, die nie hätte sterben dürfen! Ich will wissen, wie groß und wie kalt meine Verlassenheit schon ohne sie ist, denn sie hat mich auf der Veranda schlafen lassen und mir in der Küche manchen Bissen zugesteckt. Warum immer die Guten dran glauben müssen, wo es so viele überflüssige Schweinehunde gibt! . . . Guberio, dieser Schuft, hat sie auf dem Gewissen! Oder vielleicht nicht? Wenn einer es weiß, dann ich. Ich bin zwar blind, aber ich sehe mit den Ohren um so besser. Wie oft ist dieser Idiot besoffen nach Hause gekommen! Dann hat er sie nicht in Ruhe gelassen, hat sie wach gemacht, begrapscht und sich aufgeführt, als hätte er noch nie eine Frau im Bett gehabt. Dieser Schuft, dieser Tölpel . . . Dieses Rindvieh . . . Wie ein Zwanzigjähriger hat er mit ihr rumgetobt, mit der Mutter seiner Kinder, dabei hat er gewußt, daß er sie schonen mußte, wenn er den Kindern die Mutter nicht nehmen wollte . . . Nun ist es geschehen, aber es hätte nicht so kommen müssen. Die Welt ist ungerecht, Gott ist ungerecht, der Mensch ist ungerecht!«

Über die Wangen des Blinden rollten Tränen wie warmer Schlamm. Als er vor dem ausgestreckten Körper stand, beugte er sich nieder, roch an den Blumen und den Myrtenzweigen und betastete die Tote, um sich zu überzeugen, daß sie es wirklich war, die Gute, Sanfte und Zarte. Er erdrückte sie beinahe.

Aus einer Tür stürzte sich ein Junge auf ihn, schlug ihn mit den Fäusten und wollte ihn vertreiben. Das arme Kerlchen glaubte, daß der Blinde seine Mutter schlüge. Man nahm ihn auf den Arm, um ihn in seinem kindlichen Zorn gegen den Alten zu beruhigen. In das schmerzliche Weinen des Kindes, das durchdringende Geschrei eines traurigen kleinen Tieres, mischte sich der stille Jammer des bärtigen Blinden mit der grauen Pferdemähne.

In anderen Zimmern des Hauses gingen Frauen umher, schwarze Tücher um Kopf und Schultern, und boten Kaffee, Schnaps, belegte Brote und Zigarren aus selbstgezogenem Tabak an; in den Winkeln hockten Männer um Petroleumfunzeln, würfelten oder spielten Karten.

Ein Jüngling, der eingeschlafen war, fühlte unter seiner Fingerkuppe, wie das Blut seiner Liebsten durch die Adern der linken Hand rann. Diese Nacht des Todes war ihre erste gemeinsame Nacht, und das machte sie jugendlich befangen, flößte ihnen Angst ein.

Die Liebe, aber weit entfernt von diesem aschfarbenen Land, dieser Aschengrube zur Laugengewinnung, wo es nur Dornengestrüpp, Kakteen und die Krummsäbel der Aloen gab ... Die Liebe, aber weit entfernt von diesen Kalksteinfelsen, wo es keine Hoffnung gibt, daß etwas gedeiht ... Und der Tod, auch der Tod weit entfernt von hier, wo man sich selbst in einen armen, verkrüppelten Baumstamm verwandelt, in einen dürren Wald, ein brüchiges Spinngewebe voll alter Insekten und Harz, in dem Tautropfen wie Tränen blinken ... Wenn es in meine Hand gegeben wäre, ich würde meine tote Tochter mitnehmen, um sie weit entfernt zu begraben, weit entfernt von diesen Geröllhaufen, diesem elenden Lehmboden, damit künftig, damit morgen schon eine Blume, eine Frucht oder ein Blatt aus ihr wird, nicht aber ein Lehmziegel; denn die Toten, die hier begraben liegen, haben nur eine Zukunft: eines Tages Teil eines Lehmziegels, einer verkrüppelten Pflanze, eines Baumes ohne Frühling zu sein.

Bevor es hell wurde, knieten die Frauen bei der Leiche nieder und beteten. Die Kerzen, die die ganze Nacht hindurch gebrannt hatten, waren bis auf die Leuchter niedergebrannt. Auf den Stühlen und Bänken schlummerten einige, die die Totenwache gehalten hatten, mit dem Hut auf dem Gesicht; andere, die trotz ihres wollenen Unterzeugs fröstelten, gingen steifbeinig, in Decken oder Ponchos gehüllt, in die Küche, um heißen Kaffee zu trinken oder um sich ein Schüsselchen Bohnen geben zu lassen, die zwar schon lange in der Asche gestanden hatten, aber noch genießbar waren. Mit Gesichtern von Selbstmördern hockten die Würfler und Kartenspieler noch immer um die Petroleumfunzeln, obgleich es schon tagte, und versuchten ein letztes Mal ihr Glück. Ein Betrunkener hatte den Schluckauf. Im Licht des Morgens klang Cuchos Husten noch hohler. Die zärtliche Fingerkuppe verfolgte weiter den Weg des Blutes in der Hand der Geliebten.

7

Die alten Freunde blieben Leland Foster, der Frau John Pyles, treu, auch nachdem sie Lester Mead geheiratet hatte. Sie blieben ihr unter anderem treu, weil es eine nette Abwechslung war, sie an einem Ort zu besuchen, wo der Tisch der Küste ein Tafeltuch aus Schaum hatte und die sonnenüberflutete Landschaft hohe Palmen, Wasservögel und herrliche Sonnenuntergänge, wo es in dem behaglichen kleinen Salon einen Flügel, Zigaretten, Whisky, Bücher und Zeitschriften gab. Der einzige neue Freund war Tom Beker, ein ellenlanger Mensch, dessen Kopf im Verhältnis zu seiner Größe klein erschien. Er war weißblond, hatte Haare, hell wie Bienenhonig. Das Bemerkenswerteste an seinem Gesicht waren die vorstehenden Zähne, die ihm das Aussehen eines gutmütigen Hundes gaben.

Leland, die an dem Flügel lehnte und eine Hand aufgestützt hatte, wollte mit der anderen das Notenheft umblättern, das vor ihr auf dem Ständer lag, aber sie kam nicht dazu, denn Tom Beker sagte etwas, und sie hätte sofort widersprochen, wenn ihr Lester, ihr Mann, nicht zuvorgekommen wäre:

»Sie liebte mich, weil ich Gefahr bestand;
ich liebte sie um ihres Mitleids willen.
Das ist der ganze Zauber, den ich brauchte;
hier kommt das Fräulein, laßt sie es bezeugen.«

»Daß ich den Mohren liebt', um ihm zu leben« — sagte Leland und schüttelte das goldblonde Haar, während der lange Tom kalt und ungläubig lächelnd die vorstehenden Zähne entblößte —, »mag meines Glücks gewaltsam jäher Sturm der Welt zurufen . . .«

Carl Rose war unbemerkt eingetreten. Er hatte die Ruhr gehabt, war noch dürrer als vorher und so geschwächt, daß er kaum die Pfeife im Mund halten konnte. Die anderen überschreiend, zitierte er:

»Sei wachsam, Mohr! Hast du Augen zu sehn,
den Vater trog sie, so mag's dir geschehn.«

Alle lachten, lachten noch mehr, als Tom Beker, die vorstehenden Zähne verbergend, schloß:

»Auf der Stelle ersäufen werde ich mich.«

Nahe hörte man, einer Geräuschkulisse gleich, das Meer brausen. Schweißgebadet hielten die Freunde ihre Gläser in den Händen, damit Leland ihnen Whisky einschenkte. Mit Eis und Sodawasser versorgten sie sich selbst.

Lester Mead leerte eine Büchse Sardellen auf einen kleinen, grünen Teller. Er klopfte auf die Konservendose, damit die Fischchen, deren appetitlicher Geruch schon den kleinen Salon füllte, herausglitten und so das Gericht aus Oliven, Salzmandeln und Käsewürfelchen bereicherten.

Ernie Walker kam stets zu spät, diesmal aber trieb er es entschieden zu weit mit der Gewohnheit, »die Beine immer langsamer laufen zu lassen als die Uhrzeiger«, wie er seine Unpünktlichkeit nannte. Er warf den Haarschopf zurück und goß sich reichlich Whisky ein. Am liebsten trank er alten schottischen Whisky, der recht viel Aroma hatte.

»Die Sensation des Tages! Tury Duzin und Nelly Alcántara lassen sich scheiden, getrennt haben sie sich schon. Die beiden sehen aus, als wäre ein Zug Schotter über sie hinweggerollt; sie haben sich sechs Stunden lang gestritten.«

»Ich schlage vor, zum Zeichen der Trauer eine Schweigeminute einzulegen«, sagte Carl Rose und wandte sein Dysenteriegesicht, Unterstützung heischend, Tom Beker zu, der sogar bei geschlossenem Mund den gezackten Rand der Vorderzähne zeigte.

»Keine schlechte Idee«, meinte Tom Beker, »vor allem was Lester angeht, der niemals redet oder lacht.«

»Hast gar zu viel lachen müssen, nicht wahr, Liebster?« kam Leland ihrem schweigsamen Mann zu Hilfe.

Einen Augenblick lang tauchte vor den alten Freunden die armselige Gestalt Lester Meads auf, als er noch Cosi war und in zu kurzen Hosen, mit langem Haar und zerrissenen Schuhen herumlief, Cosi, der alles hatte, »was Sie für den Nähkorb brauchen«, und sie glaubten, sein durchdringendes Lachen zu hören: Haha ... hahahaha ...!

»Ihr wißt doch, daß ich lieber zuhöre«, verteidigte sich Lester Mead und griff nach der Hand Lelands, die die Gäste aufforderte, sich zu setzen, weil das doch bequemer sei.

»Wenn nicht, werden die Stühle überflüssig wie so viele Dinge; kaum, daß sich noch einer hinsetzt; alle sind Geschäftsleute geworden, die, wenn sie von der Arbeit kommen, im Stehen einen Cocktail nehmen und sich die ganze Zeit stehend unterhalten. Zum Verzweifeln, diese Leute, die sich nicht hinsetzen. Die gute, alte Zeit des Sofas, der Sessel und der Stühle ist vorüber, heutzutage setzt sich kein Mensch mehr; sie tun alle, als hätten sie keine Zeit, dabei stehn sie stundenlang herum, reden und reden und stampfen ungeduldig mit dem Fuß auf wie angebundene Pferde ... In New York hat mich nichts so nervös gemacht wie diese Stehcocktails nach der Arbeit.«

Nachdem Leland sich an der Küstenluft erfrischt hatte, schob sie einen kleinen Teewagen mit Whisky, Sodaflaschen, Eis, Oliven und anderen Leckerbissen in den Rauchsalon, aber die Freunde rührten sich nicht vom Fleck. Sie sprachen über ein neues Medikament gegen die Malaria, das wirksamer sein sollte als Chinin.

»Mir ist es egal, ob ich Malaria kriege oder nicht, wenn ich nur meine Schlaflosigkeit loswerde. Sollen sie doch ein ordentliches Schlafmittel herausbringen! Es ist zum Verzweifeln, man lutscht an der Nacht wie an einem Bonbon, das nie alle wird und mit Gewalt hinuntergeschluckt werden muß. Denn wenn man nicht einschlafen kann, fühlt man, kaum daß es dunkelt, die Nacht im Mund wie etwas das brennt, den Speichel austrocknet, das einem Schauer über den Rücken jagt ...«

»Ich hatte auch so eine Zeit, da konnte ich nicht schlafen, kein Auge zumachen«, sagte Tom, um die düstere Stille zu unterbrechen, die Ernie Walkers Worten gefolgt war.

»Dagegen gibt es kein Mittel ...«, fügte Rose hinzu.

»Das macht mich ja so wütend! Sie erfinden alles mögliche, gegen die Malaria, die Syphilis, den Skorbut und der Teufel weiß was, aber sie finden und entdecken nichts, das einem die Lider wie mit Siegellack verpicht, sobald man den Kopf auf das Kissen legt.«

»Die Schlaflosigkeit ist eben keine Krankheit.«

»So? Was ist sie denn?«

»Eine schlechte Angewohnheit.«

»Eine schlechte Angewohnheit? Zu Hause hab ich regelmäßig neun Stunden geschlafen, aber hier schließe ich nachts kein Auge. Ich kann doch nicht nur von Schlafmitteln und Whisky leben, von

Whisky und Schlafmitteln . . .«

Eine sanfte Melodie. Der Flügel. Leland spielte Mozart. Die Freunde verstummten und hörten zu. Von Kopf bis Fuß in Schweiß gebadet, traten sie leise näher und setzten sich. Nur Tom Beker blieb stehen.

An diesem Abend begann man sehr spät zu spielen. Lester, dem die Müdigkeit aus den runden Augen sah, mischte die Karten. Es war entsetzlich heiß. Die Ventilatoren, seit ein, zwei, drei Stunden im Betrieb, surrten betäubend, und wie Ventilatoren kreisten die Hände und teilten die Karten aus: Runde um Runde, Runde um Runde. Die letzte Runde. Nein, noch eine, die allerletzte. Ehrenwort, die allerletzte. Darüber war es vier Uhr morgens geworden.

Als Lester Mead sein Haus verließ, verwandelte er sich wieder in Cosi, den volkstümlichen Cosi, mit dem Kriegsnamen, unter dem er lachend seinen Kram feilbot, »alles, was Sie für den Nähkorb brauchen«, haha . . . haha-haha . . .! Deshalb war es ihm unangenehm, die Nacht hindurch bis zum Morgengrauen zu spielen, wie ein zum Tode Verurteilter, der den schönen, grausamen Tag heraufdämmern sieht.

Er ritt auf einem schwarzbraunen Pferd nach Semírames, in der Hoffnung, Adelaido Lucero oder dessen Söhne anzutreffen, und stieß unterwegs auf die empörten Landarbeiter, die in ihren kupferfarbenen Fäusten Macheten gleich silbrigen Flammen schwangen und drohend ihre schneeweißen Zähne zeigten, als gäbe es auch in ihrem friedlichen Munde Krieg. Als Lester sie traf, wußte er gleich, was los war; vor dem volkstümlichen Cosi gab es keine Geheimnisse, und Lester Mead oder Stoner, wie er auch genannt wurde, blieb für die Arbeiter noch immer der Mann mit dem gellenden Lachen, harmlos, ein Kind, ein Vogel.

»Heute fordern wir keine höheren Löhne, sondern Sicherheit für unsere Frauen«, riefen sie ihm zu. »Entweder sie respektieren unsere Frauen, oder es gibt Mord und Totschlag!«

Die Schnitter erhoben ihre Stimmen, ihre Macheten, den Geruch ihrer Frauen rebellisch in sich; jenen Geruch nach Frauenkleidern, der um so intimer, quälender war, je mehr er im Blut des Mannes die Gier weckte, jenen Duft nach Frauenhaar, jenen schweren, erregenden Ruch der Küste nach Sonne, Fruchtbarkeit und Vegetation.

»Der geile Hund hat sie nackt ausgezogen und so in die Bananenpflanzung gejagt. Da ist sie einem in die Arme gelaufen, der ein richtiger Kerl war und sie gleich auf den Rücken gelegt hat. Aber dann ist einer gekommen, der war noch handfester als er und wollte sie ihm wegnehmen. Während die beiden miteinander stritten, konnte sie entwischen, und es wäre wohl auch alles gut gegangen, wenn ihr nicht noch mehr Kerle in die Quere gekommen wären . . .«

Der Boden — jede Handbreit war Lester vertraut aus den Zeiten, da er noch Cosi war — flog unter den Hufen seines Pferdes hinweg, während er sich von den empörten Arbeitern entfernte und zu den Luceros ritt. Weder Adelaido noch seine Söhne waren zu Hause. Doña Roselia erklärte ihm, sie seien draußen auf der Plantage, die Männer zu beschwichtigen, die die Arbeit nicht wiederaufnehmen wollten, bevor ihnen Gerechtigkeit widerfahren sei. Aber die bleierne Sonne würde die Aufrührer schon in die Knie zwingen und ihr Ehrgefühl abtöten. Wenn die Atmosphäre erst wie weißglühendes Feuer war, so daß der Schweiß sofort wegtrocknete und die Menschen nach Luft schnappten, wenn erst die Malariakranken zitternd zusammenbrachen, dann würde die ganze Empörung verfliegen, dann würde man bald nur noch dumpfe, quittegelbe Masken sehen, gelber als der widerliche Bärlappstaub, mit dem die Nabel kleiner Kinder gepudert wurden. Sonne und Malaria würden alle diese Aufrührer zwingen, Hohn, Spott und Verunglimpfung hinzunehmen, jeden Dreck zu fressen, wie Adelaido Lucero sagte, der sich jedesmal Gewalt antun mußte, wenn er außer sich geriet, »aus den Steigbügeln rutschte«.

Aber diesmal rutschte er nicht aus den Steigbügeln, und Lester Mead traf ihn, wie er seinen Aufgaben nachkam. Die Pferde waren ihre Throne. Jeder ein König auf seinem Thron. Nur so kann man Geschäfte machen. Lester fragte Lucero, was man ihnen für die Bananen bezahlt habe.

»Fünfundzwanzig Goldcentavos für das Büschel zu neun Händen.«

»Das ist Betrug«, sagte Lester.

»Und was ist hier nicht Betrug?«

»Ich werde hinfahren und einen besseren Preis fordern.«

»Wozu? Sie vergeuden nur Ihre Zeit. Verkaufen Sie lieber jetzt, solange die Bananen noch grün sind, sonst verlieren Sie alles. Verkaufen Sie. Bevor die nächste Ernte reif ist, haben Sie genug Zeit, Ihre Forderungen zu stellen. Es sei denn, Sie fahren gleich bis nach Chicago.«

»Und wennschon!«

Lester wendete sein Pferd und ritt heim. Die feuchten Fußspuren auf den Stufen seines Hauses verrieten ihm, wer da war: die beiden jungen Luceros, Lino und Juan, Bastiancito Cojubul und die Ayuc Gaitáns. Sie plauderten lebhaft mit Leland, die gebrochen Spanisch sprach, während die anderen Wort um Wort wiederholten, damit sie alles verstand.

»Meine werten Herrschaften ...« — es sah Lester ähnlich, sich mit einem Gruß aus der Zeit einzuführen, als er noch anbot, »was Sie für den Nähkorb brauchen«.

Alle redeten durcheinander. Als Lester sich Ruhe verschafft hatte, teilte er mit, daß er sich entschlossen habe, einen höheren Preis zu fordern.

»Aber während Sie dort verhandeln, geht uns die Ernte flöten«, rief Bastiancito aus und sah die anderen Zustimmung heischend an.

»Ganz egal. Soll sie flötengehen, aber wir setzen einen gerechten Preis durch.«

»Das wäre natürlich wünschenswert, wünschenswert wäre es natürlich, aber ...« Macario Ayuc Gaitán sprach wie immer sehr langsam und sagte alles zweimal. »Aber bei denen ist das eine abgekartete Sache. Die Bananen sollen reifen und verderben, für nichts sollen wir gearbeitet haben.«

»Ich habe immer geahnt, daß es eine Falle war«, versetzte Juan Sóstenes und lief auf seinen O-Beinen hin und her, »eine Falle mit doppeltem Boden, in die wir geraten sind: Verkaufen wir, so verdienen wir nichts, verkaufen wir nicht, dann verlieren wir alles.«

»Macht, was ihr wollt, ich verkaufe nicht! Mögen die Bananen weich werden, ich werde nicht weich!«

Schallendes Gelächter unterbrach Lester, der mitlachte und unmerklich errötete. »Ich verkaufe nicht ein Stück! Und glaubt nicht, daß ich mir das leisten kann. Ich stecke bis an den Hals in Schulden. Aber wir Pflanzer müssen uns gegen die zur Wehr setzen, die uns ungerechte Gesetze aufzwingen wollen.«

»Das Ungerechte sind hier die Preise, und der Betrug besteht darin, daß er abgekartet ist, denn es ist Betrug ...«

»Jawohl, es ist Betrug«, bekräftigte Lino Lucero die Worte des krummbeinigen, dickköpfigen Juan Sóstenes. »Denn wenn sie denen die Ernte so gut bezahlen, warum können sie dann nicht auch uns ein paar Centavos zulegen?«

»Richtig, richtig«, warf Leland, die gerade eintrat, in ihrem komischen Spanisch ein. Sie hielt einen Packen Briefe in der Hand, den sie eben an der Tür in Empfang genommen hatte.

Lester erklärte seiner Frau, worum es ging. Aber er wechselte nur die Sprache, denn der Streit ging weiter, weil auch Leland dafür war, die Bananen zu dem angebotenen Preis zu verkaufen.

Nach der kurzen, heftigen Diskussion mit Leland verkündete Mead — nun wieder auf spanisch —, daß er bei seinem Vorhaben bleibe. Er werde einen gerechten Preis fordern und nicht zulassen, daß man den guten Glauben der kleinen, selbständigen Pflanzer mißbrauche.

»Das Gemeinste ist, daß sie einen so an der Nase rumführen«, empörte sich Juan Lucero. »Erst helfen sie in jeder Beziehung, wirklich in jeder, sogar bei der Schädlingsbekämpfung, und dann, wenn die Ernte heran ist, lassen sie einen auf den Bananen sitzen.«

»Und gerade das ist die Falle«, unterbrach ihn Juan Sóstenes, dessen Kopf wie ein großes Pendel hin- und herschwang.

»Drüben zahlen sie ihnen bestimmt noch den alten Preis. Was würde es ihnen also ausmachen, uns ein bißchen mehr zu geben? Aber die Hunde denken nicht daran. Ausgekocht sind sie, tun aber wer weiß wie menschenfreundlich. Und die Anständigen verderben sie mit. Am schlimmsten ist ihr scheinheiliges Getue. Von wegen großzügig und wohltätig.«

»Gott, jetzt wirst du auch noch sentimental wie all die Trottel hier, die sich vor lauter Dankbarkeit nicht zu lassen wissen«, rief einer von den Ayuc Gaitáns.

»Nein, mein Lieber. Ich hab schon immer gesagt, was die Tropicaltanera für uns tut, tut sie nicht aus Barmherzigkeit, dafür müssen wir noch teuer bezahlen.«

»Und hier über diese Dinge zu reden ist nutzlos«, sagte Bastiancito. »Ich war gestern bei einem der Inspektoren, bei dem, der dauernd Tabak kaut, Mister ... Mister ... ich weiß nicht mehr, welcher ...«

»Ist auch gleichgültig«, sagte Lester, »Mister sind sie alle, und alle sind ...«

»Alle sind sie eine ...«, entfuhr es Macario Ayuc Gaitán. »Beinahe hätte ich was Kräftiges gesagt. Don Lester ist ja nicht wie sie, aber er ist tatsächlich auch von dort.«

»Er wollte sagen«, fuhr Mead fort, »alle sind gleich, wenn sie hierher kommen. Sie mögen so oder so sein, vielleicht ausgezeichnete Menschen, aber die Arbeit verdirbt sie. Das ist es, was Macario sagen wollte.«

Lester hielt einen Augenblick inne, dann fügte er hinzu: »Also, Freunde, von mir aus verkauft, wenn ihr wollt. Ich verkaufe nicht.«

Sie gingen. Sie schlurrten über den Fußboden des Hauses, als trügen sie einen Toten. Bastiancito schlug sich mit dem breitkrempigen Strohhut gegen die Gamaschen. Lino Lucero kaute auf der Unterlippe. Juan Sóstenes bewegte den Kopf, der ihm im Nacken hing, als sei er ihm halb vom Rumpf getrennt, so schwer war er und so belastet von schmerzlichen Gedanken über all das Unrecht.

Leland hatte sich an einen der Ventilatoren gestellt, um sich frische Luft zufächeln zu lassen, denn die Hitze war unerträglich.

»Wenn du weg bist, verkaufe ich die Bananen«, sagte sie mit matter Stimme.

»Das wirst du bleibenlassen. Du bekommst ja nicht einmal die Kosten herein. So etwas darf man nicht tun. Kompromisse mit der Ungerechtigkeit sind der Beginn aller moralischen Niederlagen, die unsere sogenannte christliche Zivilisation erleidet.«

»Aber die anderen haben die Macht, Liebling.«

»Sie haben heute die Macht, zum Teufel, weil sie uns bestehlen. Aber man muß dem weißen Schaf neue Zähne einsetzen. Früher hast du doch für die Zeitschriften drüben Erzählungen geschrieben, in denen du uns als harmlose, vergreiste Kinder dargestellt hast. Du solltest dir etwas Neues einfallen lassen. Aber schreib nicht vom Wolf im Schafspelz, das ist veraltet, schrecklich veraltet, schreib von dem Zahnarzt, der dem Schaf ein kräftiges Wolfsgebiß eingesetzt hat, damit es unter den Wölfen leben kann.«

Ein Hut auf dem Kopf eines Mannes, ein Köfferchen in der Hand eines Mannes und eine Pfeife im Mund eines Mannes. Sein fester Schritt, der eben noch über die Fliesen des Vorzimmers hallte, war plötzlich nicht mehr zu hören, als habe er sich in der Tiefe eines Traumes verloren. Er sah nicht nach unten, er fühlte auch so, daß er unter den Sohlen seiner derben Schuhe den weichen Teppich im Direktionszimmer der Tropical Plantanera Company hatte, daß er in der Hauptstadt des kleinen Landes war.

»Mister Lester«, sagte der Generaldirektor, »ich habe nicht die Absicht, Sie zu schädigen, aber wir können die Bananen nicht zu diesem Preis kaufen.«

»Telegrafieren Sie doch Ihrem Stammhaus in Chicago, ich werde die Antwort abwarten. Nein, rufen Sie lieber dort an. Unsere Bananen verderben, es ist eine Frage von Stunden . . .«

»Mister Lester, ich habe keine Zeit zu verlieren, nichts von meiner Zeit, die mehr wert ist als Ihre Bananen. Wir haben eben zwei Schiffsladungen ins Meer geworfen.«

»Aber . . .«

»Zwei Schiffsladungen, das heißt rund eine Million Büschel.«

Lester Mead runzelte die Stirn und zog die Pfeife heraus, um sie frisch zu stopfen, während der Direktor mit einem Angestellten sprach, der ihn daran erinnerte, daß man ihn auf dem Golfplatz erwartete. Nachdem der Angestellte das Zimmer verlassen hatte, stand Lester auf, schüttelte dem Direktor die Hand und ging hinaus, Schritt für Schritt, bis ihn auf dem Fliesenboden des Vorzimmers der Widerhall seines eigenen Trittes traf.

Seine Koffer begleiteten ihn über den Atlantik. Auf einem jener traurigen Schiffe, die weißen Särgen gleichen, einem jener Dampfer, die das Gift gegen den Sigatogapilz bringen, und auf dem Rückweg die riesigen Bananenbüschel zu den großen Märkten transportieren.

»Die Flotte der weißen Kadaver«, sagte Mead zu dem Schwarzen, der seine Kabine in Ordnung hielt. Sooft der Neger eintrat oder ging, fürchtete Mead, er würde mit dem Kopf an den Türrahmen stoßen; aber das geschah nicht, denn der Bursche bückte sich jedesmal rechtzeitig.

Unter den Fahrgästen waren einige Angestellte der großen Bananengesellschaft, Urlauber, deren Anzüge nach allerlei Arzneimitteln rochen und die sich an Bord hölzern wie im Büro benahmen. Die Älteren unter ihnen sahen in Lester noch immer den närrischen Cosi mit dem gellenden Lachen, nur daß er jetzt einen anderen Tick hatte. Er erklärte ihnen, daß sie ja gar nicht wüßten, was es bedeute, diese unscheinbaren, schmutzigbraunen Sämlinge zu säen, die viele Tage reglos in der Erde lagen und dann plötzlich keimten, wuchsen und wuchsen und sich schließlich zu der wundervollen riesigen Pflanze entwickelten.

Einem protestantischen Pfarrer an Bord fiel auf, daß die Passagiere Lester auswichen. Sie hatten sogar eine Art Warndienst eingerichtet und gaben einander Zeichen, pfiffen oder zischten, sobald er auftauchte. Begegnete ihnen Lester auf dem Gang, so kehrten sie um; erschien er an Deck und sie standen gerade an der Reling und betrachteten das Meer, so wechselten sie auf die andere Seite hinüber; betrat er den Salon, so erhoben sie sich, und setzte er sich hin, so zogen sie sich in ihre Kabine zurück.

Der Pastor interessierte sich für den harmlosen Narren. Obgleich das Schiff im Golf von Mexiko wie eine Nußschale hin und her geworfen wurde, ging der Geistliche, sich am Geländer festhaltend, an Deck und ließ sich neben Lester Mead nieder.

Wasserberge und Wasserschluchten. So muß die Erde ausgesehen haben, bevor sie erkaltete, nur daß es an Stelle des Wassers kochende Erze, wallende Dämpfe und brodelnde Blasen gab. Lester und der Pfarrer, die sich über alle möglichen geologischen Werke unterhielten, kamen schließlich auf das Thema zu sprechen, das Lester am meisten fesselte, wann nämlich der Mensch begonnen hatte, sich die wilde Bananenstaude nutzbar zu machen.

»Glauben Sie, Hochwürden«, er richtete sich im Deckstuhl auf und wandte dem Geistlichen das sonnengebräunte Gesicht mit der Adlernase und den grünen Augen zu, »daß unsere gute Mutter Erde diese Pflanze hervorgebracht hat, damit sich ein paar Banditen an ihr bereichern und schließlich Finanzgruppen bilden, mit denen sie den ganzen karibischen Raum beherrschen?«

Der Pastor zitierte etwas aus dem Evangelium. Da richtete sich Lester noch höher auf, umklammerte die Armlehne seines Deckstuhls, weil sich das Schiff wie ein wildes Füllen bäumte, und rief aus:

»Hochwürden, man mag an den Worten des Evangeliums drehen und deuteln, wie man will, es läßt sich trotzdem weder verfälschen noch zurechtstutzen. Es bleibt hell und klar, kompromißlos, ohne Halbheiten ... ›Wenn dir deine rechte Hand Ärgernis schafft, so haue sie ab und wirf sie von dir ...‹ Vielleicht besteht die Rolle der Geistlichen darin, den Menschen die strengen Gebote des Evangeliums mundgerecht zu machen, vor allem denen, die aus ihrem Land und den Menschen, die es für sie bearbeiten, Millionen herauspressen, denen, die sich wie Wegelagerer aufführen, aber gern ein reines Gewissen haben möchten.« Lester unterbrach sich, lauschte den Wellen, die gegen den Schiffskörper klatschten, und dem unablässigen Stampfen der Maschinen. Dann fuhr er fort: »Denn dafür ist man Millionär, daß man sich ein reines Gewissen kaufen kann, der Millionär hat es nicht mehr nötig, sich die Hände schmutzig zu machen ...«

Der Hut, die Koffer, die Pfeife. Er war allein unter Millionen Menschen und wartete darauf, daß das grüne Licht die Straße freigab. Er war mit dem Zug von New York nach Chicago gefahren und saß jetzt in dem Taxi, das er bei seiner Ankunft am Bahnhof genommen hatte.

Er schlief die ganze Nacht durch bis zum frühen Morgen. Vom Bett aus horchte er auf die Geräusche der riesigen Stadt, die unter einer dichten, schmutzigen Nebeldecke langsam erwachte. Er reckte sich unter dem Laken aus frischem englischem Leinen, drückte den Kopf in die Kissen und schloß fest die Augen, um gleich darauf ganz allmählich die Lider zu heben und so, mit halbgeschlossenen Augen, zu fühlen, wie ihn tiefe Dankbarkeit ergriff. Dankbarkeit gegenüber dem Leben, das ihn weggeführt hatte aus den großen Städten in die grüne Welt der Bananenhaine.

Er rasierte sich, duschte, kleidete sich rasch an. Sein Hut, eine Aktentasche, die Pfeife. Ein Blick auf die Uhr. Zum Aufzug hasten, hinunterfahren. Die Tür. Die Straße. Der Kampf, zwischen Tausenden von Fußgängern hindurchzukommen, zum ersten freien Taxi.

Der Grüne Papst erwartet ihn — diese Redewendung war ein schlechter Witz. Der Grüne Papst erwartete ihn, doch Lester war es, der fast drei Stunden warten mußte, ehe er vorgelassen wurde.

Der höchste Beamte der Tropical Plantanera Company saß tadellos gekleidet — grauer Anzug, gelbe Krawatte, lachsfarbenes Hemd aus italienischer Seide — hinter seinem Schreibtisch und sah ihm entgegen. Als Lester eintrat, erhob er sich, reichte ihm die

Hand und bat ihn, Platz zu nehmen.

Sie standen sich Auge in Auge gegenüber. Der Grüne Papst auf seinem Drehsessel sah ihn an, mit ausdruckslosen, kleinen Augen, vor denen dicke, in dunkles Schildpatt gerahmte Gläser saßen. Und er sah den Grünen Papst an. Der Augenblick, da zwei Menschen einander zum erstenmal begegnen und einer am anderen jede Besonderheit wahrnimmt, verfliegt sehr rasch. Eine Zigarette. Der Grüne Papst lehnte sich im Sessel zurück, um Lester zu antworten.

»Ich bin ganz Ihrer Meinung, Mister Mead. Alles, was Sie sagen, ist richtig. Aber wir werden nicht nur keine höheren Preise zahlen, ich habe sogar Auftrag gegeben, die Käufe einzustellen!«

»Was für ein Undank!«

»Wir sind eine Finanzgruppe, ein kommerzielles Unternehmen, Mister Mead, und ein kommerzielles Unternehmen ist keine Hilfsorganisation, wie gewisse altruistische Millionäre zu glauben scheinen, die in ihrer utopischen Verbohrtheit die Tropical Platanera Company für eine Wohltäterin der Menschheit halten.«

»Meinen Sie nicht, daß es unter den Aktionären der Tropical Platanera Company Menschen gibt, die es ablehnen würden, daß sich ihr Vermögen auf diese Weise vermehrt, Menschen, denen schon bei dem Gedanken an die Methoden, zu denen gegriffen wird, die Schamröte ins Gesicht steigen würde?«

»Die Aktionäre sehen nur ihre Dividenden.«

»Kennen Sie die Aktionäre? Kennen Sie sie alle?«

»Das ist doch völlig uninteressant. Hier geht es nicht um Personen, sondern um Aktien.«

»Leider, denn einige Aktionäre wären beunruhigt. Die meisten wissen nicht, daß sie ihre Dividenden höchst unredlichen Praktiken verdanken. Aber wenn sie erfahren würden, daß in derselben Zeit, in der sie ihre ungeheuren, riesigen Profite einstreichen, ein ebenso riesiges Heer gegen uns heranwächst, ein Heer von Unzufriedenen, die zur Hoffnungslosigkeit verurteilt sind . . .«

Mead, äußerlich scheinbar gelassen, fühlte, wie ihm das Blut in den Adern kochte und zu Kopf stieg.

Der Grüne Papst sah ihn mit seinen kleinen Wurmaugen durch die dicken Gläser an, in denen der Schein der Schreibtischlampe konzentrische Kreise zeichnete, und es war, als säßen jene durchdringenden, starren, ausdruckslosen Äuglein aus Gewehrkugelmetall am Ende zweier Leuchtkugelspuren, auf dem Grund einer doppelten Spirale.

»Wenn die Aktionäre wüßten, was es heißt, ein Stück Land urbar zu machen und Bananen darauf zu pflanzen, wie man sich plagen muß, ehe man die Frucht, süße Verheißung des Lebens, ernten und zur Ankaufsstelle transportieren kann, auf Eselskarren oder Ochsenwägelchen, unter Schwierigkeiten und Sorgen . . . wenn sie wüßten, was es heißt, stundenlang zu warten, in der brennenden Sonne, aber voller Hoffnung, für all die Mühe endlich den verdienten Lohn zu erhalten, und dann zu erfahren, daß sich der Aufkäufer der Gesellschaft aus tausend erfundenen Gründen weigert, die Bananen abzunehmen, so daß die Früchte achtlos weggeworfen werden, neben die Schienenwege, wie ein totes Ding, wie etwas Wertloses, das man grundlos gepflegt hat, nur weil sich kein Käufer dafür findet, weil es plötzlich nutzlos geworden ist für den Pflanzer, für die Bananengesellschaft nicht mehr gut genug, verschenkt zu werden . . . Da steht man dann mit dieser gestorbenen Frucht, an die man seine Kraft verschwendet hat und die trotz allem nicht tot ist, sondern lebt, eine grüne Realität, unabwendbar gegenwärtig, sichtbar, nur daß sie nicht absetzbar ist, weil sie auf einem Markt, den Sie nach Gutdünken lenken, ihren Wert verloren hat . . .«

Das Schweigen des Grünen Papstes entwaffnete ihn nicht, es verletzte ihn. Mead fühlte, daß seine Mühe umsonst war. Der Grüne Papst war kein Mensch, sondern eine Rechenmaschine, war wie die Ziffern, die man mit Kreide auf den schwarzen Tafeln der New Yorker Börse notierte.

»Und wenn man nicht nur seine Arbeitskraft geopfert hat, sondern das Wertvollste im Leben, die Gesundheit, um dieses Gut, die Hoffnung eines Menschen, einer Familie, eines Dorfes zu erzeugen, dann kann man ermessen, wie sehr es den Pflanzer trifft, daß er als Lohn für seine Mühe nun die Verachtung des Aufkäufers erntet, der die Bananen nicht einmal ansieht, weil er von vornherein weiß, daß er sie nicht kaufen darf. Malaria, Tuberkulose, Blindheit durch Filarion, Wassersucht, unvorstellbares menschliches Elend, Blut, Eiter, Schweiß und Schnaps . . .«

Der Grüne Papst rutschte unruhig auf seinem Sessel hin und her, klopfte zweimal kurz mit den Fingerknöcheln der rechten Hand auf den Schreibtisch, ehe er sagte: »Dafür haben wir Krankenhäuser und Ärzte . . .«

»Hahahaha!« Das gellende Lachen Lester Meads — Cosis Lachen, das einst auf der Plantage meilenweit zu hören war — ließ die Fensterscheiben erzittern.

»In den Comisariatos, den Läden unserer Gesellschaft, verkaufen wir billiges Fleisch, verkaufen wir alles zu niedrigsten Preisen . . .«

»Hahahaha!«

»Wir haben Millionen Dollar investiert, um Sumpfgebiete zu entwässern und urbar zu machen, wir schütten sogar mehr aus an Löhnen und Gehältern als die Regierung.«

»Hahahaha!«

Hinter dem Vorhang eines Fensters trat ein schwarzuniformierter Mann mit rundem Gesicht und roter Nase hervor und stellte sich neben den Grünen Papst; in der Hand hielt er, winzig wie ein kleines Haustier, eine Maschinenpistole. Mead bemerkte es nicht mehr. Mit langen Schritten verließ er das Zimmer, und als der Lift im 53. Stock hielt, zwängte er sich, die Augen noch feucht von dem gellenden höhnischen Lachen, wie eine Sardine zwischen die vierzig Leute, die hinunterfuhren.

8

Leland stand auf dem Bahnhof und versuchte vergebens, ein Parfümfläschchen zu öffnen. Während Carl Rose, der sie in seinem Auto hergebracht hatte, lärmend hupte und die alte Roselia und die Frau Bastiancitos unablässig auf sie einsprachen, zerrte sie an dem Fläschchen, erwärmte es an der Flamme ihres Feuerzeugs, vermochte es aber nicht zu öffnen.

An der Mauer, die den Bahnsteig begrenzte, standen die Männer, die ebenfalls auf Mead warteten. Sie hatten sehr schlechte Nachrichten für ihn. Die Gesellschaft kaufte jetzt überhaupt keine Bananen mehr. Zwei Jahre Plackerei — für nichts. Vor Verzweiflung knirschten sie mit den Zähnen. Die Ayuc Gaitáns verfluchten Cucho. Hätten sie doch nie auf ihn gehört! Wäre er noch am Leben, sie hätten ihm ins Gesicht gespuckt. Hier kämpfte man nicht mehr mit dem Meer, sondern gegen eine Handvoll Verbrecher.

»Reingelegt haben sie uns«, sagte Macario, und sein Bruder Juan Sóstenes wiederholte: »Ich hatte recht, als ich von einer Falle sprach, einer Falle mit doppeltem Boden.«

»Wieso mit doppeltem Boden, Juan Sóstenes?«

»Weil sie uns jetzt auch noch das Land wegnehmen, das wir nicht mehr bebauen können. Wir müssen es aufgeben oder ihnen verkaufen, so daß ihnen alles, was wir reingesteckt haben, zugute kommt.«

»Aber du hast doch gehört, daß nicht einmal sie alle ihre Bananen loswerden.«

»Taktik. Alles Gauner . . .«

Ratternd fuhr der Zug ein. Den Hut auf dem Kopf, die Pfeife im Mund, in jeder Hand einen Koffer, so stieg Mead aus. Unter den wenigen dunkelhäutigen und schmierigen Fahrgästen fiel seine Gestalt auf.

»Beeilt euch«, drängte Carl Rose, nachdem man sich begrüßt,

umarmt und einander die Hände geschüttelt hatte. »Es bezieht sich, gleich gibt's einen Guß.«

Bastiancito, die Ayuc Gaitáns und die jungen Luceros — der Alte lag schon seit Tagen mit Rheumatismus zu Bett — sprangen auf ihre Pferde; Leland, Lester und Walker stiegen zu Carl Rose ins Auto. Walker wäre beinahe zu spät am Bahnhof eingetroffen.

»Weißt du schon das Neueste?« wandte sich Walker an Lester, während Carl Rose den Motor anließ.

»Ja, vom Grünen Papst selbst. Man kauft uns keine Bananen mehr ab. Wir sind ruiniert.«

»Auch nicht zum niedrigsten Preis?« fragte Leland, aus deren Frage all ihre Besorgnis sprach.

»Auch dann nicht.«

Der Platzregen ließ nicht lange auf sich warten. Es goß wie aus Kübeln, und Carl Roses Wagen war, offen gestanden, ein uralter Klapperkasten. Die Freunde wurden naß bis auf die Haut und witzelten über das Auto, das sie eine mit Benzin betriebene Kaffeemühle nannten. Mead fragte Carl Rose, weshalb er sich nie einen neuen Wagen angeschafft habe.

»Weil ich sentimental bin und mit dem Auto eine sentimentale Erinnerung verknüpft ist. Ich mag einfach nicht daran denken, daß es eines Tages mitsamt dieser Erinnerung in einer der Gruben landet, in die die Gesellschaft die abgeklapperten Wagen bringen läßt. Bisher habe ich ja verhindern können, daß es abgeschleppt und zum alten Eisen geworfen wird. Bei der Vorstellung, daß mein Wagen zwischen Hunderten von Autos liegen und alle vier Räder von sich strecken soll, wird mir ganz anders. Noch fährt er ja.«

»Ich würde ihn an deiner Stelle zu Hause im Salon aufstellen«, sagte Leland, »so wie die königlichen Karossen im Museum; ich würde seine historische Bedeutung erklären und den Besuchern sagen: ›In diesem Auto erlebte Carl Rose ein Abenteuer, das damit begann, daß . . .‹«

»Nun hör schon auf mit deinen Witzen.«

»Warum aufhören? Ich fange doch gerade erst an. Außerdem ist das kein Witz.«

»Also, womit begann das Abenteuer?« fragte Walker amüsiert.

»Ich bin lieber still, sonst fährt uns Carl Rose noch gegen den nächsten Baum.«

»Das wird er nicht tun, denn der Wagen ist ihm heilig . . . Nicht wahr, Carl Rose, dazu wärst du nicht fähig? Du weißt doch, daß er dann vor der Zeit auf dem Autofriedhof verrotten müßte.«

»Also, dieses sentimentale Kapitel begann, wie alle Abenteuer im Auto beginnen«, sagte Leland und lachte in sich hinein. »Mit der

Hupe, die zum Stelldichein ruft; sie hupt, hupt, hupt, bis Dornröschen erscheint, das geschlafen hat — es ist aber nicht Tag, sondern Nacht. Sie öffnet nervös die Autotür, schlägt sie hinter sich zu und — ist gefangen, denn die Tür auf der anderen Seite ist gesichert. Der Motor springt an. Seine Schwingungen steigen von den Füßen in die Beine, von den Beinen ... Dann etwas Gas, um die Schöne bis zu den Haarwurzeln hin zu elektrisieren und eine Mattheit in ihr hervorzurufen, so daß sie ihren Kopf hingebungsvoll auf die Schulter des Geliebten sinken läßt, der mit sicherer Hand den Wagen durch alle Kurven steuert ... Er muß schalten, und zwischen den Gängen und den Schenkeln der Schönen entsteht eine unverhoffte, dauernde Verbindung. Der erste Gang, der zweite, und das Bein mit seiner unbestimmten, erregenden Sanftheit ...«

Carl Rose, der nicht wußte, wie er Leland zum Schweigen bringen sollte, gab verzweifelt Gas. Geschwindigkeit gegen Weibergewäsch. Mit einem Ruck hielt er vor Meads Haus. Er war gerettet. Mit dem Auto stand auch Lelands Zunge still.

In seinem Zimmer öffnete Mead die Koffer und nahm Geschenke für die Freunde heraus, die kurze Zeit später zu Pferde eintrafen. Das teuerste Geschenk — alle sahen es — war eine prachtvolle Pistole für den alten Lucero. Die anderen Mitbringsel, bunte Halstücher, Taschenlampen und mancherlei Kleinigkeiten, überreichte Lester den Frauen seiner Teilhaber, die sich erfreut bei ihm bedankten.

Aber die Hauptsache fehlte noch. Hatte er nun etwas erreicht oder nicht?

»Morgen sprechen wir über alles«, sagte Lester, bedrängt von den Blicken der Freunde, die ihn besorgt ansahen, ihn aber nicht zu fragen wagten.

Das Auto mit Carl Rose und Ernie Walker und die Reiter verschwanden in der heißen Dunkelheit des Abends. Die Männer führten die Pferde am Zügel, weil sie ihre Frauen bei sich hatten.

Als Leland sich an diesem Abend neben ihrem Mann zu Bett legte, ergriff eine eigentümliche, tiefe Schwäche von ihr Besitz. Ihr früheres Sein war wie ausgelöscht. Sie hatte die Empfindung, ohne Grund unter den Füßen zu sein, ohne Erinnerung, ohne Willen. Sie war ihrer Sinne mächtig, aber nicht wie früher, als sehen sehen war, hören hören und fühlen fühlen. Jetzt, da sie an der Seite ihres Mannes lag, sah, hörte und fühlte sie, aber ohne zu sehen, ohne zu hören, ohne zu fühlen. Woher kommen die Wolken? Woher kommt der Regen? Woher kommt dem Wesen, das nach Zärtlichkeit dürstet, die Sehnsucht, mit dem Geliebten zu verschmelzen, seinen Blick zu trinken?

»Leland?« Hatte er geseufzt? Hatte er ihren Namen geflüstert? Ihr genügte, daß sie seine Stimme hörte, seine vertraute, über alles geliebte Stimme. »Leland«, wiederholte er, bevor er in seinem Gedanken, der hier bei ihr wie ein Pflänzchen geboren und sogleich wieder zertreten wurde, fortfuhr: »Leland, wir haben die Welt verloren. Wir Nordamerikaner haben die Welt verloren.«

Sie erstickte seine Worte mit einem langen Kuß auf den Mund und drückte ihm den Kopf in die Kissen. Dann hob sie die Hand und strich liebkosend über Lesters blondes Haar. Es war nicht der Schmerz über die verlorene Welt: eine Welt konnte man zurückgewinnen; sondern der Gram, daß sie sich selbst verloren hatten, indem sie Gott den Rücken wandten. Wer rettet sich mit offenen Augen? Nur die retten sich, die die Augen schließen und den Dingen ihren Lauf lassen. Er zog sie an sich, drückte sie heftig mit geschlossenen Augen an seine Brust; und vor den ungestümen und süßen Liebkosungen ihres Mannes verbarg auch sie die ganze Nacktheit der Ehefrau in der Dunkelheit ihrer Lider.

Schon früh am Morgen stellten sich die besorgten Nachbarn wieder ein — Meads Nachbarn, die seine Teilhaber geworden waren — und fragten ihn, wie seine Verhandlungen zugunsten der kleinen Pflanzer ausgegangen seien.

Mead biß in eine schöne, reife Banane und sagte: »Bevor ich euch antworte, müßt ihr versprechen, mir blind zu gehorchen, denn wir sind im Krieg mit dem Grünen Papst.« Er aß die Banane auf, pflückte sich eine zweite und richtete, während er aß, die grünen Augen nachdenklich auf die Männer.

Aus deren kupferfarbenen Gesichtern sprach die Bereitschaft, alles zu tun, was er forderte. Einige räusperten sich energisch, als wollten sie das bekräftigen, was ihre Mienen ausdrückten. Ja, sie würden ihm blind gehorchen.

»Der Grüne Papst, müßt ihr wissen, ist ein Mann, der in einem Büro sitzt und über viele Millionen Dollar verfügt. Er braucht nur einen Finger zu rühren, und ein Schiff läuft aus oder bleibt im Hafen. Ein Wort von ihm, und man kauft eine Republik. Er niest, und schon stürzt ein Präsident, ein General oder ein Anwalt. Er rutscht ein paarmal auf dem Sessel hin und her, und eine Revolution bricht aus. Gegen diesen Mann müssen wir kämpfen. Es ist durchaus möglich, daß wir den Sieg nicht erleben, daß wir sterben, bevor wir mit dem Grünen Papst fertig geworden sind. Aber jene, die unseren Platz im Schützengraben einnehmen, werden siegen, wenn sie wie wir kämpfen, wie der Sturm, der alles hinwegfegt, wo er vorüberbraust, oder nur stehenläßt, was er ausgedörrt hat.«

»Aber wir haben doch keine Mittel . . .«, meinte der ständig mißtrauische und pessimistische Juan Sóstenes und wackelte mit dem Kopf. »Außerdem wollen wir in unser Dorf zurückkehren. Wir sind nicht von hier, und wenn es bei uns auch nicht üppig ist, so gibt es dort wenigstens nicht so viel Streit.«

»Wir müssen klug, sehr sehr klug vorgehen. Geld haben wir nicht, das ist unsere einzige Schwäche, deshalb können sie ja so mit uns umspringen. Zum Kriegführen aber braucht man Geld, wie Juan Sóstenes ganz richtig gesagt hat, denn wir wollen überleben. Überleben ist das Wichtigste in jedem Krieg.«

»Schulden haben wir«, warf Bastiancito ein, »das ist das einzige, was wir haben.«

»Genau so ist es; darauf will ich hinaus, damit wir gemeinsam einen Plan aufstellen. Denn das ist kein Kampf, bei dem man mit den Machetes dreinschlägt; man gewinnt ihn auch nicht, indem man Reden hält, um die anderen zu überzeugen. Nein, das ist ein ökonomischer Kampf.«

»Aber sie kaufen uns doch keine Bananen mehr ab!« sagte Lino Lucero mit bitterer und vorwurfsvoller Stimme.

»Ich weiß, der Grüne Papst hat es mir selbst gesagt. Aber das heißt nicht, daß wir sie nicht anderswo loswerden können. Wir werden sie verkaufen, um zu überleben. Bringt mir eine Aufstellung, wieviel Bananen mir jeder von euch in den nächsten acht Tagen liefern kann. Ich werde die Früchte auf den Märkten der umliegenden Ortschaften anbieten und fahre, wenn es sein muß, sogar in die Hauptstadt. Ich warte nur noch auf den Lastwagen, den ich gekauft habe und der jeden Tag eintreffen muß.«

»Das würde die Lage ändern, ohne sie wirklich zu ändern«, meinte Juan, der jüngere der beiden Luceros.

»Wir verkaufen die Bananen, um die Schulden abzuzahlen, von denen Bastiancito sprach, und um bescheiden zu leben wie die Bauern in anderen Gegenden, wie ihr selbst, bevor ihr hierher gekommen seid.« Mead zog die Pfeife hervor, stopfte sie gemächlich und fügte ernst hinzu: »Das Schlimme ist, daß wir vergessen haben, uns einzuschränken. Als man uns die ersten Lieferungen so gut bezahlt hat, haben wir geglaubt, es ginge immer so weiter, und haben viel zuviel Geld für unnützes Zeug ausgegeben, für ganz unnützes Zeug.«

Macario Ayuc Gaitán fand die Vorschläge des Gringos gar nicht so übel. Allerdings gehörte er zu denen, die die wenigsten Schulden hatten. Aber Herrgott noch mal, wenn nötig, mußten sie das Land sogar mit dem Machete verteidigen, denn es war das Wertvollste, was man ihnen nehmen konnte. Er sagte deshalb laut:

»Natürlich müssen wir es versuchen, Jungs, so wie Mister Mead es gesagt hat. Das ist immer noch besser, als ins Dorf zurückzuschleichen wie ein geprügelter Hund. Dem Grünen Papst werden wir schon einheizen, daß es eine Freude ist. Hauptsache, der Laster kommt rechtzeitig, sonst gehen wir hier so oder so zugrunde, am Fieber oder, noch schlimmer, aus Verzweiflung, weil er nicht eintrifft.«

»Der Lastwagen ist mit demselben Schiff gekommen wie ich. Mit dem nächsten Güterzug schicken sie ihn her.«

»Dann ist ja alles in Ordnung.« Bastiancito atmete auf, und auch die anderen schienen aus einem Alptraum zu erwachen, der dumpf war wie die brütende Hitze. »Wenn das so ist, ändert sich die Lage; machen wir die Lieferungen fertig, dann werden wir weitersehen. Es wird schon klappen. Am schlechtesten ist es, nichts zu tun.« Bastiancito erhob sich und streckte Mead die Hand hin, während die anderen ihre Hüte vom Boden aufhoben.

»Einen Augenblick«, sagte Mead. »Bisher haben wir nur die einfache Seite der Lösung gesehen, die ich euch vorschlug, die schwierige fehlt noch.« Ein leichter Argwohn, daß sie sich schon wieder Illusionen gemacht hätten, überflog die Mienen, die heiterer geworden waren. »Der Grüne Papst«, fuhr Mead fort, »kann nur deshalb so gegen uns vorgehen, weil er mit unseren menschlichen Schwächen rechnet. Seht euch doch nur an, was hier, in seinem eigenen Bereich, geschieht. Jene, die unsere Verbündeten sein sollten, weil sie hier geboren sind, sind unsere ärgsten Feinde, aus Dummheit, Egoismus, Niedertracht, was weiß ich ... Manche hat er verleitet, so phantastische Summen zu vergeuden, daß sie überzeugt sind, das Geld habe keinen Wert; und obwohl sie viel verdienen, werden sie nie freikommen, weil sie ihre glänzenden Gehälter verschleudern und ewig verschuldet sind. Andere sind in seiner Hand, weil sie mein und dein nicht unterscheiden können und man von ihren Gaunereien weiß. Wieder andere hat er zu Komplizen seiner Verbrechen gemacht.«

Lino und Juan Lucero, die sich als Kinder vor Cosis gellendem Lachen geängstigt hatten und denen man sogar mit dem »lachenden Alten« gedroht hatte, waren der Meinung, Lester sei noch ebenso verrückt wie früher.

»Warum soll ich weitere Beispiele anführen?« ließ sich Mead weiter vernehmen. »Jeder weiß, daß Luis Marzul kleine Mädchen vergewaltigt, denen er dann ein paar Chinintabletten schenkt. Jeder weiß, was die Herren Direktoren und die Damen der besten Gesellschaft treiben. Jeder weiß, daß hinter verschlossenen Türen beim Roulette und beim Poker Unsummen verspielt und Unmengen Whisky und Rum konsumiert werden ...«

Bastiancito gähnte. Große Worte und nichts dahinter. Seine Freunde traten ungeduldig von einem Fuß auf den anderen. Sollte er doch endlich von den Schwierigkeiten sprechen, statt ihnen eine Predigt zu halten.

»Es ist nicht damit getan, daß wir die Bananen mit dem LKW auf den Markt bringen, wir müssen auch lernen, sparsam zu wirtschaften wie die Indios. Ich bin nicht von hier, aber ich weiß, was der Indio durch seine Genügsamkeit vermag, durch seine Einfachheit, die Anwendung des gesunden Menschenverstandes und die Art, jeden Centavo dreimal umzudrehen, ehe er ihn ausgibt. Jahrhunderte sind vergangen, aber die Mestizen, auch wenn sie nur entfernt von den Spaniern abstammen, leiden an der Großspurigkeit wie an einem Fieber. Hier in den Tropen, wo sie dauernd die Verschwendungssucht der anderen vor Augen haben, ist es besonders arg. Kehren wir also, liebe Freunde, zu der guten alten Gewohnheit zurück, unser Geld im Taschentuch einzuknoten. Wenn der Indio Geld ausgeben will, muß er das Tuch mit Hilfe der Fingernägel und Zähne öffnen. Deshalb geht er nicht so leichtfertig mit dem Geld um wie wir, die es in allen Taschen und Händen ›spazierenführen‹, wie der Guanaco Villanzil sagt.«

Allen leuchtete am Ende ein, daß sie das bißchen Geld, das sie durch den Verkauf ihrer Bananen in der Umgebung und in der Hauptstadt verdienen würden, gut verwahren müßten und nicht verschleudern durften.

»Eine Gesellschaft, deren Teilhaber nichts als Schulden haben — er muß närrisch sein!« sagte der alte, vom Rheumatismus geplagte Adelaido, den man in die Morgensonne herausgebracht hatte. Sein Haar roch nach Veilchenpomade, und in seinem Gürtel stak die Pistole, die Lester Mead ihm mitgebracht hatte.

Doña Roselia, die eins ihrer Enkel auf dem Arm hatte, nickte. Aber gleich darauf schüttelte sie den Kopf und fragte: »Und der Lastkraftwagen, der rote Lastwagen voller Bananen, mit dem er jeden Tag losfährt . . .?«

»Alles Gerede. Eines Tages hat er es über, weil sie so wenig daran verdienen. Und dann laufen sie auseinander, und die Firma ist pleite. Nur daß sie dann noch mehr Schulden haben und man ihnen den Laster wegnehmen wird.«

»Ich weiß nicht, ob ich dir recht geben soll. Freilich, wer alt ist, den zieht es nach unten, und er sieht nur die Grube, in der er jeden Moment starr und steif enden kann. Aber die Jungen zumindest machen ihren Weg.«

»Ja, ins Elend. Das sieht man ihnen auf den ersten Blick an. Sie haben sich noch nicht mal einen Fetzen, einen neuen Anzug leisten können . . .«

»Weil sie es so ausgemacht haben. Sie haben alle versprochen, nichts auszugeben.«

»Aber das ist doch ein herrlicher Unsinn, Roselia! Gleich nebenan in den Läden der Tropicaltanera können sie gut und billig einkaufen. Weißt du noch, Roselia, was für Parfüme ich dir immer mitgebracht habe? Und die wollen nicht einmal die Wäsche wechseln . . . Ich hab mich mein Leben lang schinden müssen, aber ich hab mir wenigstens was geleistet dafür.«

»Du hast damals ausgegeben, was wir jetzt auf der hohen Kante haben könnten, und hätte ich mich nicht auf die Hinterbeine gestellt und darauf gedrungen, den Jungen das Land zu kaufen, dann müßten sie heute als Tagelöhner auf der Plantage arbeiten.«

»Wir haben es ihnen gekauft, damit sie es mal besser haben als wir. Aber schließlich muß sich jeder selbst durchbeißen.«

»Richtig, und deshalb glaube ich, daß die Jungen sich gegen die Gesellschaft durchsetzen werden. Nicht heute und morgen, aber eines Tages, wenn sie hart bleiben und auf der Hut sind . . . Um diese Halunken zu besiegen, muß man klug sein wie eine tausendjährige Schlange, sagt die Sarajobalda bei ihren Zaubereien. Und eines Tages ist es soweit, die Schlange häutet sich, und das Gebirge stürzt ein.«

»Und was hab ich davon, ich, Adelaido Lucero Peña, an dem dann längst die Würmer nagen, wenn es endlich soweit ist, wie du sagst?«

Doña Roselia kratzte sich den Kopf mit allen fünf Fingern der linken Hand, im rechten Arm hielt sie den Enkel, der eingeschlafen war und das Köpfchen auf ihre alte Schulter gelegt hatte.

»Ich weiß nicht, Adelaido, manchmal denke ich, sie haben so etwas wie eine neue Religion. Du brauchst es mir nicht zu glauben, aber laß es mich wenigstens erklären. Ich höre ihnen nur zu, doch sie sprechen so ernsthaft davon, alles zu verändern, daß ich es beinahe selbst für möglich halte. Und da sie jeden Centavo, den sie einnehmen, zurücklegen, werden sie loskommen . . .«

»Von den Schulden?«

»Ja, von den Schulden.«

»Eigentlich schade, Roselia, daß die neue Religion der Arbeit und der Sparsamkeit — denn darum geht es doch, der Reiche soll dich nicht in den Sack stecken können — erst jetzt kommt, da ich schon ein alter Kerl bin, der das Reißen in den Knochen hat. Sonst würden sie schon sehen, was ein richtiger Sturmwind ist.«

»Wir beide, Adelaido, sind wie zwei alte Köter, die auf der

Veranda liegen und dann und wann den Kopf heben und ein bißchen bellen, aus reinem Pflichtgefühl ... Aber manchmal belle ich noch ganz tüchtig.«

»So? Wann denn?«

»Wenn die Hausierer mit ihrem Kram an unsere Tür kommen: Ein Spiegel, ein Kamm, Seife, ein Tüchlein.‹«

»Wenn das der Compañero Mead wüßte — so nennen sie ihn jetzt, wie ich gehört habe —, der würde dich aufhängen. Er hat ja davon gelebt, als er noch Cosi mit dem gellenden Lachen war.«

»Jetzt sagt er, wer zuletzt lacht, lacht am besten.«

»Jedenfalls wißt ihr, daß ihr trotz meines Alters auf mich rechnen könnt. Ich bin ein alter Soldat, und wer auch immer kommt, diese Pistole ist bereit, ihn zu durchlöchern.«

Die Fliegen ließen Adelaido keine Ruhe, sie summten unermüdlich hin und her, setzten sich bald auf das Gesicht des Alten, bald auf das Gesichtchen des Kleinen. Schwärme von Sittichen zogen einen grünen Rauchvorhang, hinter dem sie lärmend kreischten. Alle lebten mit angespannten Nerven, immer warteten sie auf den Lastwagen. Wenn sie den Motor brummen hörten, freuten sie sich.

9

An diesem Morgen hörten sie den Motor nicht brummen. Der Lastwagen fuhr nicht weg. Leland hatte ihrem Mann das Frühstück schon beizeiten zubereitet, aber Lester schlug die Augen erst auf, als die Sonne bereits hoch am Himmel stand. Konkurrenz hatte sich eingestellt. Die Fuetés, Enkel eines Franzosen, der vor vierzig Jahren ins Land gekommen war, als man noch Edelholz schlug, fuhren mit einem gelben LKW herum und verkauften die Früchte billiger als sie. Am Nachmittag machten sich Mead und Juan Lucero auf den Weg, neue Ware zu holen. Unterwegs überraschte sie die Dunkelheit. Es war eine lange Fahrt gewesen, aber sie hatten die Bananen zu einem günstigen Preis erstanden. Auf der Hochebene rasteten sie. Aus einer großen Thermosflasche trank Mead in langen Zügen die mit Reis eingedickte, nach Zimt duftende Milch. In der ungewohnten Kälte des Berglandes mundete und stärkte der heiße Trank. Lester meinte, niemals etwas Besseres genossen zu haben.

Sie streckten sich neben dem Wagen aus. Mead lag wach und sah zum Himmel auf. Wie lange, wußte er nicht. Die Armbanduhr nahe an seinem Ohr erinnerte ihn daran, daß er ein Mensch und seine Zeit bemessen sei. Aber der unendliche Himmel über ihm kündete von einem zeitlosen Wesen.

Die sanfte Stimme im Gezweig der Bäume, die Ruhe der Tiere wurden gestört, wenn der Lastkraftwagen vorbeiratterte. Im heraufdämmernden Morgen fegten die Scheinwerfer des schweren Fahrzeugs die staubige Landstraße, über Steine und Schichten feinster Erde hinweg, die sich darauf abgelagert hatte und nun als weiße Wolke hochwirbelte. Ohne zu erlöschen, schimmerten die Lichter der Hauptstadt in der sanften Klarheit des Morgens, der sich im Osten rosa zu färben begann. Talabwärts fuhren sie, um Benzin zu sparen, mit abgestelltem Motor, die Ladung gut verteilt, damit sie nicht im Abgrund landeten. Hin und wieder ein Schatten am Weg. Die Scheinwerfer des Wagens badeten Rücken und Silhouette der Fußgänger im Licht, und als sie sich ihnen näherten und sie überholten, sah es aus, als schnitten sie ihnen die Beine ab und als schleuderten sie die Körper in die noch immer dichte Finsternis.

Man riß ihnen die Bananen aus den Händen, ja, regelrecht aus den Händen. Nur die Geier auf den vollen Müllwagen waren so gefräßig und hastig, wenn sie die Abfälle verschlangen. Im Handumdrehen war die Ladung verkauft; Männer und Frauen stritten um die großen Bananenbüschel und riefen dann nach Trägern, die ihnen die Früchte nach Hause bringen sollten.

Mead hatte an dem Wagen ein Schild befestigt mit dem Hinweis, daß er auf dem Rückweg Fracht mitnehme. Ein Kunde war bald gefunden, ein Syrier, dem Lesters blonder Kopf, die hellen Augen, die Tatsache, daß er Gringo war, die beste Gewähr boten, daß seine Sendung ordnungsgemäß befördert wurde. »Das sind Leute, die nicht stehlen, weil man sie von klein auf lehrt, ihr Brot selbst zu verdienen«, erklärte der Syrier. »Die Einheimischen sind die reinsten Räuber, die reinsten Räuber.«

So gelangte die Schmuggelware des Syriers an die Küste, geschützt durch die Person Lester Meads, denn die Beamten würden wohl kaum wagen, nach seinen Papieren zu fragen. Der ahnungslose Mead quittierte den Empfang des Frachtgutes, setzte sich ans Steuer, löste die Bremsen, ließ den Motor an und fuhr nach Hause.

Da die Fuetés die umliegenden Ortschaften nur ungenügend versorgten, konnten Mead und seine Freunde einen Teil ihrer Bananen auch dort absetzen. Außerdem fuhren sie zweimal in der Woche in die Hauptstadt.

Aber eines Tages — sie hatten schon den gewohnten Platz eingenommen, den die Kunden kannten — blieben die Käufer aus. Eine seltsame Unruhe überkam Mead. Es konnte doch nicht sein, daß der Markt der Hauptstadt, den sie nur einmal in der Woche belieferten, bereits gesättigt war.

Eine Gemüsehändlerin, grün wie eine rohe Kartoffel im Gesicht, näherte sich, um die Ladung zu betrachten, die noch verdeckt und unberührt unter den gelben Bananenblättern lag, weil kein Käufer erschien.

Die Frau schnüffelte, beäugte alles, druckste herum ...

»Sie haben also nichts verkauft, Mister ...«, sagte sie. »Aber wie sollten Sie auch, wenn man gestern und vorgestern am Bahnhof Bananen verschenkt hat ...«

Mead setzte sich wieder ans Steuer und fuhr quer über den Platz, vorbei an mageren Kötern, scharf riechenden Speisen, nach Zuckerrohrschnaps stinkenden Indios und den paar Marktfrauen in neuen Schuhen, die sich schon so früh eingestellt hatten. Die Straßen, der Verkehr, die Stadt. Das Lastauto rollte durch ein großes Tor, das geöffnet war, damit Wagen und Baumaterial, Krankenwagen und andere Fahrzeuge hindurchfahren konnten.

Vor einer Veranda, auf der eine Barmherzige Schwester stand und etwas in ein Heft notierte, hielt er an. Lester begrüßte sie und sagte, er bringe ein Geschenk von der Firma Mead-Lucero-Cojubul-Ayuc-Gaitán und Companie.

»Da freue ich mich aber, daß man uns mal Bananen schickt«, sagte die Schwester, »denn sonst kommen von dort nur unheilbare Kranke, Kranke mit zerfressenen Lungen. Unsere Säle sind längst überfüllt, und sehr viele Kranke müssen auf dem Boden schlafen.«

Während Mead und Juan Lucero die Bananen abluden, trafen zwei Krankenwagen ein. Die Schwester, den Blick voller Genugtuung und dem lieben Gott dankbar, daß er sogleich den Beweis für ihre Behauptung erbrachte, flüsterte Lester zu:

»Da kommen die anderen Früchte von den großen Plantagen, wo das Geld in Strömen fließt, und wir sollen uns mit ihnen abplagen. Zu uns gelangt immer nur das Elend.«

Mead betrachtete die Prozession lebender Leichname. Hustende, blutspuckende Skelette, Augen, die vor Anstrengung aus den Höhlen quollen, gelbe, schweißbedeckte Gesichter, gebleckte Zähne, schmale, trockene Lippen, die sich zu einem traurigen Lächeln verzogen. Tränen und Diarrhöegestank. Die Kranken, die gehen konnten, schleppten Wäschebündel mit, barfüßige Pfleger in weißen Kitteln trugen andere auf Bahren, die mit braunem Segeltuch bespannt waren, vom Krankenwagen ins Gebäude.

Mead schlug seinem Beifahrer Juan Lucero, der ihn bei seinen Fahrten in die Hauptstadt stets begleitete, auf die Schulter. Die Schwester verschwand im Haus, als wäre sie mit den Flügeln ihrer großen Haube davongeflogen.

Der Wagen hielt vor einem Geschäft für Kraftfahrzeugersatzteile.

»Das kann nicht stimmen. Für den gleichen Reifen habe ich vor kurzem fünfzehn Pesos weniger bezahlt. So teuer ist er nicht ...«

Der Verkäufer hockte sich nieder und las die Nummer, die auf dem Reifen stand. Dann richtete er sich auf, warf einen Blick auf die ölverschmierte Preisliste, klopfte sich mit dem Bleistift gegen die Zähne und rechnete.

»Ich lasse Ihnen den Reifen billiger, weil Sie es sind, Mister Mead«, sagte er. »Aber, bitte behalten Sie es für sich, denn wir verkaufen sonst teurer.«

Juan Lucero zwinkerte Mead zu, nahm ihn beiseite und flüsterte: »Das ist doch zu dumm, was Sie da machen; bei uns daheim wirft die Gesellschaft Hunderte von Reifen weg, die noch so gut wie neu sind. Von denen sollten wir welche kaufen.«

»Die Gesellschaft verkauft sie nicht«, erwiderte Mead.

»Aber natürlich! Die Reifen sind doch noch brauchbar.«

»Die Gesellschaft wirft die Reifen weg, damit sie verrotten, obgleich sie uns und dem ganzen Land gute Dienste täten.«

»Wenn wir einen anständigen Preis bieten ... Es sind doch Unmengen von Reifen, die kaputtgehen.«

»Besser kaputt als in Gebrauch, nach ihrer Meinung.«

Auf den neuen Reifen, für die Mead ein Sündengeld gezahlt hatte, rollte der Wagen durch die Außenviertel der Stadt.

»Aber möglicherweise verkaufen sie uns die Pferde, die sie nicht mehr brauchen«, murmelte Mead vor sich hin. »Doch von uns darf keiner hingehen, keiner, den sie kennen, den sie verdächtigen ... Wer käme denn da in Frage? Vielleicht ...«

Der Lastkraftwagen brummte nicht mehr in die Hauptstadt, und Mead holte ihn selten hervor, höchstens noch für einige Lieferungen in die nächste Umgebung und für die sonntäglichen Ausflüge ans Meer, an denen sich alle beteiligten.

Die Mündung des Flusses versperrte den Weg, der hier endete, während der Fluß dem Meer zuströmte. Angesichts der zornigen, salzigen Einöde des Ozeans wurde der riesige Strom furchtsam, nahm eine grüne Färbung an. Turmhohe Kapokbäume mit kahlen, glatten Stämmen und Kronen, gleich riesigen offenen Körben, angefüllt mit Unendlichkeit. Schlinggewächse, schmarotzende Lianen, die von den Ästen als lange Fäden herabhingen. Am Boden niedriges Buschwerk, das Feuchtigkeit festhielt und Schatten gab, und wie endlose Arme Sandstreifen, glitzernd und glimmend gleich zermahlenen Spiegeln, ein rötlich schimmernder Strauch, wie mit Granatstaub besprüht.

Die Kinder, Jungen und Mädchen jeglicher Altersstufe, sammelten Steine und Muscheln vom Strand, die Erwachsenen streckten sich im Sande aus. Ein majestätischer Vogel mit einem Schnabel, größer als der Körper, segelte flügelschlagend über die Badenden hinweg, die nackt waren wie Tiere oder wie kupferfarbene Götter.

Von den Plantagen waren andere Ausflügler gekommen, zumeist Landarbeiter, Leute — von ihren Hängematten geformt —, die beim Gehen die Arme schlenkerten und die Hüften bewegten, so daß es aussah, als hingen sie zwischen Himmel und Erde. Den größten Teil ihres Lebens verbrachten sie in der Hängematte. Sie schliefen darin, hielten Siesta, empfingen die Besucher, betranken sich, flüchteten dorthin, wenn die kalte Glut der Malaria sie packte oder die heiße Glut der Liebe, die an der Küste wild ist wie ein brünstiges Tier. Alles an ihnen war rund, der Rücken, das Hinterteil, die Waden hatten sich der nachgiebigen und bequemen Form der Hängematte angepaßt.

Der Anblick des Meeres brachte sie zur Verzweiflung. Ihr vergittertes Dasein zerbrach am unendlichen Bogen des Horizonts. Außerhalb des Vierecks ihrer alltäglichen Behausung fühlten sie sich nicht wohl. Ihre Häuser waren längliche Kästen, enge, mit Stufen versehene Taubenschläge. Oben schliefen sie, hatten sie ihre Wohnräume und ihre Behaglichkeit, unten die Becken zum Waschen der Arbeitskleider, die weniger schmutzig als verschwitzt waren, getränkt mit dem Schweiß des Menschen, des Arbeitstiers. Unten waren auch die Küche und die Hängematte, in der sie den größten Teil ihres Lebens verbrachten. Aber ihr Haus stimmte in der Form mit den Plantagen überein, wo sie arbeiteten, länglichen aneinandergereihten Vierecken. Ihr Horizont war von diesen grünen, mit kerzengeraden Stauden bepflanzten Parallelogrammen geformt, die alle den gleichen Abstand voneinander hatten. Immer und überall war ihr Leben eingezwängt in ein künstliches Viereck. Anfangs störte es sie nicht, dann machte es sie wahnsinnig. Deshalb brachte sie das Meer zur Verzweiflung. Ihre Augen folgten einer Linie, die sich von den Vierecken unterschied, in denen sie ihr eintöniges Dasein verbrachten, ein Leben geometrischer Monotonie, die sie allmählich vernichtete, wobei ihnen immer nur Bretter blieben, bisweilen die Sargbretter, auch sie Vierecke, mehr lang als breit, und immer die Bretter, auf denen der Schankwirt ihre Schulden notierte, ohne daß sie etwas vom Arbeitslohn behielten.

Bastiancito Cojubul hatte nicht an dem Sonntagsausflug teilgenommen. Er litt ein wenig an Asthma. Der Arzt hatte ihm geraten, das Meer zu meiden. Als Bastiancito im Wartezimmer saß und den Gesprächen der Patienten lauschte, unter denen es mehr Frauen als Männer gab, erfuhr er etwas, was ihn tief erschreckte. Zwar lachte er mit den anderen, die sich köstlich zu amüsieren schienen, aber er zitterte, als hätte er Malaria, denn vor Angst zittert man ebenso wie vom Sumpffieber.

»U-u-um ein Haar hätten sie einen Eisenbahnwagen auf den Laster losgelassen«, erzählte ein Mann mit einem gewaltigen Kropf. »Sie haben ihm aufgelauert, als er die Schienen überquerte ... U-u-um ein Haar wäre nichts von ihm übriggeblieben und von denen, die drinsaßen, noch weniger, bloß Blut und Matsch ... Aber dumm, wie die Brüder sind, haben sie ihn entwischen lassen. Als sie mit ihrem Waggon kamen, war der Lastkraftwagen schon über die Gleise. Wäre er nur einen Augenblick lang auf den Schienen stehengeblieben, dann hätten sie ihn gekriegt. Ja, ja, um ein Haar ...«

»Hier bei uns verkaufen die doch ihre Bananen nicht mehr«, meinte ein anderer. »Die Fuetés haben ihnen den Rang abgelaufen, weil sie billiger sind, und in der Hauptstadt verderben sie ihnen das Geschäft auch mit den halbverfaulten Bananen, von denen sie am Hauptbahnhof ganze Wagenladungen verschenken.«

»E-e-etwas, wovon sie leben, müssen sie schon machen«, sagte der Mann mit dem Kropf schrill. Es klang, als zermahle er Glas in der Kehle, das ihm beim Sprechen aus dem Mund und den Glotzaugen sprang. »Ihr Anführer, der Gringo, hat bestimmt einen Pakt mit dem Teufel.«

»Gut möglich, wo doch Lucero mit der Sarajobalda dick befreundet ist«, meinte ein Kurzsichtiger mit einer Geschwulst auf der Stirn.

Bastiancito hatte Lester Mead noch am selben Tage berichtet, in welcher Gefahr er geschwebt hatte, als er ahnungslos mit dem Auto die Bahnlinie überquerte. Die Nachricht vermochte jedoch die frohe Stimmung der Ausflügler nicht zu trüben. Sie waren höchstens traurig darüber, daß Bastiancito nicht bei ihnen gewesen war.

Lester, gut gelaunt wie immer, ließ sich Lelands kleines Akkordeon geben und sang gefühlvolle Lieder auf englisch. Leland applaudierte, glücklich, ihn singen zu hören, glücklich, ihn glücklich zu sehen, und alle anderen, mitgerissen von den Melodien, denn den Text verstanden sie nicht, bezeugten ihre Freude durch Beifall. Dann ergriff Lino Lucero die Gitarre und sang:

»Glühkäferlein, Glühkäfer mein,
fielst in die See hinein,
fielst auf das Abenteurerschiff,
nahm dich auf Reisen mit.

Peitscht der Regen die Wellen,
sagen die Leute, du weinst.

Wird mein Matrosenherz einst,
Lichtlein, mit dir zerschellen.«

Hinterher gab es Wassermelonen, und es ging sehr lustig zu. Leland hielt ihr Stück so, als musiziere sie auf einer grünen Muschel mit rotem Fleisch. Ihre Haare, unter der Bademütze verborgen, quollen seidig hervor, fielen ihr in die Stirn, wehten ihr um die Nase und auf die Melone. Ärgerlich spuckte sie süße Melone und widerspenstige Haare aus.

Das grüne Leuchten des Meeres hüllte sie in eine Atmosphäre zerfließender Bananenfelder, die mit ihrem Grün tiefen Wassers das buschig wuchernde Gold sprühenden Sonnenlichts vereinten. Zögernd näherten sie sich den blauen Wellen der Brandung, um sich den grünen Schimmer abzuspülen und zu fühlen, wie das indigoblaue Wasser sie benetzte.

Mit geschlossenen Augen tauchte Leland aus den schäumenden Wellen auf, schob die verrutschten Schulterbänder ihres Badeanzugs zurecht oder zerrte an dem Gummiband des Höschens, das ihre schönen weißen Beine zu straff umspannte. Lester umkreiste sie, tat, als wäre er ein Hai, und biß sie in den Schenkel. Leland zog wie elektrisiert das Bein zurück, schrie und flüchtete entsetzt an den Strand, während Lester hinter ihr auftauchte und ihr lachend nachrief:

»Ich kenne eine schöne Frau, die einem lachenden Hai zum Opfer gefallen ist!«

Es war schon recht spät, als Bastiancito, der bei dem alten Lucero zu Besuch war, die Ausflügler heimkehren sah. Don Adelaido, auf seinen Stock gestützt, humpelte langsam auf die Veranda, um sie zu begrüßen.

»Für die sehe ich schwarz«, murmelte der Kranke, »man will sie umbringen. Die Geschichte mit dem Eisenbahnwaggon ist ein starkes Stück. Nur gut, daß Lester einen hellen Kopf hat, obgleich er ein Gringo ist.«

»Eines Tages müssen sie doch dran glauben, paßt nur auf . . . Allerdings sagt *er*, daß sie auf die Dauer den Grünen Papst drankriegen werden.«

»Mit diesem Papst, Junge, ist es genauso wie mit dem Papst in Rom. Kaum ist der eine tot, sitzt schon ein anderer auf seinem Platz.«

»Also . . .«

»Was also? Deshalb schätze ich den Mann ja so, Bastiancito. Er wird den Sieg nicht erleben, aber er opfert sich, damit andere, die nach uns kommen, ihn erleben.«

Der Alte seufzte. Die Nacht war klar und ziemlich frisch, so daß man in Semírames atmen konnte. Nur Bastiancito spürte bedrückt, daß er wieder seinen Asthmaanfall bekam.

»Trink doch einen Whisky, das soll gut dagegen sein.«

»So sagt man, Don Adelaido. Aber ich mag das Zeug nicht, es schmeckt nach Medizin, nach Karbolsäure.«

»Dann geh schlafen. Leg dich zeitig hin; der erste Schlaf ist der beste. Wenn dich gegen Morgen der Husten packt, dann hast du wenigstens ein bißchen geschlafen.«

»Gute Nacht, und einen schönen Gruß an Doña Roselia. Morgen ist auch noch ein Tag.«

Der Alte hob den Kopf. Über ihm funkelte das Siebengestirn. Der Himmel war ein einziger Wirbel von Lichtern, so daß es wohl stimmen mußte, daß dort oben leuchtende Wagen auf unermeßlichen Kreisbahnen fuhren.

10

Unvergeßliche Nächte. In Lelands Tagebuch füllten sie viele Seiten. Welcher den Vorzug geben? Wenn man ihr gesagt hätte, sie solle eine von ihnen aus ihrem Gedächtnis streichen, als hätte es sie nie gegeben, welche Nacht hätte sie missen mögen?

Leland vermochte es nicht zu sagen, denn alle Nächte waren strahlend hell und zugleich dunkel. Hell für ihr Bewußtsein, aber dunkel für ihre Liebe, die blind ertastet hatte, was nur in den Mittagskreisen der Seele sichtbar wird.

Die alten Freunde ließen sich immer seltener blicken. Aber an diesem Tage erschienen sie völlig unerwartet, um den Lesters das Ehepaar O'Briend, Miss Morgan und den Ingenieur Smollet vorzustellen.

Die Unterhaltung war vom ersten Augenblick an fesselnd, anregend, als diskutierte eine Gruppe Studenten, schwungvoll, schwärmerisch, ein wenig frivol.

Carl Rose, der eine Nelke im Knopfloch des hellen Jacketts trug, ging in die Mitte des Zimmers und versuchte, ein Glas Whisky-Soda mit den Zähnen zu nehmen, indem er den Rand faßte, es anhob und das Getränk hinunterschluckte. Er versuchte es, ohne die Hände zu gebrauchen, ja ohne einen Tropfen der kostbaren Flüssigkeit zu verschütten, die kostbarer war als das Blut unseres Herrn Jesus Christus.

»Lästern Sie nicht!« rief Miss Morgan, und ihr gerötetes Gesicht, das stets gute Laune verriet, wurde blaß.

Tom meinte, Carl Roses Kunststück sei gewiß schwierig, aber

weit schwieriger sei es, eine Zigarette anzuzünden, wenn man die Streichholzschachtel auf die Fußspitze, das Zündholz zwischen die Lippen und das geschlossene Zigarettenpäckchen in die Tasche tat.

Alle lachten und gesellten sich zum Ingenieur Smollet, dem Ehepaar O'Briend, Walker und Lester Mead, die ein wenig abseits standen. Walker scharwenzelte um die O'Briends.

»Ausgezeichnete Pokerspieler«, flüsterte ihm Carl Rose zu und klopfte ihm auf den Rücken. »Über den neuen Attraktionen vergißt man die alten.«

Walker strich die blonde Strähne aus der Stirn, schüttelte sein Glas Whisky, damit das Eisstückchen untersank, das auf der bernsteinfarbenen Flüssigkeit wie das Stück eines Brennspiegels glänzte, und sagte: »Ich bitte mir Respekt vor Missis O'Briend aus. Unsere Gesellschaft beruht auf der Achtung vor der verheirateten Frau, was natürlich nicht heißt, daß wir sie verurteilen, ständig verheiratet zu bleiben.«

»Alter Gauner«, erwiderte Carl Rose und stieß mit Walker an, der in derselben Hand Whiskyglas und Zigarette hielt. Als die Gläser zusammenklangen, fiel die Asche herunter.

Während die anderen plauderten, lachten, einander zutranken und Zigaretten anboten, legte Ingenieur Smollet, der sich durch nichts stören ließ, den Fall Anderson dar.

»Das ist der Mann, dem wir alles hier verdanken. Ohne ihn existierten die Plantagen nicht. Ich weiß nicht, wo bei ihm die Legende beginnt, aber wenn man in diese und ähnliche Gegenden kommt, muß man ihn wirklich für ein übernatürliches Wesen halten.«

»Meine Frau komponiert gerade ein Lied auf ihn«, sagte Mister O'Briend, »und sie will es ›Anderson und der Flug der grünen Falter‹ nennen, so oft hat sie von Anderson wie von einem Fabelwesen reden hören.«

»Warum grüne Falter?« fragte Miss Morgan, deren rundes Gesicht hinter dem Zigarettenrauch zum Vorschein kam.

»Man merkt, daß Sie noch nicht lange hier sind«, warf Leland ein. »Wenn Sie erst einige Zeit bei uns leben, wenn Ihre Welt erst geometrisch viereckig wird und das Licht Ihrer Tage, das Dunkel Ihrer Nächte innerhalb eines Vierecks zu einem einzigen grünen Dämmer verschmilzt, dann werden Sie verstehen, warum aus Andersons Taschen grüne Falter hervorgeflattert sind. Falter, die diese Dunstwelt geschaffen haben.«

»Leland hat das Bild abgerundet«, bestätigte Carl Rose, »Anderson füllte sich, wo er ging und stand, die Taschen mit Erde, die er dann hat analysieren lassen. So hat er herausgefunden, daß sich der Boden hier besonders gut für den Anbau von Bananen eignet.«

»Wundervoll, wundervoll«, rief Missis O'Briend aus und richtete ihre Pfirsichaugen auf Leland. »Die Erde in Andersons Hosentaschen hat also gewissermaßen eine Metamorphose durchgemacht und sich in grüne Falter verwandelt. Sie sind aus seinen Taschen hervorgekrochen wie die Falter aus den Kokons an den Zweigen der Mangobäume, wie die zarten Blätter junger Bananenstauden, durch die ein Licht sickert, dem ständigen Flattern grüner Schmetterlinge gleich.«

»Meiner Meinung nach ist aber das Wichtigste, was Anderson uns hinterlassen hat, seine Klimakunde«, warf Walker ein. »Neben den topographischen Untersuchungen hatte er die Klimastudien betrieben. Seine Projekte sind wohl vor allem angenommen worden, weil er nachgewiesen hat, daß an dieser Seite der Küste kein Sturm auftritt. Und tatsächlich hat es nie einen gegeben.«

»Großer, feindlicher Gebieter!« rief der Ingenieur Smollet aus. »Wer ihn nicht erlebt hat, der kann sich nicht vorstellen, was der Sturm, den Anderson meint, bedeutet. Er ist schrecklich. Ich sage Ihnen, ich habe auf meinen zahlreichen Seereisen heftige Unwetter mitgemacht, einen Zyklon auf Kuba, aber keiner hat mir solche Angst eingejagt wie der Sturm, der vor drei Jahren über den Atlantik raste. Die Luft ging uns aus, wir glaubten zu ersticken, zu Staub zerrieben zu werden. Alles, alles nimmt so ein Wirbelsturm mit, Menschen, Bäume, ganze Häuser . . .«

Lester Mead, der bisher geschwiegen hatte, sagte laut:

»Manche Leute behaupten, daß der Reichtum von Industriebetrieben geschaffen wird, in denen es keinen Platz für die kleinste Träumerei, das kleinste Phantasiegebilde, die geringste Erdichtung gibt; aber sie wissen nicht, daß bestimmte Unternehmen wie große Träume sind. Das hier ist eines davon. Anderson hat diese Bananenpflanzungen erträumt, und die Aktionäre glauben zu träumen, wenn sie die märchenhaften Zahlen ihrer Gewinne lesen.«

»Deshalb kommt mir Anderson vor wie der leibhaftige Teufel«, warf Miss Morgan ein.

Lester Mead blickte sie an. Auch für ihn war Anderson der Versucher, der Dämon der Tropen. Miss Morgan war ihm zuvorgekommen und hatte das ausgesprochen, was er sagen wollte.

»Oh, wenn er ein Teufel ist« — Missis O'Briend willigte ein, neben Leland auf der kleinen Bank vor dem Piano Platz zu nehmen, während Miss Morgan und die Herren stehen blieben —, »dann muß ich den Titel meines Liedes ändern. Was meinst du?« wandte sie sich an Mister O'Briend, der sich räusperte, ehe er antwortete:

»Wenn du dich darauf einläßt, wirst du am Ende etwas schreiben, was sich ›Anderson oder die grüne Versuchung‹ nennt.«

»Der grüne Versucher«, widersprach Lester, »so habe ich Anderson immer genannt, nicht wahr, Leland? Im Gegensatz zu dem biblischen Teufel, der rot gewesen sein soll.«

»Ja, du hast mir erzählt, daß er auf einen hohen grünen Berg gestiegen ist, hoch und grün wie die Hoffnung der vielen tausend Menschen, die er um sich versammelt und denen er zugerufen hat: ›Wollt ihr die Welt besitzen?‹«

»Wundervoll!« flüsterte Missis O'Briend Leland ins Ohr, während der Ingenieur Smollet in die Boxerhände klatschte und laut hinzufügte:

»Wollt ihr Reichtümer?«

»Laßt doch Lester erzählen«, schlug Walker vor. »Allerdings sollten wir vorher die Gläser füllen, und Miss Morgan sollte sich einen Platz suchen.«

Lester nickte. »Vor so vielen Leuten mit leeren Gläsern könnte ich es gar nicht erzählen, es sei denn ... Bitte, Leland, mir nicht, ich habe schon zuviel getrunken.«

»Mir auch nicht.« Miss Morgan bedeckte ihr Glas mit der Hand. »Mein Maß ist voll.«

»Aber ein Tropfen bringt doch den Fluß nicht gleich zum Überlaufen.«

»Sie sind so reizend, daß man Ihnen nichts abschlagen kann.«

Ernie Walker näherte sich Missis O'Briend und stellte sich hinter sie. Er gehörte zu den Männern, die zufrieden sind, wenn sie sich in der Nähe der begehrten Frau wissen, im Bereich ihres Atems, wenn sie all die unendlich kleinen Partikelchen Speichel aufnehmen können, die sie beim Sprechen absondert — eine wissenschaftlich erwiesene Tatsache —, zufrieden, ihr Parfüm zu spüren, ein exotisches Parfüm, dessen Essenz sich in den Tropen schnell zersetzt, so daß es aufreizend und betäubend wirkt.

»Diesmal«, begann Lester Mead seine Geschichte, »stiegen auf den Berg Menschen einer kräftigen Rasse, Söhne der Puritaner; auf der Stirn trug jeder von ihnen das Zeichen des Guten, in ihren Augen war der Widerschein der Sterne, die sich im Wasser spiegelten, Wind und Wetter konnten ihren gestählten Leibern nichts anhaben: sie waren zu hart, um schwach, und wie Kinder zu gut, um schlecht zu sein. Sie schliefen unter freiem Himmel. Unten, wo die Stadt begann, herrschte tiefe Dunkelheit, in der metallisches Blinken und flimmernde Lichter zu sehen waren. Da näherte sich ihnen der grüne Teufel; die Dunkelheit verbarg seine Farbe realer Hoffnung, die des Geldes in seiner verführerischsten Form, den grünen Banknoten. ›Wollt ihr reich werden?‹ fragte er und hypnotisierte sie mit seinen Kalbsaugen, ohne sein Gesicht zu zeigen. Jene entgegneten, daß es viel Mühe koste, reich zu werden, daß man nicht noch mehr arbeiten wolle und sich lieber mit dem begnüge, was man habe. ›Arbeiten?‹ lachte ihnen der Versucher ins Gesicht, ›noch mehr arbeiten?‹ Aus seinem Munde ringelten sich geifernd widerliche Schlangen. ›Dieser märchenhafte Reichtum kostet euch keine Arbeit. Öffnet die Augen und blickt hinab in das blaue, bergige Land zwischen den beiden Meeren. Ich will euch den Samen schenken, aus dem Pflanzen hervorgehen werden, grün wie Geldscheine, Pflanzen, die sich durch ihre Früchte tausendfach teilen, als wären ihre Blätter, alle ihre Blätter auf der Bank eintauschbar gegen Goldmünzen und Goldbarren . . .‹

Und jene starken Menschen, die Söhne der Puritaner«, fuhr Lester fort, »willigten ein. Dank der Millionen, die ihnen die Bananen einbrachten, wurden sie die Beherrscher der Welt, die Herren der Schöpfung. Nun brauchte man ein Oberhaupt, und der Rat der Aktionäre, auf Goldbarren thronend, wählte den Grünen Papst. Nichts Phantastischeres als jene dämonische Vermehrung des Reichtums unter Ausnutzung der Farbe, auf die die Menschen setzten, Menschen, die zu Höherem berufen waren und nun den rechten Weg verloren. Der Verführer aber war Anderson; er hatte ihnen das Land angeboten und mit dem Land dessen Reichtum, für den sie keinen Finger zu rühren brauchten. Sie ließen andere für sich arbeiten, Legionen schwitzender, schmieriger, von Malaria geplagter Menschen, blind von körperlichen Strapazen, Menschen, deren Los es wurde, für die vom grünen Teufel Beschenkten zu arbeiten.«

Meads Worten folgte ein ausgedehntes Schweigen. Er hob sein Glas an die Lippen und trank den letzten Schluck Whisky, mehr Wasser als Whisky, weil die Eisstückchen geschmolzen waren, während er sprach.

Schließlich sagte Miss Morgan schüchtern: »Eigenartig, aber auch ich hatte an diese starke Rasse gedacht, die der Reichtum des grünen Versuchers in das verwandelt hat, was wir sind . . . Ausbeuter, nichts weiter!«

»Bitte, bitte, keine Schlußfolgerungen«, rief Tom aus, und Walker unterstützte ihn: »Nein, keine Schlußfolgerungen. Lester hat uns ein hübsches Märchen erzählt, und dabei soll es bleiben.«

»Und warum haben wir dann darüber gesprochen?« fragte Miss Morgan ebenso höflich wie eigensinnig.

»Damit sich Missis O'Briend« — Walker ließ den Namen der schönen Missis O'Briend langsam auf der Zunge zergehen, »darüber klar wird, woran sie sich in ihrem Lied halten soll, an die Fabel vom Menschen und dem Flug der grünen Falter oder an den Verführer Anderson, den Schöpfer des grünen Reichtums und des Grünen

Papstes.«
Nur Lelands Augen errieten den Sturm, der das Herz ihres Mannes durchfuhr.
»Schlußfolgerungen? Sie liegen auf der Hand, man braucht nicht danach zu suchen oder sie zu erforschen. Wozu sie erforschen? Für eine Handvoll Geld, für den Besitz dieser Plantagen, für Reichtümer, die, obgleich in jährliche Dividenden aufgeteilt, Millionen und aber Millionen betragen, haben wir eine Welt verspielt. Nicht die Herrschaft über diese Welt, die üben wir aus — sondern ihren Besitz, das ist etwas ganz anderes. Jawohl, wir beherrschen das Land, diese grüne Versuchung. Aber wenn die Zeit des Teufels abgelaufen ist, dann schlägt die Stunde Gottes, die auch die Stunde der Menschen ist . . .«
»Der Sturm!« sagte der Ingenieur Smollet, um ein Ende zu machen; er war ein praktischer Mensch und hatte keinen Sinn für Meads langatmige Ausführungen, die ihm wie eine schlechte Sonntagspredigt vorkamen.
»Der Ingenieur hat es ausgesprochen; aber nicht jener Sturm, den er uns als etwas Schreckliches, eine unbezwingbare Naturgewalt dargestellt hat . . . Die Stunde des Menschen wird selbst ein Sturm sein, der aus der Tiefe der Erde fordernd seine Stimme erhebt und alles hinwegfegt.«
Tom Beker, der hinter der Tür einen Besen entdeckt hatte, fegte mit ihm durch das Zimmer und schrie:
»Hinaus mit euch, hinaus, hinaus . . .! Ich bin der Besen, ich bin der Sturm!«
Er stieß gegen die Rücken und die Beine seiner Freunde, die hin und her sprangen und alle möglichen Verrenkungen machten, um ihm auszuweichen.
Jemand rief: »Tom soll mit dem Besen tanzen!«
Missis O'Briend setzte sich ans Klavier und trommelte einen flotten Rhythmus. Alle begannen herumzuspringen, und bald fanden sich Paare, so lange, bis die Musik in ein schnelleres Tempo überging. Nun lösten sich die Paare voneinander, der Besentänzer warf das Gerät hin und suchte sich eine Partnerin zu angeln. Wer leer ausging, mußte mit dem Besen tanzen, bis die Musik von neuem schneller wurde und alles von vorn anfing.
Walker nutzte die Gelegenheit, Missis O'Briend vom Klavier wegzuholen. Auf seine Bitte sprang Leland für sie ein. Mister O'Briend war so sehr mit der jungen Miss Morgan beschäftigt, daß er die Wechsel verpaßte, ausgenommen, es galt, seine junge Partnerin zurückzuholen. Einmal hatte er das Pech, an seine eigene Frau zu geraten. Rasch bückte er sich nach dem Besen. Walker, der in

O'Briend den idealen Gatten entdeckt hatte, zog zärtlich, als machte er eine Tanzbewegung, die pfirsichäugige Missis O'Briend an sich. Wenn er sie doch hätte küssen können, jetzt, wo er sie im Arm hatte! Einen Augenblick später tanzte er schon wieder mit dem Besen. Es war albern, aber nicht zu ändern. Ein Besen, ein alter Besen anstelle seiner geliebten »Kirsche aus Nachbars Garten«.

»Diese Burschen sind die reinsten Teufel, lauter grüne Teufel«, sagte der Ingenieur Smollet zu Lester Mead, »aber ihr Tanz wird in Wirklichkeit ein Totentanz werden, wenn sie ihre Methoden nicht ändern. Der Sturm wird, wie Sie es gesagt haben, die Rache der arbeitsamen, leidenden, ausgebeuteten, einfachen Menschen sein. In meinem Bericht werde ich das mit allem Nachdruck aussprechen.«

»Die Musik verstummte, der Besen wanderte wieder hinter die Tür, nur die Paare blieben vertauscht«, erzählte Walker während des Rasierens am nächsten Morgen Tury Duzin, die im Nebenzimmer saß und ihm zuhörte. »Die Morgan mit O'Briend.«

»Ich bin überzeugt, daß dieser jugendliche Greis impotent ist«, rief Tury Duzin aus.

»Du bist bloß eifersüchtig.«

»Die Morgan ist nicht mein Typ.«

»Und ich, wie du weißt, mit der schönen Missis O'Briend.«

»Die gefällt mir besser.«

»Mir auch.«

»Gab es noch mehr Pärchen?«

»Tom Beker und der Ingenieur, betrunken.«

»Die haben sich sicherlich auch verstanden.«

»Ich weiß nicht, ob sie sich so verstanden haben, wie du es meinst, Tury. Der Löwe glaubt, daß alle anderen seiner Meinung sind. Allerdings wollte Tom den Ingenieur küssen, weil er sich für dessen Vater hielt, und der Ingenieur umarmte Tom in der Meinung, er sei sein Bruder. Wenn du dort gewesen wärst, wen hättest du dir beim Besentanz ausgewählt?«

»Leland.«

»Bei der kannst du nicht landen.«

»Weiß ich. Sie ist ja widerwärtig normal, wie alle Weiber, und hat einen Ehemann, verrückter als ein Ziegenbock — ein würdiger Bürger seiner Genossenschaft.«

»Gestern abend hat er wieder gepredigt. Er hat gesagt, daß ein furchtbarer Sturm die Pflanzungen heimsuchen und uns alle hinwegfegen wird. Dieser Sturm, verheerender als alle Orkane und Wirbelwinde, die wir kennen, werde losbrechen, wenn Gott den Teufel besiegt und wenn die Stunde des Menschen geschlagen habe.«

»Ein unausstehlicher Schwätzer. Nur gut, daß er außerhalb unserer ›Geometrie‹ lebt. Hast du ihn schon mal über die parallelogeometrische Mentalität sprechen hören, die er uns zuschreibt? Seiner Meinung nach sind wir den Parallelen verfallen. Sie formen die Rhomben unseres Horizontes auf den Pflanzungen, kehren in den Häusern der Arbeiter wieder und bewirken in allen, die hier leben und ihre Vernunft gebrauchen, einen Zustand des Unerfüllten und Unerfüllbaren. Unsere Persönlichkeit sei in zwei gleiche Teile gespalten, die nebeneinander herliefen, aber nie zusammenkämen, so wie zwei Parallelen, die sich nicht vereinen, immer den gleichen Abstand halten, und dieses Gespaltensein trenne uns von uns selbst. Lester meint, daß unser Auge daher fortwährend bestrebt sei, aus innerem Antrieb heraus die gleichlangen Seiten der bebauten Rhomben der Bananenfelder zu verlängern, in der Hoffnung, daß sie irgendwann doch einmal zusammenträfen, was aber nicht geschähe, denn sie laufen bis ins Unendliche nebeneinander her. Das heißt jedoch, daß sich etwas in uns, die wir hier leben, nie erfüllen wird. Nie innerhalb des Horizontes, und wenn wir uns nach getaner Arbeit verzweifelt in unsere Häuser flüchten, sind wir wieder eingeklemmt in das gleiche geometrische System, zwischen zwei Parallelen, die erst dann verschwinden, wenn wir die Augen schließen, um zu schlafen.«

»Du hast die neue Lehre wie eine Predigerin dargelegt«, sagte Walker, der nun, rasiert und frisch gewaschen, in seinem hellblauen Anzug vor Tury Duzin stand und ihr einen guten Morgen wünschte. Sie dankte ihm und schenkte ihm obendrein eine Zigarette.

»Nach Meads Auffassung«, fügte Tury Duzin hinzu, »eine diabolische Erfindung des Grünen Papstes, die verhindern soll, daß die Leute, die mit uns arbeiten, jemals Wurzeln fassen und sich einrichten; denn die Achse ihrer Lebensmechanik, ihr Streben nach Ruhe und Sicherheit, wird immer an jenem Punkt enden, in dem sich die beiden Parallelen treffen, das heißt nirgends.«

»Solange man uns nicht hindert, beim Besentanz den Partner zu wechseln, ist alles in Ordnung!«

»Und erst seine Ansichten über Erotik! Er ist noch verrückter als ich . . .«

»Hat er dir erklärt, wie wenig anziehend er dich wegen deines ›Parallelismus‹ findet?«

»Du irrst, Mead ist sehr höflich. Er respektiert mich als das, was ich bin: als ein maskulines Wesen ohne Bart, ohne Männerhosen und ohne die dumme männliche Protzerei.«

»Ob mir leichter wird, wenn ich mir einen ›Pferdehals‹ genehmige?« fragte Walker. »Trinkst du mit?«

»Für mich ist es noch etwas zu früh. Erst acht Uhr. Aber bei dieser Bullenhitze kannst du mir etwas einschenken, und wäre es nur, um die Lippen zu kühlen.«

Walker goß in hohe Gläser, die lang wie Pferdehälse und unanständig bebildert waren, mit zitternder Hand ziemlich viel Whisky, den er mit Wasser, Eis und ein paar Tropfen Zitrone mischte.

»Nimm dieses Glas. Auf dem hast du ein hübsches, dunkles Mädchen mit dicken Schenkeln und straffen Brüsten.«

Tury Duzin weidete sich am Anblick der dunkelhäutigen Venus und nippte dann von dem Whisky. Nach dem ersten Schluck zog sie ein goldenes Zigarettenetui hervor, ein Schmuckstück, auf dessen Innenseite ein nacktes Mädchen abgebildet war, das die Beine spreizte, wenn man das Etui öffnete, und bot ihrem Freund eine Zigarette an.

»Streu ihr ein paar Tabakkrümel zwischen die Beine, dann sieht es aus, als hätte sie blonde Härchen«, schlug Walker vor.

»Ich rauche schwarzen Tabak.«

Ernie Walker schüttelte sich vor Lachen, so daß das Eisstückchen in seinem Glas klirrte. Hastig goß er den Whisky aus dem Pferdehals in seinen Hals. Dann verzog er die Lippen zu einem traurigen Lächeln, näherte sich Tury Duzin und vertraute ihr an, daß er arg in der Klemme sei.

»Die Frau des ältesten Vorarbeiters, seine dritte, eine ganz junge, hat mich neulich besucht und ...«

»Was und?«

»Ihr Mann spielt immer am Wochenende, dann verschwindet er am Montag, und wenn noch ein Feiertag dazukommt, läßt er sich drei Tage nicht blicken.«

»Stell sie mir vor!«

»Genau das wollte ich, um den Mann auf die falsche Fährte zu setzen. Der ist nämlich der reinste Othello. Aber bei dir würde er nicht eifersüchtig werden, der Trottel würde glauben, seine Frau sei durch eine andere Frau geschützt.«

»Nein, mein Lieber, so nicht. Unsere Direktoren haben mich schon einige Male als Schirm benutzt. Aber das ist eine Rolle, die der Celestina zukommt; meine Erotik geht zwar ihren eigenen, doch einen geraden Weg; Kuppelei ist mir zuwider. In jeder Kupplerin steckt eine verhinderte Prostituierte, eine Hure, die nicht zum Zuge gekommen ist.«

»Na gut, ich habe größere Sorgen. Am meisten macht mir zu schaffen, daß ich der Vater eines Kindes sein soll, das die Tochter eines Tagelöhners von weiter unten gekriegt hat. Dabei ist es nicht meins, sondern das von Carl Rose.«

»Ausgerechnet diesem dekadenten Don Juan willst du das Kind in die Schuhe schieben? Such dir lieber einen anderen.«

»Bitte sehr! Wie wär's mit Tom?«

»Such dir aus, wen du willst, aber mich laß aus dem Spiel.«

»Tom Beker oder einen anderen ... Ich will mal mit dem Mexikaner, dem Lagerverwalter, sprechen. Für Geld und gute Worte macht der anderer Leute Sünden zu den seinen. Außerdem steht ihm die ganze Lagerware zur Verfügung, um die Eltern des Mädchens zu besänftigen. Man zahlt ihm eine Stange Geld, aber dafür wirken Reis, Zucker, Rum, Konserven und Parfüm bei den Eltern der Schwangeren!«

»Dieser Lagerverwalter muß doch ein ganzes Schock blondköpfiger Kinder haben.«

»Jeder verdient sich sein Geld, wie er kann, und da er doch eines Tages von hier verschwindet ...«

»Aber die Kinder bleiben.«

»Nicht viele. Das Klima frißt die meisten — oder sie sterben an Unterernährung ... oder an irgendeiner Krankheit, es gibt ja genug — Masern, Röteln, Skrofulose, Scharlach, Angina, Keuchhusten, ganz zu schweigen von diesen entzückenden Würmern ...«

»Die grüne Hölle ... Sie verwandelt Männer und Frauen in brünstige Tiere, vielleicht hat der Schnaps, vielleicht das Klima, vielleicht der Parallelismus schuld, jedenfalls nach Meads ›Sexualtheorie‹. Das war's, was ich dir gerade erklären wollte.«

»Ich stärke mich. Willst du auch noch einen?«

»Nein, ich trinke morgens nicht. Ich trinke abends. Außerdem ist mir dieser Whisky zu stark parfümiert. Ich will dir lieber Meads Ansichten über Erotik auseinandersetzen, sie sind ganz merkwürdig. Unser in parallele Horizonte und in Vierecke gezwängtes Leben hat seiner Meinung nach zur Folge, daß hier die Männer dauernd darauf aus sind, die Frauen zu wechseln, die es auch nicht sehr genau nehmen und sich hingeben, ob sie weiß oder braun sind, ob sie höheren oder niederen Gesellschaftsschichten angehören. Denn Männer und Frauen haben das Gefühl, in Käfige gesperrt zu sein, und die Hoffnungslosigkeit des Käfigs läßt sie Vergessen im erotischen Genuß, im sexuellen Taumel suchen. Stellen wir uns an den Lang- und Breitseiten dieser Pflanzungen mit den gleichen Horizonten Eisenstäbe vor, dann haben wir das, was wir wirklich sind: gefangene Tiere ... Tiere im Käfig ... Ein Käfig hinter dem anderen. Käfige und wieder Käfige, bis ans Meer.«

»Käfige, Raubtiere und Dompteure ...«

»Richtig, wir sind nach Meads Ansicht die Dompteure, die Peitsche aber, die die armen Tiere in Schach hält, ist der Arbeitsvertrag, der am Ende statt der Bleikugeln die Entlassungsklausel hat.«

»Zu komisch! Aber leider muß man ihm recht geben.«

Walker kippte seinen Whisky hinunter, und Tury Duzin zündete sich eine neue Zigarette an. Sie wischte sich den Mund mit einer Papierserviette ab und fuhr fort:

»Fühlen wir uns nicht tatsächlich wie gefangene Tiere? Du, ich, unsere Freunde? Sie erdrücken uns, diese Käfige, die zwar unter freiem Himmel stehen, aber wir sehen den Himmel durch Gitter. Überall nichts als Gitter, die wir nicht zerbrechen können, weil es sie in Wirklichkeit nicht gibt, weil es nur diese verfluchten Parallelen gibt, die uns einschließen. Es ist entsetzlich . . . Ringsum nur Tropen, Urwald, Sümpfe, Moskitos, gelbes und schwarzes Fieber, was weiß ich, jedenfalls gehen wir daran ein . . . Was uns krank macht, ist dieses verzweifelte Leben in Käfigen, in denen wir wie Raubtiere hin und her rennen. Unser Käfig ist schlimmer als die Hölle. Dort schmort man zwar so, wie man hier schmort, aber es gibt wenigstens nicht die Geißel des Unerreichbaren, dessen, was nicht zu verwirklichen ist, was hinter dem Horizont liegt.«

Langsam wanderte der Blick von Walkers blutunterlaufenen Augen durch das Zimmer und blieb schließlich an dem Bild seiner Mutter haften, das in einem Rahmen aus gehämmertem Silber auf einem Bücherstapel stand.

»Diese Menschen waren noch glücklich«, sagte er halblaut, »weil . . .« Er stellte das Whiskyglas ab, schüttelte sich ein wenig und zuckte mit den Schultern, während Tury Duzin seinen Gedanken zu Ende führte.

»Man braucht nicht lange nachzudenken, sondern nur Lesters Theorie zu folgen, um es auszusprechen. Sie ließen sich nicht vom Teufel verführen, verschmähten, was er ihnen auf dem grünen Berg der Hoffnung anbot, die Reichtümer, die phantastischen Gewinne, die ökonomische Herrschaft. Sie hatten die moralische Kraft, es zurückzuweisen, aber unsere Generation erlag dem Versucher, nahm den Teufelspakt an und landete im Käfig.«

»Der Reichtum nimmt hier märchenhafte Dimensionen an. Es sind astronomische Zahlen. Wenn ein Kind anfinge zu zählen, was an den Bananen verdient wurde — die Tausender, nicht etwa die Hunderter oder gar die Zehner —, es würde ein Greis werden und wäre noch immer nicht fertig.«

»Jetzt übertreibst du.«

»Und die Macht, die Macht, Tury Duzin . . . Für mich ist *sie* das Teuflische, und der Reichtum verleiht eine Macht, die . . . Nun, Paris ist eine Messe wert.«

Tury Duzin, die nun wußte, wie die Abendgesellschaft bei den Meads verlaufen war, schickte sich an zu gehen. Walker setzte den Panamahut auf und begleitete sie.

»Da ich schon nicht ins Büro gegangen bin«, sagte er, während er die Tür verschloß, »will ich mir wenigstens das Balg anschauen, das einen Vater sucht.«

»Ich dachte, es hätte schon einen — den Lagerverwalter.«

»So einfach ist es nicht. Der Kerl läßt sich bitten. Er hat Skrupel.«

»Die hatten wir alle einmal. Aber nun erscheint der Versucher, und wer widersteht ihm schon?«

11

Papá-Chichiguo — so nannte man den Lagerverwalter, einen aus Tabasco an der mexikanischen Grenze stammenden Mestizen mit schuppiger Haut, mit einem Braun, das nicht glänzte, sondern aschig wirkte, und einer Schar blonder Kinder — war emsig beschäftigt, als der schon etwas angesäuselte Ernie Walker, den Haarschopf in der Stirn und den Panamahut in der Hand, im Türrahmen erschien und auf spanisch, aber mit stark englischem Akzent sagte:

»Von den zweien
einer muß es gewesen sein.
Ba-ba-bu,
cucara, mácara,
der Vater bist du!«

Der Lagerverwalter, der von diesem Reim nicht sonderlich erbaut war, zählte gerade die Rippen des vor ihm stehenden Schuldners, der ein Tuch um den Hals geschlungen hatte und dessen Knochen sich unter Hemd, Hose und Poncho abzeichneten.

»Du kannst wählen: Entweder du zahlst, oder du bringst mir die Ware zurück.«

»Es ist nicht anständig, wie Ihr mich behandelt. Schließlich sind wir verwandt durch meine Tochter, die sich mit Euch eingelassen hat. Was ist schon für uns dabei rausgesprungen? Für mich ’ne Axt, für das Mädel ein paar Lumpen, aus purer Güte, wie sie geglaubt hat . . .«

»Da hat sie sich eben geirrt. Ich verkaufe auf Raten und mache keine Unterschiede; und was ihr nicht bezahlen könnt, das werdet ihr mir eben zurückbringen . . . Aber so seid ihr. Wenn ihr Kohldampf habt, kommt ihr gelaufen und geht mir um den Bart; dann ist der Lagerverwalter ein Engel in Menschengestalt. Aber wenn's ans Zahlen geht, werdet ihr frech. Neulich kommt doch einer, ich weiß nicht, wie er heißt, und schreit, ich sei der erste, den sie an den nächsten Baum hängen würden.«

Der säumige Schuldner ging wortlos hinaus, aber Papá-Chichiguo hielt es für angebracht, nun Walker seinen Standpunkt darzulegen.

»Mich an den nächsten Baum hängen? Warum denn nicht den Chef? Ausgerechnet ich, der kleinste Angestellte in diesem Unternehmen, das den Arbeitern den Lohn aus der Tasche zieht, soll den Kopf hinhalten, und dabei seid ihr es ...« Er wies mit dem langen, knotigen Zeigefinger auf Walker. »Ihr habt euch diese Tricks ausgedacht, weil ihr den Hals nicht vollkriegt. Ihr heimst Millionen ein und schämt euch nicht, etwas zu tun, was, bei Licht besehen, Raub ist ... Aber mich hängen sie nicht, jeden anderen, aber mich nicht ... Neulich abends, als sie hier vorbeizogen, schrien sie, daß sie mein Fell wollten, die Hunde ... Gut, daß Sie gerade hier sind, Mister Ernie, denn Sie stehen auch auf der Liste derer, die wie Bananenbüschel am Mast baumeln werden, bis die Geier sich über sie hermachen.«

»Ich? Warum?«

»Weil Sie so ein Hurenbock sind; mehr Weiber haben als ein Sultan. Sie sind einer von den sieben Haremsbesitzern, die man ins bessere Jenseits befördern wird. Sie vornweg, dann den Mischling Cifuentes, Don Medardo, Mister Abernethy, die Zwillinge und den, den sie Minor nennen. Auf den haben sie es ganz besonders abgesehen!«

Der Mexikaner lachte Walker ins Gesicht, traf dabei, besser gesagt, die blonde Haarsträhne auf der Stirn und sog genießerisch dessen whiskygetränkten Atem ein.

»Hähä, aber noch mehr stehen auf der Liste: die Rippys, Señor Andrade oder Andrades, was weiß ich, und der große Juancho Monge ... In der Karwoche fahren sie in die Hauptstadt, ziehen ein Büßerhemd an und gehen in der Prozession mit, damit Gott ihnen verzeiht, daß sie es mit Jungfrauen und Verheirateten treiben; und dort wird ihnen Absolution erteilt. Aber kaum sind sie hier, brennen sie schon wieder lichterloh, und der Lagerverwalter kann ihnen das Fieber messen ... Hundesöhne ... Keiner will zahlen ... Sie haben es ja eben gehört. Dabei war das noch einer von den Pünktlichsten ... hat jede Woche das Geld gebracht ... aber mit der Ratenzahlung klappt es nicht. Sie wollen einfach nicht mehr blechen. Da hilft kein Mahnen und kein Drohen, alles zwecklos.

Haben immer 'ne andere Entschuldigung.«

Außerhalb des Lagers, das schattig war und schützend wie ein frisch geteerter Tunnel, brannte bereits die Sonne in der blanken Glut des Mittags. Ein Vorarbeiter trat ein, den Hut, der beinahe den Boden streifte, in der Hand. Seine Sporen klirrten durch die Stille des Ladens, in dem die Ratten wie schwarzäugige Pendel hin und her huschten.

»Verflucht, man kommt mit ihnen nicht mehr zurecht. Sogar die Indios murren, die doch immer so zahm waren.«

Der Mexikaner und Ernie Walker schwiegen, während der Vorarbeiter seiner Aufregung Luft machte: »Sie tun überhaupt nichts, baden ihre Leiber in Schnaps und sind ebenso unbeweglich, trostlos, abgestorben wie Embryos in Alkohol . . . Besoffene sind keine Männer, sondern große Embryos in Alkohol, so wie Sie, Mister, einer in Whisky sind.«

Ernie Walker sah ihn mißbilligend an; der Mexikaner fragte, was denn eigentlich geschehen sei.

»Geschehen? Sie haben die Sarajobalda überfallen. Tun nichts? Von wegen! Haben schon angefangen . . .«

Der Mexikaner, ein kräftiger, wilder, braunhäutiger Kerl, verzog den Mund wie ein Kind, das weinen will, als er den Vorarbeiter erzählen hörte, daß sie der Sarajobalda Gewalt angetan hatten.

»Ich verrammele meine Bude und versteck mich. Nur gut, daß sie so groß ist. Da können sie lange suchen, ehe sie mich zwischen den tausend Kisten finden.«

»Ich hab die Sarajobalda im Krankenhaus besucht«, sagte der Vorarbeiter. »Arme Frau, hätten bald Hackepeter aus ihr gemacht.«

Die Sarajobalda lag tatsächlich im Krankenhaus, zerknittert wie ein alter Lappen und mit grauen Haaren, als wäre sie durch den Schreck, den ihr die Eindringlinge eingejagt hatten, noch grauhaariger geworden.

Anfangs hatte sie sich nicht um die Drohungen gekümmert, aber als sie das wüste Durcheinander sah, die heruntergerissenen Liebestränke und kleinen, fast schon Kristall gewordenen Frösche, die Smaragden mit Beinchen glichen, als sie die Salben verschmiert, die Gebetbücher und Spielkarten, aus denen sie weissagte, verstreut am Boden fand, zerbrochen die Flaschen mit allem Möglichen, die sie noch nicht eingegraben hatte, nun, da . . .

Am schlimmsten war, daß es zu Gewalttätigkeiten kam. Die Krakeeler zerrten sie am Hintern in die Küche, die ihr als Laboratorium diente, knufften und pufften sie und warfen sie schließlich zu Boden. Ein Einäugiger, einer von den vielen, die mitgemacht hatten, erbarmte sich ihrer und brachte sie ins Krankenhaus. Da sie bei jedem Schritt Blut verlor, entschloß er sich, sie zu tragen. Er legte sie sich über die Schulter, obgleich sie ihn hätte mit Blut besudeln können und er Gefahr lief, für den Schuldigen gehalten zu werden. Aber, sagte er sich, wenn schon einen Gefallen, dann keinen halben; und so marschierte er mit der Sarajobalda über der Schulter ins Krankenhaus.

Ein Arzt mit dicken Backen, kurzen Armen und großen Sammetaugen nahm sich des Falles an. Als er die Sarajobalda erblickte, sagte er:

»Na, du alte Hexe, mußt du endlich für deine Sünden büßen?« Die Sarajobalda, die leichenblaß war und sich todelend fühlte, sah ihn nur wie durch einen Schleier. »Büßen ist übrigens gut. Mit einem Neger hat sie gebüßt. Diese alten Weiber können es eben nicht lassen. Krieg ist Krieg, wird sie gedacht haben.«

Einige Schwestern, deren Hände in begonienfarbenen Handschuhen steckten, entnahmen den Glasschränken Geräte und immer neue Geräte.

Der Einäugige, der sich der Sarajobalda erbarmt und sie ins Krankenhaus gebracht hatte, stahl sich hinaus. Schließlich war er nicht der Ehemann, daß er hätte dabeibleiben können; aber bevor er ging, schaute er sich die Frau noch einmal genau an, um zu sehen, wie sie war.

»Diese Schlampe kann nichts anderes, als Gebräu verkaufen, das den Verstand verwirrt«, erklärte der Arzt. »Jetzt hab ich dich in den Fingern, und warum sollte ich es nicht ähnlich machen? Warum sollte ich nicht den Kerl holen, der dich vergewaltigt hat und zu ihm sagen: Guck sie dir an, die alte Vettel, damit dir ein für allemal der Appetit vergeht?«

Die Sarajobalda, der das Herz im Halse klopfte, fühlte, daß man sie unten rasierte mit einem Apparat, wie ihn die Männer zum Bartscheren benutzen.

»Sie ist auch schuld«, fuhr der Arzt fort, »daß die Frau des alten John Pyle so plötzlich ihre Gefühle geändert hat. Und an anderen Schweinereien, auch wenn die Leute es abstreiten.«

Der Arzt schwieg und begann, mit einer Art Löffel zu arbeiten, während die Sarajobalda ihre Lippen verzerrte, die blau vor Schmerz waren, sich wand und von den Lenden bis zum Kopf, von den Lenden bis zu den Füßen zu zittern begann. Zu alledem hatte ihr eine der Schwestern unten ein Gerät eingeführt, scharf wie ein künstliches Gebiß, damit der Arzt sie ausschaben konnte.

Dann, nach dem Ausschaben, nunmehr ohne Handschuhe, redete der Arzt mit jovialer Stimme auf sie ein, wobei er seine Zähne zeigte, die weiß waren wie der Seifenschaum, den er unter fließendem Wasser von den Handflächen und zwischen den Fingern entfernte. Während er nach dem Handtuch griff, um sich abzutrocknen, wiederholte er lachend: »Krieg ist Krieg, was, alter Teufelsbraten?«

Es war heiß, die Ventilatoren summten unaufhörlich. Im Operationsraum verbreitete sich der scharfe Geruch des Desinfektionsmittels, mit dem man die Sarajobalda gewaschen hatte, ehe sie tamponiert wurde.

Der Vorarbeiter verließ den Laden und erzählte überall, was mit der Sarajobalda geschehen war. Am meisten erschraken Don Andradito und Juancho Monge. Sie hatten Angst trotz ihrer fabelhaften Pistolen, ihrer Flinten und ihrer großen Treffsicherheit, trotz der Gebete, die sie jetzt vor den Heiligenbildern verrichteten, die sie in ihren Häusern vergessen hatten, als wären sie Luft, Hauch ihres Atems. Keiner von ihnen fühlte sich sicher. Die Landarbeiter der Güter, auf denen sie als Inspektoren, Meister oder Vorarbeiter tätig waren, benahmen sich zwar genauso wie früher, aber ihnen war, als blickte man sie anders an. Sie hätten es nicht zu erklären vermocht, aber sie hatten das unbestimmte Gefühl, daß man sie abtastete, als wollte man feststellen, wo man ihnen am besten den Todesstoß versetzen könnte, wenn die Stunde der Abrechnung schlug.

Die Ehefrauen hatten sie jederzeit zu Hause. Da es gefährlich war, draußen herumzulaufen, gingen sie von der Arbeit geradewegs heim, lasen ein wenig in Zeitschriften und alten Büchern, kümmerten sich um die Kinder und tauschten die Kerzen aus, die Tag und Nacht vor den Heiligenbildern brannten. Eine schweigende Menge, ein Meer von Schatten mit Hüten, riesige Hände mit dunklen knolligen Fingern und Nägeln aus Granit, lange metallene Blätter, die die Luft durchschnitten, die sie atmeten, die Inspektoren, die Meister, die Vorarbeiter.

Sie rissen sich die Hemden auf, weil ihnen die Luft ausging. Sie öffneten die Arme weit wie Türen, um aus sich selbst hinauszutreten, aus der Angst, die in ihnen war. Ein Wettschwimmen durch die dunkle, mit Tau benetzte Nacht, und der Tau war Schweiß, Christi Schweiß auf den Stirnen unzähliger Landarbeiter, die sich bis zur Erschöpfung über die Furche beugten.

Die Inspektoren, Meister und Vorarbeiter schliefen mit wachen Ohren. Bei dem geringsten Geräusch sprangen sie aus den Betten, nackt, wie sie sich hingelegt hatten, nackt und verschwitzt an der Seite ihrer nackten Frau, der nackten Kinder, liefen hinaus und spähten in die schwarzgrüne Finsternis, die Tiefe des Landes, ob sich dort nicht eine Gestalt, ein Schatten bewegte. Manchmal war es die eigene Angst, auf die sie blindlings in die Nacht hinein schossen.

Ein jaulender Hund, eine Tür, die der nichtsnutzige Wind zuschlug, gackernde, aus dem Schlaf aufgeschreckte Hühner . . .

»Maschinengewehre sind angekommen!« Das war die größte Neuigkeit. »Truppen mit Maschinengewehren. Hinter dem Bahnhof sind sie stationiert.«

Früh am Morgen gingen die Inspektoren, die Meister und die Vorarbeiter aus dem Haus, um sich davon zu überzeugen. Auch Gruppen von Tagelöhnern waren unterwegs. An diesem Tage dachten die Vorgesetzten nicht daran, sofort nach der Arbeit heimzukehren. Sie vergaßen zu lesen, vergaßen die Kinder — wie langweilig war das alles! Und sie vergaßen zu beten. Das beste Gebet gegen die verhüllten Drohungen der Eltern, Brüder, Verwandten und Bekannten der geschändeten Mädchen waren die Maschinengewehre.

Der Mexikaner, der Abend für Abend sein Metallbett wie eine schwere Kette hinter sich her durch den Lagerraum schleifte, um immer wieder ein neues Versteck ausfindig zu machen, sagte:

»Diese Maschinengewehre kenne ich noch von Mexiko her. Aber die Soldaten sind Leute aus dem Volk, Indios wie die Plantagenarbeiter, denen ist nicht zu trauen . . . Jetzt beschützen die Maschinengewehre uns, aber eines Tages werden sie sich gegen uns richten. Jawohl, gegen uns . . . Ihr werdet noch an Papá-Chichiguo denken.«

Unter den Festgenommenen, die weggeschleppt wurden — lauter tapfere Burschen, die vor nichts zurückschreckten und mit dem Tod auf du und du standen —, waren auch Bastiancito Cojubul und Juan Lucero.

Den Frauen, die sich an ihre Männer gehängt hatten und zwischen den Soldaten mit zum Bahnhof gelaufen waren, stürzten die Tränen aus den Augen, als alle Verhafteten in Viehwagen gepfercht wurden. Während Bastiancito Cojubul gleichmütig dreinblickte, streckte Juan Lucero die verarbeitete, braune Hand aus, um den Seinen Lebewohl zu sagen.

Am nächsten Tag reiste Lester, den breitkrempigen Hut auf dem Kopf, die Pfeife im Mund, die Aktentasche in der Hand, in die Hauptstadt.

Der Zug kam und kam nicht. Länger als zwei Stunden saßen er und Leland wartend auf einer Bank auf dem Bahnsteig und betrachteten das grüne Land. Sie schwiegen. Leland fühlte sich wohl neben dem stillen Mann an ihrer Seite. Straßenhunde, traurige, vierbeinige Skelette, aber zudringlich wie Fliegen, strichen an ihnen vorüber, beäugten und beschnüffelten sie. Bauern, solche, die nie wissen, an wen sie sich wenden sollen, fragten sie, wann der Zug eintreffe. Sie gaben ihnen Auskunft. Das gleiche Land aus Licht und Hitze. Das gleiche Schweigen. Die gleichen Fliegen. Zwischen den Baumreihen, niedrig hängenden Wolken aus grünem Rauch, zwischen den Palmen und Kakaobäumen schaukelte wie eine Ente die Lokomotive heran. Pfeifen, Glockenläuten, Abschiednehmen.

Lester Mead ging zu seinem Anwalt, einem ehemaligen Justizbeamten und Sonderling, den so verstaubte und vergessene Begriffe wie unbestechlich, unbeugsam, unerschrocken, unantastbar kennzeichneten. Jedenfalls war der Mann im Justizapparat vor lauter »Un« untragbar geworden.

Der Anwalt, der einen an den Ellenbogen durchgescheuerten Anzug, zu große Schuhe, ein vielfach geflicktes Hemd und eine zerschlissene Fliege trug, die ihm kühn am Kragenknopf baumelte, erklärte seinem Klienten, er habe sich sofort nach Empfang des Telegramms ins Militärgericht begeben und festgestellt, daß nichts vorliege.

»Nichts, und man hat sie eingesperrt!«

»Lassen Sie mich ausreden, Mister Mead. Das einzige, was dort vorliegt, ist Papier, ein Haufen beschriebenes Papier, aber nichts, was eine Inhaftierung rechtfertigt.«

»Ich weiß nur eins: Man hat meine Leute eingesperrt. Es muß also etwas vorliegen.«

»Natürlich, aber meiner Meinung nach handelt es sich um ein offenkundig rechtswidriges, die Verfassung verletzendes, frevelhaftes Vorgehen, das eine Wiederholung dieser Vorfälle verhindern soll.«

Der Anwalt zog eine selbstgedrehte Zigarette hervor, zündete sie an, tat ein paar Züge und gestand verlegen, in diesem Fall mit redlichen Mitteln nicht weiterzukommen.

»Da sich das Gericht rechtswidriger Methoden bedient, sind wir gezwungen, dasselbe zu tun. Wenn wir uns an die Gesetze halten, werden wir zwar die Stöße beschriebenen Papiers vermehren, aber die Gefangenen nicht frei bekommen.«

»Sie müssen es wissen, Herr Anwalt.«

»Wir werden also — krumme Wege gehen, krumme Wege.«

Lester Mead erkundigte sich, wer der Anwalt der Tropical Platanera Company sei und suchte ihn noch vor Mittag auf.

In dem Anwaltsbüro herrschte der Komfort eines Überseedampfers, ein Komfort, der vielen nordamerikanischen Büros eigen ist und der es den Direktoren und Angestellten gestattet, sich zwanglos zu benehmen. Der Rechtsanwalt, der einen tadellosen New-Yorker Maßanzug trug, bat Mead sofort zu sich, obgleich im Vorzimmer mehrere Personen warteten.

»Zuerst unsere nordamerikanischen Klienten«, sagte er, dann schloß er die Tür und verbeugte sich.

Mead setzte sich in einen Ledersessel und sagte, nachdem der Anwalt hinter dem Schreibtisch Platz genommen hatte:

»Die beiden Pflanzer, die gestern festgenommen wurden, sind meine Nachbarn, und ich möchte gern wissen, was ich für sie tun kann. Ich vermute, daß Sie in dieser Sache den Kläger vertreten.«

»Ich danke Ihnen für Ihren Besuch, aber ich muß Ihnen mitteilen, daß unsererseits keine Klage erhoben wird. In schlimmen Fällen höchstens bewegen wir die Presse, sich mit Informationen an die Öffentlichkeit zu wenden, die unseres Erachtens dafür der beste Richter ist. Sie haben gewiß verfolgt, was alles veröffentlicht worden ist: Notizen, Kommentare, Bildberichte. Dabei handelt es sich nicht etwa um einen Aufstand, sondern nur um einen kleinen Tumult. Die Regierung als Hüterin der Ordnung hat ihm auf die alarmierenden Presseberichte hin rasch entschlossen ein Ende bereitet, indem sie Truppen an den Ort des Geschehens sandte und die Rädelsführer festnehmen ließ.«

Mead stand auf, schüttelte dem Anwalt, in dessen Krawatte aus englischer Seide eine Brillantnadel steckte, die Hand und ging zu einer der verbreitetsten Zeitungen, um, sei es auch fürs eigene Geld, die Dinge richtigzustellen.

Als er eintraf, war man gerade dabei, riesige Papierrollen von einem Lastkraftwagen abzuladen. Man warf sie auf den Boden, daß alles ringsum erzitterte, und rollte sie mit Hilfe von Hebebäumen weiter. Mead drängte sich durch die Reihen der Gaffer in die Redaktion, einen Raum aus Holz und Glas, der von dem monotonen Geräusch der Setzmaschinen erfüllt war wie von schläfrigem Regen.

Ein Redakteur mit pockennarbigem Gesicht, intelligenten Augen, vollen Lippen und schadhaften Zähnen empfing ihn. Mead trug ihm sein Anliegen vor. Der Redakteur machte sich einige Notizen, unterbrach sich jedoch bald und meinte, es sei besser, die Angelegenheit mit dem Chef zu besprechen.

Mit diesen Worten verschwand er, kam aber gleich wieder und bat Mead, ihm in das Arbeitszimmer des Chefredakteurs zu folgen. Beim Eintreten trafen die grünen Augen des Nordamerikaners die Augen eines hochgewachsenen, dickbäuchigen Mannes mit kurzem Hals, strähnigem graumeliertem Haar und der bräunlichen Haut fleischfressender Parasiten.

Weiter hinten, vor der einschläfernden Kulisse, dem unaufhörlichen Regen der Linotypen, klapperte eine Schreibmaschine. Der Chefredakteur begrüßte Mead, setzte sich hin, unterschrieb mit goldenem Füllfederhalter einen Brief und drückte auf den Knopf einer elektrischen Klingel; es sah aus, als ob die Fingerkuppe zwischen dem Elfenbein der kleinen Taste und dem Elfenbein des sorgfältig manikürten Nagels gefangen sei. Dann wandte er sich seinem Besucher zu und bat ihn mit engelhafter Sanftmut, den Fall zu erläutern.

Er hörte sich Meads Erklärungen fünf Minuten lang an und erwiderte, ohne den Ton seiner sanften und überzeugenden Stimme zu ändern, daß die Zeitung den Grundsatz habe, bereits Veröffentlichtes nicht zu berichtigen, es sei denn, das Gesetz verlange es oder es handle sich um Informationen über Tatsachen, die klar auf der Hand lägen.

»Vielleicht läßt sich etwas machen, wenn ich bezahle«, sagte Mead und griff nach der Brieftasche, die er in der Jacke trug.

»Darum handelt es sich nicht. Hier geht es am wenigsten um Geld.«

»Um mein Geld, wollten Sie sagen . . .«

»Um so wichtiger, daß Sie sich über die Situation klar werden. Wenn wir es gegen Bezahlung machen, dann verletzen wir die Interessen eines unserer größten Inserenten, der Tropical Platanera Company. Ich rate Ihnen aber, es bei einem anderen Blatt zu versuchen, vielleicht haben Sie da mehr Glück.«

Mead hatte kein Glück. Entschieden weniger höflich erklärte man ihm bei den anderen Zeitungen das gleiche.

An diesem Abend, beim Billardspielen im Club Americano, traf Lester Mead den Chefredakteur der ersten Zeitung wieder, einen Könner auf dem Gebiet der Bande und des Karambol, einen großzügigen Menschen.

»Haben Sie erreicht, was Sie wollten?« fragte er Lester Mead freundlich.

»Nein, ich habe keine Zeitung gefunden, die bereit wäre, die Wahrheit über den Vorfall und die Verhafteten zu schreiben. Aber am schlimmsten ist, daß alle auf seiten der Anklage stehen. Ich habe es im Militärgericht erfahren, wo der Prozeß vorbereitet wird. Wie mir der Anwalt der Company sagte, haben die Zeitungen das veröffentlicht, was ihnen die Bananengesellschaft zur Verfügung stellte. Die Gesellschaft, die in dieser Angelegenheit Partei nimmt, hat die Unterlagen beschafft, und nachdem diese Unterlagen durch die Presse gegangen sind, haben sie sich in Beweisstücke für absolut falsche Fakten verwandelt.«

»Ich werde einen Kognak trinken«, sagte der Journalist, in der Hand das Queue, das wie ein Geigenbogen zitterte, und wandte sich an den Barkeeper: »Geben Sie mir einen Kognak und ein Glas Gingerale mit Eis . . . Was trinken Sie?« fragte er Lester.

»Einen Pfefferminz.«

»Wie soll ich ihn zubereiten, Mister Mead?«

»Mit Eisstückchen.«

»Also einen Hugenotten«, stellte der Barkeeper fest.

»Sie halten das, was wir Zeitungsleute machen, natürlich für schlecht«, meinte der Chefredakteur. »Freilich, wenn man ein Idealist ist . . .«

»Ich bin ein praktischer Mensch«, fiel ihm Lester ins Wort, »und finde nicht, daß Sie und Ihre Kollegen, was sie tun, schlecht tun. Mir mißfällt etwas ganz anderes, nämlich daß Ihre Zeitung — oder vielmehr alle Zeitungen des Landes behaupten, Träger der öffentlichen Meinung zu sein, während es doch angebracht wäre, offen einzugestehen, was sie tatsächlich sind: Interessenorgane der Bananengesellschaft.«

»Sieh mal einer an . . . Nur würden wir dann unsere Leser verlieren. Kein Mensch würde uns noch ein Wort glauben, wenn man das erfahren würde.«

»Und das Schlimme besteht darin: man benutzt die Freiheit, um der Freiheit den Garaus zu machen. Das ist mehr oder weniger in allen lateinamerikanischen Staaten so.« Lester schlürfte den Pfefferminzlikör, der grün war wie seine Augen: »Man hat die Freiheit, aber wenn man sich ihrer bedient, macht man damit der Freiheit den Garaus.«

»Sollte man also die Presse reglementieren?«

»Ich weiß nicht, was ich Ihnen darauf antworten soll. Als Angelsachse habe ich von der Pressefreiheit ganz bestimmte Vorstellungen. Ich ziehe diese Verfälschungen der öffentlichen Meinung in Zeitungen, die sich frei glauben und nennen, es aber nicht sind, dem kleinsten Versuch einer Zensur oder Reglementierung vor.«

Der Journalist senkte die Augen in die Taschen seiner Lider und nahm den letzten Schluck Kognak. Als er den Arm hob, öffnete sich sein Jackett, und Lester sah, daß er eine schwarze Pistole im Gürtel hatte.

Bastiancito Cojubul und Juan Lucero wurden der Aufwiegelung, der Auflehnung gegen die Staatsgewalt und der Landstreicherei angeklagt, was der Militärrichter unter einem Begriff zusammenfaßte: gefährliche Elemente. Man hatte sie kahl geschoren und in die übliche Zebrakleidung gesteckt.

»Leider haben wir, um die Gefährlichkeit solcher Subjekte zu messen«, sagte der Militärrichter zu Mead, »keine Laboratorien wie in den Vereintenstaaten.« So nannte er die Vereinigten Staaten. »In den Vereintenstaaten ist die Kriminalistik sehr weit fortgeschritten, und im übrigen, Gesetz hin, Gesetz her . . .«

In diesem Augenblick betrat ein veilchenblau gekleideter Sekretär das Zimmer. Als er sah, daß sein Chef Besuch hatte, wollte er sich zurückziehen, aber der Militärrichter forderte ihn auf:

»Sehen Sie doch nach, Don Casimiro, ob Sie in Ihrer Schublade die Akten der Aufwiegler von der Küste haben.« Dann wandte er sich wieder Lester zu. »So etwas, mein Freund, kommt in den Vereintenstaaten nicht vor. Es tut einem ja in der Seele weh, die armen Teufel zu Zwangsarbeit im Steinbruch verurteilen zu müssen, aber wenn man sie nicht bestrafte, wie die Presse es verlangt, dann würden sie alle über die Stränge schlagen. Sollen sie mit den Zähnen knirschen, wenn die Armut sie drückt, aber auflehnen dürfen sie sich nicht. Für diese Dinge ist das Gesetz da.«

»Es sind im ganzen sechzehn Akten«, erklärte der Sekretär Don Casimiro, der zurückgekehrt war und beladen mit einem Zentner Papier dem Schreibtisch seines Chefs zustrebte.

»Sie sind Anwalt in den Vereintenstaaten?«

»Nein, Herr Richter«, antwortete Lester Mead.

»Also ein leitender Angestellter der Tropical Platanera?«

»Auch das nicht.«

»Aber Sie stehen doch gewiß auf seiten des Klägers.«

»Nein, ich bin gekommen, weil zwei hier Angeklagte, Lucero und Cojubul, meine Teilhaber sind.«

Der Militärrichter zweifelte keinen Augenblick daran, daß dieser Ausländer und Teilhaber zweier gefährlicher Subjekte ganz einfach ein Anarchist war, einer, der Bomben legte, Attentate auf Könige verübte, in den Hostienkelch spuckte und ...

Er dachte nicht weiter, setzte sich auf seinem massigen Hinterteil zurecht, das er sich im Laufe eines langen Dienstlebens breitgesessen hatte, und blickte den vermeintlichen Anarchisten scharf an. In jedem Richter steckt ein Polizist, aber in diesem steckte ein ganzes Polizeiregiment.

»Ich möchte Ihre Papiere sehen, bevor ich Sie Einsicht in die Akten nehmen lasse.«

Die Papiere waren in Ordnung.

»Also«, sagte er, nachdem er Lesters Paß, Wehrpaß und Fahrkarten durchgeblättert hatte, »Leute, die wir wegen solcher Delikte eingesperrt haben, können nicht gegen Kaution freigelassen werden. Aber da es sich hier um selbständige Pflanzer handelt, ändert sich die Sachlage, und es ließe sich ein Ausweg finden. Reichen Sie ein Gesuch ein. Der Herr Sekretär kann es Ihnen aufsetzen.«

»Die Maispastete gut in grüne Blätter eingewickelt ...«, murmelte Don Casimiro wie im Scherz, aber die Anspielung war nicht zu überhören.

»An grünen Blättern soll's nicht fehlen«, antwortete Mead, der die Bemerkung aufgeschnappt hatte, und er fügte in spaßhaftem

Ton hinzu: »Solange man genügend Feuer unter die Maispastete macht, damit sie rasch bäckt.«

»Wann wollen Sie zurückfahren?«

»Am liebsten morgen. Aber ich kann warten, bis alles geregelt ist.«

»Ein paar Tage ... Sie sollten aber die Blätter holen, die die Maispasteten so schmackhaft machen.«

»Ich sehe schon, die Maispasteten der Gesellschaft sind so wohlschmeckend ...«

»Es sind süße Maispasteten. Meinen Sie nicht?«

Lester entnahm seiner Brieftasche ein Bündel grüner Geldscheine, die Blättern für die Maispastete glichen, grünen Blättern, Bananenblättern. Und da Bastiancito Cojubul und Juan Lucero bebautes Land besaßen und ihre Arme zur Bergung der Ernte und aus anderen Gründen gebraucht wurden, kehrte Lester Mead in Begleitung seiner Teilhaber heim.

Am späten Abend stiegen sie in den Zug, zwängten sich in ein Abteil dritter Klasse und fuhren die ganze Nacht hindurch. Sie kamen an, als sich die Wolken über dem lichtblauen Küstenland zu färben begannen — zartgrün, blaßgelb, lila und rosa —, kamen an in der Stunde der Morgendämmerung, als die Hitze zwar schon spürbar, aber noch nicht erdrückend war.

Der Leichengeruch zwang die Verwaltung, das Lager auszuräumen, nachdem bereits tagelang erzählt worden war, Papá-Chichiguo sei verschwunden. Er habe sich auf und davon gemacht — nach Mexiko natürlich — und das gesamte Bargeld mitgenommen. Deshalb also war er in der letzten Zeit so hinter dem Geld her gewesen! Man konnte sich das Gezeter gar nicht mehr anhören. Er hatte nach den paar Kröten gejammert, die man ihm schuldete, wie ein eben erst entwöhntes Kalb nach dem Euter der Kuh. Wer keine zehn zahlt, zahlt acht, und wenn nicht, dann fünf oder wenigstens drei von dem, was er dem Laden schuldet. Sogar mit zwei Pesos gab er sich zufrieden. Ein letztes Schröpfen; er wollte die Schulden verringern, wie er sagte, überall war sein Geld verstreut; er wollte sich etwas zur Seite legen. Aber das war nur ein Vorwand. Fest stand, daß er sich bewaffnet hatte und fort war. Und all die Kleinen, die er zurückgelassen hatte, ein Schwarm blonder Kinderchen, krochen aus Ecken und Winkeln hervor wie piepsende Küken. Der Hauptverwalter, ein Gringo mit einem Holzbein, ließ sich die Lagerschlüssel geben, um die Bücher zu revidieren und eine Bestandsaufnahme zu machen.

Aber er hatte den Schuppen noch nicht richtig betreten, da stürzte er schon wieder ins Freie, daß das Holzbein in Stücke brach und über die Dielen polterte. Draußen hielt er sich den Magen, um nicht zu erbrechen, weil ihm speiübel war von dem widerwärtigen Leichengestank, den er in der platten Nase hatte. Die Burschen, denen er befahl, das Lager zu durchsuchen, fanden den Mexikaner mit eingedrücktem Brustkasten auf dem durchgelegenen Metallbett. Über ihm türmten sich einige Kaffeesäcke und mehrere Kisten Trockenmilch. Aus Angst, daß die Arbeiter ihn erschlügen, hatte er Abend für Abend das Metallbett, klirrend wie Ketten, von einer Ecke in die andere geschleift, um sich selbst vor der Nacht zu verstecken; aber sie hatte ihn doch ereilt, die Nacht des Todes, die endgültige Finsternis. Erschlagen hatte es ihn im Bett. Viele Frauen, junge und alte, die ihn als den Vater ihrer unehelichen Kinder bezeichneten, nahmen an dem Begräbnis teil; obgleich die meisten dieser Frauen dem Mexikaner fremd gewesen waren, hatte er die Vaterschaft anerkannt, weil sie ihm viel Geld einbrachte. In einem alten Tontopf, der durch eine Schicht Asche und eine darunterliegende Schicht Kohle eine Wärmepfanne vortäuschen sollte, hatte er seinen Schatz versteckt. Ihre blonden Kinder an der Hand, zogen die Frauen eine nach der anderen an dem Gringo mit dem Holzbein vorbei, und jede empfing, was ihr vom Schatz des Papá-Chichiguo zukam.

12

»Ist es nicht eigentümlich, daß mich das Geschick des einzelnen so wenig berührt, das Unglück der Allgemeinheit hingegen erschüttert? Seit ich weiß, daß Tiere an Wassermangel eingehen, bin ich durstiger als sonst, trotzdem vermag ich kaum ein Glas Wasser über die Lippen zu bringen. Es bedrückt mich, im Überfluß zu haben, was anderen fehlt.«

»Es gibt tatsächlich Menschen, die nichts so sehr bewegt wie das Schicksal der Allgemeinheit. Vielleicht weil sie selbst gelitten haben und wissen, wie klein, wie unbedeutend ihr Leid im Vergleich mit dem der breiten Masse ist, deren Unglück nicht verletztem Selbstgefühl oder persönlichem Versagen entspringt, sondern der unmittelbaren, blinden und umfassenden Wirklichkeit.«

Sie saßen im Sulky. Mit Lelands offenem Haar, das durch ein grünes Seidenband zusammengehalten wurde, spielte der Wind. Lester, der unrasiert war und etwas abgespannt aussah nach den Laufereien des Tages, kaute Tabak.

»Die Indios lebten nicht in diesem glutheißen Klima, und deshalb waren die Götter, die sie ersannen, gut, großzügig, menschlich wie die der Griechen. In der feuchten Hitze hier, die alles zu verbrennen scheint, in dieser undurchsichtigen, großen Glut ohne Flamme, kann es keine gütigen Gottheiten geben . . .«

»Glaub mir, Leland, auch ich sehne mich manchmal nach den guten Göttern und möchte fort aus der Tropenhölle.«

»Wir werden fortgehen, Lester, und dann wird uns der salzige Geschmack des Schweißes fern erscheinen, der uns jetzt das Gesicht verbrennt, als weinten wir aus allen Poren. Wirklich, wir schwitzen und weinen, ohne es zu spüren . . .«

Die Brücken, die sich zwischen lianenbewachsenen Steilhängen über kleine Flüsse spannten, brachten ihnen die Wirklichkeit zurück, das Rattern des zweirädrigen Wagens, der sich wie ein Komet in den geometrischen Bananenpflanzungen verlor, sie dann wieder verließ und Wälder durchquerte, wo die erstickend heiße Luft vom Surren der Insekten erfüllt war, als sei man in einer Uhrmacherwerkstatt.

Sie fuhren lange. Aber Leland merkte es nicht. Der Weg führte an verholztem Bambusrohr vorbei und senkte sich schließlich in ein Tal, in dessen Mitte ein kleiner, in Mondlicht getauchter See glitzerte. Endlich erinnert etwas daran, dachte Leland, daß es Kälte gibt, den Pol, die Feuchtigkeit, einen Winterabend am Kamin, eine schneebedeckte Straße mit schlitternden Kindern und hüpfenden, piepsenden Vögeln.

Der Wagen fuhr an der dunklen Silberplatte des kleinen, tiefen Sees entlang und machte bei einem Schuppen halt, der nur aus vier Pfählen und einem Dach bestand. Lester knipste die Taschenlampe an und leuchtete einem Geräusch nach. Der Lichtschein fiel auf eine dunkle mit roten Tupfen gezeichnete Natter.

Leland flüchtete hinter ihren Mann und klammerte sich mit beiden Händen an ihn.

»Eine Schlange«, murmelte Lester und trug seine Frau, die zitterte, als hätte ein tödliches Fieber sie befallen, zum Wagen. Er strich ihr beruhigend über die Schulter und sagte: »Nimm die Zügel, ich führe das Pferd; hier entlang, gleich siehst du, was ich dir zeigen will.«

Im Glanz des Mondes, der sich schwitzend in dem kleinen See spiegelte, bemerkte Leland viele gleichförmige dunkle Körper. Es waren Pferde, Schatten von Pferden. Als der Wagen heranrollte, schüttelte sich eines der Tiere und wieherte. Die Luft schien zu erzittern von dem durchdringenden, langgezogenen Ton.

»Die listige Stute wiehert, wenn sie den Hengst riecht.«

»Es sind viele.«

»Wie viele, glaubst du?«

»An die hundert.«

»Siebenundfünfzig, und alle siebenundfünfzig sind trächtig.«

Der Wagen hielt mitten unter den Stuten. Lester näherte sich einem der Tiere und klopfte ihm mit der flachen Hand auf den schweren Leib. Es klang dumpf, als klopfe er auf einen Geldschrank. Er lachte in das Mondlicht hinein und sagte: »Manche heben ihr Vermögen im Tresor auf, meins steckt im Bauch dieser hübschen jungen Damen. Man hat sie uns als ausgemustert verkauft, ohne beim Preis zu berücksichtigen, daß sie trächtig waren.«

Eine Nacht der Pferde, wie Leland sie nannte, die keinen Unterschied machte zwischen Hengst und Stute. Dann fuhren sie auf langen, schmalen, von Lianen überwucherten Wegen weiter, die durch Buschwerk führten.

»Diese Ländereien gehören den Fuetés, die uns Konkurrenz gemacht haben, als wir anfingen, mit dem Lastwagen zu arbeiten«, erklärte Mead seiner Frau. »Jetzt wollen sie das Land verkaufen, und ich habe die Absicht, es ihnen abzukaufen, aber erst, wenn sie noch tiefer im Dreck sitzen. Solche Leute wie die Fuetés, die ihr Eigentum nicht erarbeitet, sondern ererbt haben, sind rasch bereit, alles zu verschleudern, nur um ihr faules, verschwenderisches Leben weiterführen zu können ... Früher war hier überall Kaffee angepflanzt, dann haben sie die Sträucher herausgerissen, als wäre es Unkraut, und Bananenpflanzungen angelegt.«

»Dummköpfe!«

»Nicht so dumm, wie du denkst. Damals erzielte man nämlich Preise für die Bananen, die man nie wieder erreichen wird. Die Fuetés glaubten, die Konjunktur dauere ewig, und als die Preise fielen, standen sie plötzlich mit leeren Händen da, denn sie hatten alles verpraßt, statt etwas zurückzulegen oder zu investieren und sich auf den Anbau anderer Früchte umzustellen. Jetzt soll es bei ihnen morgens, mittags und abends nur noch Schneckensuppe geben ... Brrr, Schwarzer!« Lester zügelte das Pferd, das den Wagen zog. »Aber sie waren sofort bereit, mit dem Laster, den ihnen die Gesellschaft geschenkt hatte, loszufahren und die Bananen billiger zu verkaufen. Wenn reiche Leute plötzlich verarmen, sind sie zu allem fähig.«

An dem weiten Himmel, der der Küste zu grün war, die Farbe von Geranienblättern hatte, flimmerten Sterne wie verschwommene kleine Punkte, denn ihr Licht wurde vom hellen Glanz des Mondes überstrahlt. Schon war das Donnern der Brandung so nahe, daß sie die hohen, runden Wogen zu sehen meinten, die Räder der schaumigen Gefährte, die über die Wasserfläche hinweg gegen die Felsen rollten und zerschellten.

Die Zeit verrann ...

An jenem Sonntag fielen Leland die Augen zu, weil sie gar so lange auf das Wasser des gemächlich fließenden Stromes geblickt hatte. Graugelbes Wasser, einem endlosen Laken gleich, das man nach schmerzhafter Geburt beruhigend über eine riesige Wöchnerin breitet, graugelbes Wasser, in dem Lesters Angelhaken wie ein Fragezeichen schwamm, während er reglos, die Pfeife im Mund, geduldig darauf wartete, daß einer seiner Lieblingsfische anbiß, ein Rotmaul, ein Sambuco oder ein Juilín ... Angehäufte Steine, zwischen denen das Wasser gurgelte, zerfließendes Kräuterwerk, Blütenzweige, die sich emailfarben im Kristall des Flusses spiegelten, rosa und zuckerweiße Reiher, Enten, Salamander mit dem starren Blick von Glasaugen, stelzbeinige Vögel, die im Flug fischten, Vögel mit Schnäbeln wie Löffel — und brütende Hitze, die ihre eigene, unerträgliche Glut auf die Erde ausschwitzte.

In der Ferne kündigten sich Carl Roses Hunde an, drei riesige junge Bracken. Leland wandte den Kopf und sah dem Freund entgegen, der sich langsam näherte, ohne recht zu wissen, wie er durch das Geröll und Gestrüpp vorankommen sollte, nachdem er sein Auto — ein Coupé, neuestes Modell — auf dem Weg oder vielmehr auf dem abschüssigen Hang abgestellt hatte.

Einfälle hatten diese Meads, machten sich völlig unmöglich mit ihrer Überspanntheit. Statt am Sonntag zu pokern oder zu musizieren, gingen sie angeln. Und das zu einer Zeit, da man besser nicht durch Geröll und Gestrüpp streifte. Den Tagelöhnern war nicht zu trauen, zwar nahmen sie alles hin, geduldig wie immer, sogar Prügel, aber sie fletschten die Zähne beim Lächeln, als wollten sie zubeißen.

»Ein Wahnsinn, hierher zu gehen! Daß eine kluge Frau wie Leland ihrem Mann erlaubt, sie und sich selbst den Angriffen der Arbeiter auszusetzen!« Carl Rose näherte sich Lester und schrie ihm ins Ohr: »Hörst du? Hörst du? Hast du keine Angst?«

Mead rührte sich nicht und antwortete wie ein Automat: »Nein, ich habe keine Angst, denn draußen auf dem Meer patrouillieren meine Kriegsschiffe.«

»Verrückt!« rief Carl Rose aus und schlug Lester auf die Schulter. »Draußen auf dem Meer patrouillieren meine Kriegsschiffe!«

Die Hunde, die Carl Roses Schlag als Aufforderung zum Zupakken betrachteten, stürzten sich in spielerischer Wut auf Lester, hechelnd, mit geöffneter Schnauze und heraushängender Zunge; sie waren glücklich, sich frei bewegen zu können, denn die meiste Zeit lagen sie in ihrem Zwinger an der Kette.

»Gefährlicher als die Arbeiter sind die nordamerikanischen Köter der Bananengesellschaft«, sagte Lester, der Carl Rose ärgern wollte, und warf sich zu Boden, um mit den Hunden zu spielen, während Leland sich mit der Angelrute aufpflanzte, todernst und ebenso reglos wie zuvor ihr Mann. Sie steckte sich sogar die Pfeife in den Mund, die er hatte fallen lassen, als er sich mit den Hunden balgte.

»Bravo, bravo, die ideale Fischerin«, rief Carl Rose anerkennend und fügte hinzu: »Haben Sie keine Angst, Fischerin des Meeres, daß der Fluß Sie mitnimmt?«

Leland antwortete, die Stimme ihres Mannes nachahmend: »Ich habe keine Angst, denn meine Diplomaten decken mir den Rücken.«

»Eine schöne Rückendeckung«, warf Lester ein, der sich, völlig zerzaust, von den Hunden zu befreien suchte.

»Ich glaube, das alles wird böse enden. Ich habe die Absicht, Urlaub zu nehmen und nicht wiederzukommen.«

Mead, nun wieder auf den Beinen — im Gegensatz zu den Brakken war er ziemlich erschöpft —, klopfte sich ab, strich sich das Haar glatt und . . .

»Nein, nein«, rief Leland aus und preßte die Angelrute an sich, »für heute ist's genug!«

Carl Rose half ihr, die Angelrute gegen Lester zu verteidigen, und so gingen sie schließlich zu dritt, gefolgt von den Hunden, zum Auto. Knatternd fuhr der Wagen durch den undurchdringlichen tropischen Wald voller Blumen und Vögel, der sich dem Menschen nicht unterwerfen wollte.

Weshalb ist Carl Rose gekommen? grübelte Mead. Weshalb hat er sich trotz der gespannten Lage bis hinunter an den Fluß gewagt? Er sollte es gleich erfahren. Der Freund erklärte ihm, das Knattern des Motors überschreiend:

»Du bist der einzige, der im Konflikt mit den Bananenpflanzern vermitteln kann, schließlich bist du der Kopf der Firma Mead-Cojubul-Lucero-Ayuc-Gaitán . . .«

Carl Rose hielt inne, und man wußte nicht, ob er auf das Gaspedal treten oder Lester mit einer spöttischen Bemerkung reizen wollte.

»Also, damit du es weißt: Obgleich die Firma Mead-Cojubul-Lucero-Ayuc-Gaitán das Land der Fuetés erworben hat, wird sie nicht eine einzige Banane verkaufen. Wir haben andere Pläne. Was die Tropicaltanera betrifft, so hat sie ihren Verpflichtungen nachzukommen, und da mische ich mich nicht ein.«

»Sollen sie doch den Leichnam wieder zum Leben erwecken oder endgültig begraben«, sagte Leland, die erregter war als ihr Mann.

»Die Tropical Plantanera weigert sich, den größten Teil der Ernte abzunehmen, und so kann man nicht vorgehen! Jedenfalls sind die Pflanzer fest entschlossen, diesen Zustand zu beenden. Sie erinnern sich nämlich sehr gut, daß die Gesellschaft ihnen alle Früchte abkauft, wenn sie sie braucht. Sie werden nicht länger dulden, daß man sie auf ihren Bananen sitzenläßt, ohne daß sie Einspruch erheben oder sich irgendwie wehren können. ›Schert euch zum Teufel mit dem Zeug‹, sagt der allmächtige Aufkäufer der Gesellschaft, wenn die Bauern mit ihren Früchten kommen. Das sind keine Methoden! Blutige Tränen könnte man weinen.«

Der Kampfruf der Bananenpflanzer, die im Ort ihre Versammlung abhielten, lautete: »Die Tropicaltanera muß klein beigeben!«

Telefonleitungen und Telegrafendrähte verbanden die nahen und fernen Agenturen miteinander. Vibrierend übermittelten die überseeischen Kabel die Nachrichten, aber die Isolierschicht, die das Metall bedeckte, vermochte es nur gegen das fressende Salzwasser zu schützen, nicht gegen die ätzende Wirkung der falschen Informationen.

»Die Tropicaltanera muß klein beigeben!« Dieser Kampfruf drückte eine wirtschaftliche Forderung aus und war auf jedem Markt zulässig. Aber die Botschaften der Telefone, Telegrafen und Überseekabel veranlaßten die Kriegsschiffe, ihren Kurs zu ändern, und erweckten den Argwohn der diplomatischen Zerberusse.

Carl Rose zog es vor, nicht unmittelbar vor dem Versammlungslokal zu parken. Die Luft war kaum noch zu atmen, eine Brühe aus mehreren Schichten Hitze. Wenn die Redner ihre Ansprachen beendet hatten, waren sie heiser vor Durst und schweißnaß, als hätten sie geboxt, nicht aber geredet. »Die Tropicaltanera muß klein beigeben!«

Die Redner brüllten, bis ihnen die Stimme versagte. Die Gesellschaft nehme immer weniger Bananen ab. Es bereite ihr regelrecht Vergnügen, die Annahme zu verweigern. Die Bananen seien zu dünn, seien aufgeplatzt, seien zu reif, seien angeschlagen. Aber sie erkläre nicht, weshalb ein Jahr zuvor fast zur gleichen Zeit das gleiche geschehen sei. Ein eigenartiger Zufall, daß die Bananen heute vor einem Jahr gleich ausgefallen seien! Und die Pflanzer, in großen Gruppen, wiederholten ihren Kampfruf: »Die Tropicaltanera muß klein beigeben!«

Carl Roses Auto hielt vor einer Schenke, in der kaltes Bier verkauft wurde. Man trank es gleich aus der Flasche zwischen summenden Fliegen und Dörflern, die das Hemd auf der Brust offen trugen. Manche trugen nur eine kurze Hose und darüber ein Hemd, dessen Zipfel herunterhingen oder vorn zusammengeknotet waren.

Ein Gast stieß mit seinem schäumenden Bierglas gegen das seines Nachbarn.

»Prost, Alter, trinken wir drauf . . .« Er stürzte das Glas halb hinunter und fügte hinzu, ohne sich den Schaum vom Mund zu wischen: »Die Tropicaltanera ist doch gar nicht so schlecht. Man soll das Gute nicht vergessen, das sie tut, ohne daß es einer von ihr verlangt.«

»Klar, Alterchen, aber vergiß nicht, daß sie uns damit Sand in die Augen streuen will. Sie tut es aus Berechnung, nicht aus Menschenfreundlichkeit. Wenn sie uns nur den kleinsten Knochen hinwirft, singen die Zeitungen seitenlange Loblieder.«

»Besser als nichts. Man darf nicht zuviel verlangen.«

»Du bist gut. Das heißt also, wenn ich dir mal einen Gefallen tue, brauche ich meinen vertraglich festgelegten Verpflichtungen dir gegenüber nicht mehr nachzukommen . . . Aber die Gringos verlieren den Boden unter den Füßen, und wenn sie sich nirgends mehr festklammern können, dann wird es kaum Macheten geben, die ihnen zu Hilfe eilen. Sie werden sich vielmehr lösen wie Zungen und eine deutliche Sprache sprechen.«

Leland vermochte sich kaum noch auf den Beinen zu halten. Die Hitze war unerträglich. Obgleich die Häuser mit Palmblättern gedeckt waren, glühten sie innen und außen, soweit das Dorf reichte. Die Meads beschlossen heimzukehren. Noch von weitem hörte man die Redner schreien: »Die Tropicaltanera muß klein beigeben.«

Aber dieser Sonntag erschien Lester Mead wenig verheißungsvoll. Erstens hatte kein Fisch den Köder seiner Angel probiert, was er als schlechtes Vorzeichen deutete, und nicht nur das, es war ihm auch noch Carl Rose über den Weg gelaufen, von dem er und Leland seit einiger Zeit vermuteten, daß er für die Bananengesellschaft spionierte.

Daheim erwartete sie Besuch, die Luceros, Bastiancito und die drei Ayuc Gaitáns. Es gelang Lester, noch vor Leland und Rose, die sich über Autos unterhielten, das Haus zu betreten und seinen Teilhabern zuzuflüstern: »Sagt, daß ihr gekommen seid, um mir zum Geburtstag zu gratulieren.«

Carl Rose mengte sich unter die heiteren, zwanglos plaudernden Gäste, die Lester Mead beglückwünschten. Man trank kaltes Bier und eisgekühlten Whisky-Soda.

Als Carl Rose gegangen war, legten die Freunde ihre festlichen Mienen ab. Die Chindent Company, die ihnen ihre Bananen abkaufte, hatte ihnen geraten, die Ernte zu unterbrechen, weil die Eisenbahn sich weigerte, die Früchte zu transportieren.

»Das bringe ich in Ordnung«, versicherte Lester, von der Hitze geplagt und mit einem bitteren Geschmack im Mund, als hätte ihm ein Becher Galle die bittere Nachricht zwischen die Zähne gespült. Der Sonntag war ihm nun endgültig verdorben.

Zu früher Stunde fand er sich im Büro des Stationsvorstehers ein. Der Beamte war noch nicht da, und Mead wartete, die Pfeife im Mund, den Hut, der mit zunehmender Hitze am Schweißband feucht wurde, nachgab und bald auf die Ohren rutschte, tief in die Stirn gedrückt.

»Ich will mich nicht mit Ihnen darüber unterhalten, ob der Transport möglich ist oder nicht. Mir liegt daran, daß die Sache klappt, und ich bin bereit, dafür zu zahlen. Sie bekommen das Geld bar auf den Tisch ohne jeden Abzug. Meinethalben zahle ich auch den doppelten Preis. Ich will nämlich Holz für Flöße transportieren ... Ich brauche aber eine schriftliche Zusicherung, daß die Güterwagen mir zur Verfügung stehen, wann immer ich sie brauche.«

»Hm, billig wird das nicht. Die Kosten ...«

»Ich habe nicht nach den Kosten gefragt. Sie nennen mir den Betrag, und ich zahle ...«

»Auf jeden Fall muß ich erst anfragen.«

Mead deutete mit einer Kopfbewegung auf das Telefon neben dem Stationsvorsteher und sagte ziemlich schroff: »Sprechen Sie, ich warte.«

»Möglicherweise ist noch keiner in der Zentrale. Es ist reichlich früh.«

»Wie dem auch sei. Ich werde warten.« Mead ging hinaus auf den Bahnsteig.

Eine Frau kam vorbei, die Milchkaffee verkaufte. Sie hatte ihn in einer Kanne, und Lester ließ sich eine Tasse voll einschenken. Es war mehr Wasser als Milch, schmeckte aber gut. Andere kauften Maisfladen von der Frau und ließen sich schwarzen Kaffee geben.

»Sie treiben es immer ärger«, sagte die Frau zu einer anderen, die bei ihr stehengeblieben war, um zu schwatzen. »Wirklich und wahrhaftig, immer ärger. Es wäre beinahe besser ... Nein, sie haben sie nicht laufenlassen, sie sind noch immer in der Hauptstadt im Kittchen. So sieht's aus, und jetzt langt es nicht mal mehr fürs Essen. Und wenn noch mehr Soldaten herkommen, wie die Leute sagen, wird's noch mehr Verhaftungen geben ... Bei Gott, die Männer sind in dieser Gegend die letzte Zeit so streitsüchtig, als hätte sie was gestochen.«

Der Stationsvorsteher teilte Mead mit, daß die Angelegenheit erledigt sei, und Mead zahlte sofort mit einem Scheck. Aber dann stellte sich heraus, daß der Beamte vergessen hatte zu fragen, für welche Zeit Mead mit den Waggons rechnen könnte. Er ging also wieder ans Telefon und kurbelte, um sich bei seinem Vorgesetzten zu erkundigen, und Mead kehrte zu seiner Bank auf dem Bahnsteig zurück.

Ein Sambo in gelbem, blaugestreiftem Hemd ließ sich neben ihm nieder. Er drängte sich ihm durch den unerträglichen Geruch seiner Schweißdrüsen auf; mehr als er ihn sah, spürte Mead den Mann.

»Sieht böse aus, Mister, besser, man verduftet. Hier Mord und Totschlag kommen. Letzte Nacht Hängematte schaukeln, ganze Nacht, und Leute reden, reden. Geld nicht reichen, Kinder hungrig, Frauen hungrig, und hungrige Leute nicht gut . . .«

»Aber Soldaten werden kommen, Maschinengewehre, Bajonette«, sagte Mead, der den freundlich dreinblickenden Sambo ermuntern wollte, sein Herz auszuschütten.

»Ja, sie kommen«, mehr sagte der Mann nicht. Es war ein höchst eindeutiges Ja, wenn man die Schutzlosigkeit dieser Menschen betrachtete, die sich unbillige, um nicht zu sagen ungerechte Bedingungen aufzwingen lassen mußten, weil sie keine Waffen besaßen.

Der Stationsvorsteher steckte den Kopf zum Fenster heraus und rief Mead zu: »Der Vertrag kann ein Jahr gelten, wenn wir genug Waggons haben.«

Mead trat zu ihm und sagte: »Diese Bedingung nehme ich nicht an, es sei denn, wir fügen noch eine Klausel ein . . .«

»Mister Mead«, unterbrach ihn der Stationsvorsteher in freundlichem, vertraulichem Ton, »die Eisenbahn läßt sich nicht auf Abmachungen ein, die mit verpflichtenden Klauseln verbunden sind. Wenn für sie die Gesetze des Landes nicht maßgeblich sind, was sind dann Verträge wert? Unterschreiben Sie also, und bringen Sie Ihre Bananen her, damit wir sie verladen . . . Sobald die auf Ihren Dreh mit dem Holz kommen, werden sie sagen, daß sie keine Waggons haben, und dann ist es aus.«

Die Zeit verrann . . .

Juan Sóstenes Ayuc Gaitán stellte den Lastwagen vor einem Wirtshaus in der Nähe des Kinos »Colón« ab. Dort würde er sich mit dem Gringo Mead treffen. Er schloß die Hose — beim Fahren öffnete er immer die obersten Knöpfe — und kletterte aus dem Auto, um sich die Beine zu vertreten. Nach wenigen Schritten kam er an einer Kirche vorbei, in der Gottesdienst war. Er trat ein, und da er viele Menschen knien sah, kniete auch er auf dem kühlen Fliesenboden nieder, bekreuzigte sich und erinnerte sich an das Vaterunser. Es war geraume Zeit her, daß er gebetet hatte, deshalb schien ihm dieses »Vater unser« bedeutungsvoll. Früher, als sein Vater noch lebte, hatte er nie über den Sinn der Worte nachgedacht, jetzt aber, da er niemanden mehr hatte, tat es ihm wohl, zu sagen: »Vater unser.«

»Vater unser, der du bist im Himmel.«

Es gibt ihn doch, dachte er. Da oben ist er, und er ist gewiß auch der Vater derer, die unsereinem unbedingt den Vater ersetzen wollen, wenn man keinen mehr hat. Aber zu dem Vater im Himmel sagt man du, den muß man nicht siezen wie die Patres, die Väter auf Erden. Ja, es tat wohl, zu sagen: »Vater unser, der du bist im Himmel . . .«

Mächtiger Orgelklang betäubte ihn. Sein Körper war nicht mehr in der Kirche unter den knienden Menschen, sondern inmitten der Musik, in dem großen Dröhnen, das bald anschwoll, bald abebbte. Diese Musik war wie der Platzregen an der Küste. Es begann plötzlich mit harten Schlägen, ließ dann etwas nach und rauschte eine Weile eintönig nieder, bis der Regen wieder stärker und stärker prasselte, als handelte es sich nicht um Wasser, sondern um Peitschenschläge. Er stand im Kirchenportal und hatte noch immer den Klang im Ohr. Womit machten sie eigentlich Musik? Gewiß mit Marimbas und Flöten.

Einige Zeit zuvor hatte die Gesellschaft das Land der Fuetés und mit dem Land den gelben Lastwagen erworben, den jetzt Juan Sóstenes fuhr. Als Juan Sóstenes nun die Kirchenstufen hinunterstieg, gewahrte er Mister Meads roten Lastwagen, der hinter dem seinen vor dem Gasthaus parkte.

Er war also schon da. Juan Sóstenes ging schneller. Mead hatte die anderen Teilhaber mitgebracht. Alle zusammen würden sie in dem Wirtshaus schlafen.

Bastiancito Cojubul war nicht damit einverstanden. Wenn sie schon in der Hauptstadt waren, so mußten sie doch nicht unbedingt auf den harten Gurtbetten eines drittrangigen Gasthofs übernachten. Aber wenn es darum ging, überflüssige Ausgaben zu vermeiden, war Mead unnachgiebig.

»Wir sind im Krieg gegen den Grünen Papst, und im Krieg langt ein Feldbett. Wer vergißt, daß wir in der Feuerlinie stehen, der ist ein schlechter Soldat. Der Indio schläft lieber auf dem nackten Erdboden, als daß er sein mühsam verdientes Geld hinauswirft. Er ist der einzige, der mit vollem Beutel aus der grünen Hölle zurückkehrt. Aber auch wir werden zurückkehren! Triumphierend werden wir zurückkehren auf unseren mit Bananen vollgeladenen Waggons.«

»An dem Tag sollten wir ein paar von den bewußten Leuten — ihr wißt schon welche — quer über die Schienen legen, damit der Zug darüber wegfährt«, meinte der struppige Macario Ayuc

Gaitán.

Am nächsten Tag fuhren sie mit ihren beiden Lastwagen alle zum Zollamt.

»Socorrito Cruz«, rief der Zollbeamte, der an der Tür des Lagers Dienst tat.

»Hier«, antwortete eine weibliche Stimme hinter Mead und seinen Männern, und zwischen ihnen hindurch schob sich eine mittelgroße, füllige Frau.

»Ich bin Socorrito Cruz, und der da ist Niño de Goya.«

Hinter der Frau tauchte ein bleichgesichtiger Spanier mit einem breitrandigen Hut auf.

»Kommen Sie wegen der Bananenmühle?« wollte der Zollbeamte wissen.

»Wegen was?« fragte Niño de Goya.

»Wer solchen Tinnef ins Land bringt, den soll der Teufel holen«, empörte sich Socorrito. »Wir kommen wegen dem Gepäck, wo unsere Kleider drin sind. Meine und dem seine.«

»Ich wußte gar nicht, daß es so ein Ding gibt«, sagte ihr Begleiter.

»Für mich gibt's nur die Muttergottes über dem Taufbecken.«

»Und die mahlt Sterne . . . Manchmal mahlt sie auch ihre eigenen Sternenaugen, dann fällt das Licht wie Gold vom Himmel.«

»Das ist in Spanien so. Hier in Amerika mahlen sie allen möglichen Dreck. Dabei läßt sich nur das Getreide mahlen. Richtige Mühlen, Niño de Goya, sind die von der schönen Müllerin in der Operette. Alles andere ist Unsinn.«

»Wie viele Koffer haben Sie?« fragte der Zollbeamte die Spanier.

»Bloß sechsunddreißig, und da ist unsere ganze Ausstattung drin«, antwortete Niño de Goya.

An einer anderen Tür wurden Mead und seine Leute mit ihrer Mühle abgefertigt, die zum Herstellen von Bananenmehl diente.

Schwitzend zerrten die Männer die riesigen Kisten mit den schweren Maschinenteilen und den Mühlsteinen, die noch viel schwerer waren, aus dem Zollschuppen und luden sie mit Hilfe von Rollen und Hebebäumen auf die Lastwagen.

Socorrito Cruz hob den Rock, um das Strumpfband zu befestigen, und in Lester, der ihr Fleisch sah, getönt wie Gitarrensaiten, erwachte die Lust. Aber in die Lust mischte sich Zorn, weil Socorrito so geringschätzig über seine Mühle gesprochen hatte. Sich an ihr zu rächen, sie selbst zu zermahlen, erschien ihm noch wenig. Als er hörte, daß das Gepäck der Artisten ins Hotel »Paris« gebracht wurde, schützte er ein Ferngespräch nach New York vor und sah zu, wie die beiden mit der Bananenmühle beladenen Wagen abfuhren.

Socorrito hatte einen Raum für sich, dessen Fenster zur Straße und nach dem Hof gingen. Neben ihr wohnte Niño de Goya. Nicht weit von ihnen mietete Mead ein freies Zimmer.

Am ersten Tag begnügte Mead sich damit, das Kommen und Gehen des Tänzerpaares zu beobachten. Socorrito Cruz merkte sehr bald, daß der stattliche Blonde, der sie höflich grüßte, ein Auge auf sie geworfen hatte. Das ist komisch, dachte sie, bei uns in Spanien grüßen die Männer weder den Stier noch die Frau, sondern reizen sie, erst mit dem roten Tuch, dann mit den Banderillas, und dann gehen sie aufs Ganze.

Und Lester ging aufs Ganze, er ging zu ihr ins Zimmer. Schon von weitem vernahm sie seinen festen Schritt. Den Niño de Goya hörte man kaum auftreten. Langsam wandte Socorrito den Kopf, um ihm zu zeigen, daß sie selbstsicher blieb und nicht die Frau war, die sich von einem Fremden überrumpeln ließ. Aber sie schlug auch keinen Lärm, um ihn zu vertreiben, denn das hätte Aufsehen erregt, und man hätte sie womöglich für eine leichtfertige Person gehalten.

»Sie haben sich wohl in der Tür geirrt?«

»Nein!«

Das herrische Nein und der drohende Schritt, mit dem Mead auf sie zukam, schüchterten sie ein.

»Was wünschen Sie?« fragte sie erschrocken und wich an den alten seidenen Wandschirm zurück.

»Das, was ich vor mir habe.«

»Wünschen können Sie's sich ja, wer soll Sie daran hindern. Und appetitlich ist es auch. Aber es gehört bereits einem andern.«

Mead packte sie an den Armen. Sie fühlte seine großen heißen Hände und ließ es geschehen wie eine Kleiderpuppe. Sie war gewohnt, daß die Männer sie begehrten, aber dieser große Mensch, der ungestüm war wie ein Schuljunge, machte sie wehrlos. Mead, der alle zehn Finger in ihre Arme gekrallt hatte, fühlte, daß ihm das Blut zu Kopf stieg. Das war die Gier nach der Frau, aber auch der Wunsch, sie zu zermahlen.

»Nein«, sagte sie und stieß Mead zurück. Aber ihr Widerstand reizte ihn, brachte den Taps, den tollwütigen Mühlenkerl, den unverschämten Narren zur Raserei.

»Ja«, erwiderte er und grub ihr dieses Wort in Form seiner Nägel zehnfach in das dunkle Fleisch, das schon sein war, von dem er bereits Besitz ergriff, mit dem Recht des Mannes, des Stärkeren, des Bezwingers.

»Gut«, sagte Socorrito, um ihn zu entwaffnen. »Wenn Sie schon hier eingedrungen sind und in mir zu finden glauben, was Sie suchen, dann sollen Sie's kriegen. Aber nur, wenn Sie genügend Geld haben, um zu zahlen, was ich wert bin.«

»Ich zahle, was Sie wollen.« Mead schluckte und bohrte den Blick seiner grünen Augen in die kohlschwarzen Augen der Frau.

»Tausend Dollar«, sagte sie und lachte nervös.

Mead näherte ihr sein Gesicht und starrte sie an, nicht wie eine ferne Dulcinea von Toboso, sondern wie ein armes, ihm gehöriges Ding. Dann ließ er sie los, zog das Scheckbuch und schrieb.

Mit steifen Fingern griff Socorrito nach dem Scheck. Zweitausend Dollar!

»Sie haben sich geirrt«, sagte sie und wandte ihm die schwarzen Augen zu. »Da steht zweitausend Dollar.«

Mead dankte ihr, weil sie ihn darauf aufmerksam gemacht hatte, zerriß den Scheck, füllte einen zweiten aus und reichte ihn ihr. Er lautete auf fünftausend Dollar. Er hätte noch mehr gezahlt, nur um sie zu zermalmen, zu Mehl zu zerreiben, sie wie das grünliche Fleisch der Bananen mit seinen Zähnen zu zerquetschen, mit seinen Muskeln, der Begierde des Mannes, seinen Fingern, seinen Knien, seinen Schenkeln. Unter ihm sollte sie liegen, unter seinem Bauch, seiner Brust, seinem Gewicht, unter alldem, was er für sie war, ein Nichts, ein Niemand, ein Mann, der fünftausend Dollar gezahlt hatte.

Aber es wurde nichts daraus. Mit langen Schritten verließ er das Zimmer. Sein Wunsch nach Rache war stärker als die Gier nach der Frau. Sie hatte ihn gedemütigt, und er vergalt es ihr, indem er sie in dem Augenblick, da sie sich ihm für Geld hingeben wollte, verschmähte, ihr mit gleicher Münze heimzahlte, daß sie ihn im Zollamt verhöhnt hatte, als er erwartungsvoll seine Mühle in Empfang nehmen wollte. »Wer solchen Tinnef ins Land bringt, den soll der Teufel holen!«

»He!« Barfuß — sie hatte bereits die Schuhe abgestreift — lief sie hinter ihm her. »Hier haben Sie Ihr Geld!« Und da sie ihn nicht einholen konnte, rief sie ihm nach: »Dann zerreiß ich den Lappen! Ich laß mich doch nicht hochnehmen, von keinem!«

Niño de Goya lief herzu und wollte ihr in den Arm fallen, aber sie hatte den Scheck schon zerfetzt.

»Wenn der glaubt, ich wär scharf auf das Geld . . . Für mich ist es Konfetti!«

13

Doña Roselia de Lucero weinte Tag und Nacht, weinte sich fast die Augen aus, seit Adelaido den Sohn Lino Lucero aus dem Hause gejagt hatte. Erst hatten sie miteinander gestritten, und dann hatte der Alte, steif und rheumatisch wie er war, dem Jungen eins mit der flachen Machete versetzt, und es wäre noch schlimmer gekommen, hätte Doña Roselia sich nicht dazwischengeworfen. Als Vater und Sohn aufeinander losgingen, hatte sie die Heilige Dreifaltigkeit, San Caralampio und Judas Thaddäus angerufen und die Tränen hinuntergeschluckt, um den Mann nicht noch mehr zu erzürnen. Erst als sich Lino bleich und zitternd zwischen der Bananenpflanzung und ihrer Umfriedung verlor und Adelaido, bitter, aus allen Poren schwitzend, im Lehnstuhl zusammensank, ließ sie den Tränen freien Lauf.

Doña Roselia holte dem Alten Wasser und hockte sich neben ihn. Ohne die Jungen war Semírames kalt und leer, ein Unglück kommt ja selten allein: sie hatten Juancho abgeholt, weil er bei den Arbeitern mitgemacht hatte. Aber das nahm sich der Alte nicht so zu Herzen. Ja, wenn es wegen eines Diebstahls gewesen wäre, die Schande hätte ihn ins Grab gebracht. Wer jedoch eingesperrt wird, weil er Gerechtigkeit fordert, der ist ein ganzer Kerl. Deshalb saß er im Gefängnis. Die Großväter schwiegen. Auch die Väter schwiegen. Dafür plapperten die Enkel, und sie plapperten für die anderen mit, für die Lebenden und für die Begrabenen.

Die Sarajobalda, zu der Doña Roselia in ihrer Not gelaufen war, stand wie angewurzelt, als ihr die Gevatterin, kaum daß sie die Hütte betreten hatte, erzählte, daß ..., sie wagte es kaum zu sagen, daß ..., sie zerrte an dem von Schweiß und Tränen feuchten Taschentuch, daß ..., sie wischte sich mit dem Taschentuch über die Stirn und Augen, daß ... Die Sarajobalda wußte Bescheid und half: »... daß er es mit einer Meerjungfer hat.«

»O weh, wie weit ist es mit ihm gekommen! Dabei ist ihm die Schwarze eine so gute, geduldige Frau. Aber ich hab es ja gewußt. Es gibt eben keinen Mann, der nicht über die Stränge schlägt. Deshalb hab ich Gott angefleht, daß er die Mutter seiner Kinder nicht verläßt. Die armen Kleinen! Und niemand hat diese Meerfrau gesehen!«

»Niemand, Gevatterin?«

»Er, so wie er beschaffen ist, wird sie schon sehen. Ihr wißt doch, daß er als kleiner Junge genachtwandelt ist? Mit Gottes Hilfe habt Ihr ihn davon abgebracht, nachts im Schlaf mit offenen Augen herumzulaufen ... Was für Angst wir ausgestanden haben! Vielleicht hätten wir ihm doch nicht die Schüssel mit kaltem Wasser vors Bett stellen sollen, damit er aufwachte ... Er nachtwandelt ja nun nicht mehr, Sarajobalda, aber mit offenen Augen schläft er noch immer.«

»Und was habt Ihr von Juancho gehört?«

»Mister Mead ist in die Hauptstadt gefahren, er will sehen, ob er ihn und Bastiancito rausholen kann, den sie auch eingelocht haben. Ach, Sarajobalda, es wird immer schlimmer. Gerade jetzt, wo man alt ist, muß einen das alles treffen. Was mich am meisten quält, ist die Sache mit Lino. Die Verhafteten werden schon wieder freikommen. Aber Lino ... Könntet Ihr nicht mit dem Chamá sprechen? Vielleicht weiß der Rat.«

»Ich habe keine Ahnung, wo Rito Perraj steckt. Aber was Lino betrifft, der doch mein Patenkind ist ...«

»Ja, Euer Patenkind. Ihr habt uns damals diese Gefälligkeit erwiesen ...«

»Was Lino treibt, ist die reinste Ketzerei ...«

»Was ist denn das, Gevatterin?«

»Ketzerei?«

Die Sarajobalda schwieg. Sie konnte es nicht erklären.

»Aber setzen wir uns doch, Gevatterin. Mag es sein, was es will.«

»Ja, Gevatterin, setzen wir uns. Ich war so aufgeregt, daß ich vergessen hab, Euch einen Stuhl anzubieten.«

»Mir ist das Herz so schwer, und nun redet Ihr auch noch von Ketzerei. Früher wurden die Ketzer doch verbrannt?«

»Wenn es das ist, so werden wir ihn mit geweihtem Öl einreiben. Vielleicht vergeht's ihm davon. Mein Gott, was für eine Heimsuchung!«

»Ja, ja, fangen wir gleich an. Der arme Junge ist nur noch Haut und Knochen.«

»Auf jeden Fall will ich sehen, ob ich Rito Perraj finde. Ich habe schon die sieben dickschaligen Reiskörner befragt, habe sie gegen die neun Steine gerieben und sie mir vorm Schlafengehen zum Aufquellen in die Nase gesteckt. Noch ehe der Hahn krähte, habe ich sie über einem Feuer von Blaufichtenzapfen wieder ausgeniest.«

»Blaufichte, Gevatterin?«

»Freilich, sie wächst auf den Gipfeln der hohen Berge und sieht aus wie eine Schlange, die am Boden kriecht.«

»Und was ist mit Rito Perraj?«

»Nun, der weiß für alles Rat. Rito Perraj ist weise, weil die vier Seiten seines Körpers nach den vier Himmelsrichtungen gehen, weil seine Augen so stark sind, daß sie selbst die Unsichtbaren erblicken, weil ihm kein schmutziges Wort die Zähne schwärzt, die rein und blitzend weiß sind, und weil er Finger hat, lang wie Fistelrohr, und Nägel, braun wie gebrannter Ton.«

Lino Lucero vernahm alle Geräusche des Waldes, den tiefen Atemzug der Schluchten, durch die der Fluß rauschte, dessen Wasser über schwarzen Sand schoß, Sand, der schwer war von Schatten,

Schatten, die sich greifen ließen, Schatten, hart und kantig wie dunkle Kiesel. Nachdem er lange gelauscht und geschaut hatte, ohne in der Dunkelheit etwas zu sehen, legte er die hohle Hand auf den salzig-süßen Mund, der sich anfühlte wie eine kleine offene Wunde im grünen Fleisch des Stammes einer Wasserbanane.

Da sie seine Drohungen in den Wind schlug, würde er ihren feuchten Leib aus Fruchtfleisch, Moos und Schatten samt ihrer Seufzer ertränken.

Sie biß mit aller Kraft, biß ihn mit den scharfen Fangzähnen der Wasserhündin, und erst, als sie sein heißes rotes Blut an ihrem bläulichen Zahnfleisch spürte, löste sie allmählich die Zähne, um sich auf dem Boden auszustrecken, dort, wo sich die Bananenpflanzung mit dem Meer vereinigte.

Lino Lucero verlor keine Zeit. Er keuchte, rang schweißgebadet mit offenem Mund und geblähten Nasenflügeln nach Luft, seine Glieder flogen. Er verlor keine Zeit, die Knie auf den Erdboden gestützt, warf er sich auf sie, stöhnend, mit der Angst dessen, der töten wird. Schon tasteten sich seine Hände unter ihrem Algenkleid hoch, ihr einziges Bein entlang, zwei hatte sie nicht. Er stöhnte, schwoll an, es bedrängte ihn, wollte aus ihm hinaus, das, was zutiefst sein war und was er doch nur hatte, um es weiterzugeben, um über sich selbst hinauszuwachsen und zu binden.

Sie sprang auf, verschwand.

»Lino, verrückter Kerl!« Macario Ayuc Gaitán stieß ihn mit der Fußspitze an, um ihn aufzuwecken. Es war vier Uhr morgens. »Nun sieh dir an, wo du geschlafen hast! Deine Frau sucht dich überall . . . Warst ja betrunken und hast im Schlaf eine Bananenstaude umarmt. Schlimm genug, wenn du sie für eine Frau gehalten hast. Mir ist es auch mal so gegangen, aber ich hab's überstanden.«

Lino Lucero kauerte sich in der heißen, dunstigen Morgendämmerung zusammengekrümmt wie ein Wurm neben den struppigen Macario Ayuc Gaitán. Nur er konnte ihn verstehen.

»Ich hab's überstanden, weißt du«, sagte Macario. »Mit meinen fünf Sinnen und etwas Vernunft, ganz allein. Eine abscheuliche Schwüle ist über mich gekommen, und ich bin gelaufen und gelaufen, bis hierher. Der Halbmond schien, und es war siedend heiß. Der Boden strömte Hitze aus, die Luft strömte Hitze aus, alles. Ich weiß nicht, wie lange es gedauert hat, ich irrte ziellos umher, als sich mir aus einer Bananenstaude zwei Arme entgegenstreckten, grün, rund und frisch, mit Händen, wie Mädchen sie haben, die als Jungfrauen gestorben sind und von denen man nachts träumt . . . Ich aber dachte, der Teufel hielte mich zum Narren, packte wütend den Machete und schlug zu.«

»Rohling!« Lino duckte sich, als träfe ihn der Streich.

»Roh war's schon, Lino. Ich hieb die Staude mittendurch, und sie fiel auf mich. Aber es war keine Pflanze, sondern eine Frau mit nur einem Bein. Blätter streiften meine Ohren, und ich hörte sie wispern, ich spürte den Saft des grünen Stengels, und das Mondlicht überflutete mein Gesicht . . . Ich allein weiß, Bruder, was für eine Lust es war. Ich wälzte mich mit dem Weib am Boden . . . Schade, schade, daß ich so bald fortmußte und sie nie wiedergesehen habe.«

Sie schwiegen. Warmes, salziges, wollüstiges Meer und drückende Hitze, noch ehe die Sonne aufging.

»Und wenn man sieht, wie einem . . . Ich hab mir gedacht, daß du dasselbe erlebt hast. Nur deshalb hab ich dir alles erzählt. Neben dir liegt noch die Staude, mit der du geschlafen hast.«

»Ich weiß nicht, Macario, was mich hierher geführt hat, wann ich zu Hause weggegangen bin, und werde es wohl nie erfahren. Ich weiß nur, daß ich es gestern abend nicht mit einer Frau aus der Pflanzung, sondern mit einer Meerjungfrau hatte. Ich habe gesehen, wie sie in der Brandung verschwand, mit einem Sprung, dort, siehst du, wo das Halbdunkel ist. Ich hatte Angst, ihr zu folgen.«

»Ein Glück, daß du es nicht getan hast, Mann, wärst ja ertrunken! Oder du hättest dich in einen Salamander, einen Hai oder einen anderen Fisch verwandelt. Hast du denn vergessen, Lino, was uns Rito Perraj erzählt hat?«

Lino zitterte wie im Fieber.

»Hier oben auf der Erde«, erklärte Macario, »gibt's nur das, was man sieht. Aber im Wasser, kaum hundert Meter von hier entfernt, gibt es Ungeheuer mit Menschenköpfen und Sperberaugen. Sie kleben an den Felsen wie versteinerte Bäume, und von ihren Zweigen tropft Geifer, ein böser Traum wie sie selbst. Und Krebse gibt's, die fressen ein Tier, das ins Wasser fällt, in ein paar Sekunden auf, so daß nichts von ihm übrigbleibt, kein Knochen, kein Haar, kein Stückchen Haut, und Tausende kleiner Goldfische trinken im Nu das Blut, das das Seewasser färbt. Und Seesterne gibt es, die können laufen und sprechen.«

»Hör bloß auf. Mir sitzt noch der Schreck in allen Gliedern, und du erzählst so ein gruseliges Zeug.«

»Damit du es wieder vergißt, mußt du dir vorstellen, dich habe ein Kalb abgeleckt. Du solltest dir über Mittag, wenn die Sonne am höchsten steht, eine Silbermünze auf die Stirn legen. Die Kühle des Metalls geht ins Herz und nimmt die Müdigkeit, die dir von der Frau geblieben ist.«

»Lino Lucero kann mich nicht nach Hause mitnehmen, weil man

dort nicht ißt, was ich esse.«

»Was ißt du denn? Laß hören!«

»Fischhaar vom Meeresgrund.«

Lino warf sich gierig auf sie, um sie zu küssen, aber sie verweigerte ihm den Mund, zeigte ihm nur die Zähne, die weiß in der heißen, sternklaren Nacht schimmerten. Ihre Meerjungfrauenaugen, die fliehende Stirn, das glatte schwarze Haar, das feucht war vom Seewasser und vom Schweiß ihres brennenden Leibes.

»Lino Lucero kann mich nicht nach Hause mitnehmen, weil man dort nicht schläft, wie ich schlafe.«

»Und wie schläfst du?«

»Auf weichen Wasserlaken und Matratzen aus Schaum.«

Er fand ihren Mund. Es klang wie ein Stöhnen, als sie unter dem Druck seiner Lippen den Nacken bog, um den Kopf auf das feuchte, schwammige Erdreich des Bananenhains zu betten, auf den Sand, dessen körnige, metallische Kälte im Widerschein des Sonnenlichts blinkte.

»Lino Lucero kann mich nicht nach Hause mitnehmen, weil man dort nicht trinkt, was ich trinke . . . Wasser vom Meeresgrund.«

Ihr Körper entschlüpfte Linos Armen, als hätte sie ihn eingeseift, und sie lief leicht wie ein Windhauch davon, mit dem Fischschwanz rudernd, als wäre sie im Wasser, während er ihr folgte ohne sie zu erreichen. Schließlich fing er sie ein. Sie ließ sich fangen. Er packte sie, drückte sie an die Brust, verschmolz mit ihr, küßte sie gierig. Sie lachte atemlos, unschuldsvoll, und ihre Augen glänzten vor Hitze.

Der Struppige, der Linos Abwesenheit bemerkte, machte sich auf, ihn zu suchen. Unterdessen halfen einige Gefährten, die gekommen waren, um zu angeln, den Kennern, das Wurfgarn zu schleudern, aber nicht ins offene Meer, sondern dorthin, wo der riesige Fluß, der sich in viele Rinnsale geteilt hatte, über Schlamm, Baumwurzeln, Fischlaich, Geröll und Sand floß und in den Ozean mündete.

Lino Lucero kehrte, geführt von Macario Ayuc Gaitán, zu den Anglern zurück, zu den Stimmen, die von den Flußufern aus riefen:

»Ich möchte eine schöne Makrele.«

»Und ich einen Guapete.«

»Ich bin auch mit einem Rotmaul zufrieden.«

Der Struppige reichte Lino die Gitarre. »Die Gitarre hat ihre Figur«, flüsterte er ihm zu, »nur daß bei ihr der Schwanz oben ist.«

Und Lino Lucero streichelte sie, liebkoste sie, fuhr zärtlich mit den Fingerspitzen über die zitternden Saiten, die ihn ebenfalls zittern machten. Dann sang er:

»Täubchen aus traurigem Ton,
das mir im Dunkeln zerbrach,
flogst mir, Taube, davon,
daß ich dich nimmermehr sah.
Um die Äste Regen schauert,
Weidenbaum weint bitterlich.
Weidenbäumchen, das so trauert,
Taube, Liebchen, das bin ich.«

Die Angler, jetzt nicht mehr am Wasser, standen im Schein flakkernder Feuer, die sie angezündet hatten, um die Raubkatzen zu verscheuchen, die man im Laub rascheln hörte, wenn das Rauschen des Meeres nachließ; dann setzten sie sich hin, spielten Karten und ließen die Rumflasche kreisen.

Als Lino Lucero sein Lied beendet hatte, stahl er sich wie ein Schlafwandler in der mitternächtlich beklemmenden Schwüle von neuem davon; seine Lider waren schwer von tiefem Traum, sein Körper, gelblichbraun, war in perlenden Schweiß gebadet.

Seine Hand packte sie an den Haaren und zerrte sie wieder zum Strand, dorthin, wo das Meer sich rauschend und schäumend an den Felsen brach. Eine Bananenstaude, ein Frauenkörper war es, und er beugte sich über sie und küßte ohne Unterlaß, blicklos, stumm, taub, nur noch Geschlecht und Seele.

Nichts war zu hören, nur das Meer, und außer dem Meer sein Stöhnen, er war ein Tier geworden, sie ein Menschenwesen aus lebendigem Wasser, aus dem Schwertblitzen der Sterne, das tief war wie die Stille in der Flußmündung.

»Bist du schon wieder da?« begehrte Lino Lucero auf.

»Nein, Junge, ich lasse dich nicht weg, sonst ertrinkst du mir noch«, antwortete der struppige Ayuc Gaitán und führte Lino zurück ans flackernde Lagerfeuer. »Ein Schluck wird dir guttun, vielleicht vergeht's dir davon.«

Und Lino trank, bis Macario ihm die Flasche wegnahm. Er hatte sie fast zur Hälfte geleert, ohne ein einziges Mal abzusetzen.

Es war Zeit, das Wurfgarn einzuholen, und plötzlich gab es Streit. Einige schlugen vor, Fackelkraut ins Wasser zu werfen, damit das Gift dieser Pflanze mehr Fische tötete und sie mit einem guten Fang heimkehrten.

Da gebärdete sich Lino, als hätte er den Verstand verloren. Nie zuvor hatte einer so getobt, wenn es darum ging, Fackelkraut ins Wasser zu werfen. Er war mehr als verrückt. Bestürzt schrie ihn einer an:

»Zum Teufel, du tust ja, als wäre jemand aus deiner Familie da unten im Wasser.«

Lino sprang vor und riß den Machete aus der Scheide. Der Angler schlug ihm die Waffe aus der Hand, andere stürzten hinzu und hoben sie auf.

»Nein, so nicht!« rief einer aus. »Kaum hat der Milchbart an der Pulle gerochen, da bindet er mit uns an . . . Will Blut sehen, der Narr! Wer nichts verträgt, der darf nicht trinken. Saufen ist Männersache. Du solltest überhaupt nicht trinken, Lino.«

Aber Lino, dessen Anfall vorüber war, sackte wie ein Lappen zusammen. Er fiel vor den Männern, die ihn entwaffnet hatten, auf die Knie und flehte sie an, um alles in der Welt kein Fackelkraut ins Wasser zu werfen.

Macario erklärte den Anglern, wie es um Lino stand.

»Er ist in ein Meerweibchen verliebt, ich weiß, was ich euch sage und warum.«

Die Männer schwiegen, es war ein Schweigen, schwer von Fragen und Antworten, die sie in ihren Köpfen wälzten. Jener, dem Lino mit dem Buschmesser auf den Leib gerückt war, trat zu ihm und umarmte ihn.

»Verzeih mir. Lucero, ich hab nicht gewußt, wie es um dich steht.«

»Lassen wir also das Fackelkraut, machen wir lieber noch ein Spielchen. Ruft die Jungen zusammen!«

Lino wollte nicht spielen, tat es aber dann doch und gewann, gewann, gewann. Kein Blatt, das er nicht zog, wenn er es für sein Spiel brauchte.

Sein Nachbar lehnte sich an ihn und raunte ihm zu: »Vielleicht fällt auch für mich was ab, wenn ich dich anrühre. Das Meerweibchen bringt dir Glück.«

»Ich will auch was abhaben«, rief ein zweiter aus.

»Gebt ihm lieber die Gitarre und laßt ihn singen, sonst macht er uns noch arm«, schlug ein dritter vor. »Bist ein Glückspilz, Lino, das kommt alles von deiner Wasserfrau.«

Die Fische mit den runden, glasigen Augen, die auf dem Trockenen lagen und langsam erstickten, sahen wie Betrunkene aus. Über dem endlosen Grün des Meeres und dem grünen Schatten der Bananenpflanzung breitete sich blaugolden das heiße Frühlicht aus.

Lino sang mit näselnder Schnapsstimme:

»Sie hat mich zugrunde gerichtet,
die Nixe aus dem Wasserhaus,
doch schlimmer als mein Gesichte
sieht meine arme Seele aus.

Leb wohl, Guatemala,
geschieden muß sein,
denn im Hafen von Amapala
wird die Wasserfrau mein.«

Kaum war Lester Mead mit seinen Schützlingen Bastiancito und Juan aus der Hauptstadt zurückgekehrt, da erschien der struppige Macario bei ihm, tat sehr geheimnisvoll und erzählte umständlich von Linos Liebe zu der Meerjungfrau.

Ein wenig später stellte sich auch Doña Roselia ein, nicht nur, um sich zu bedanken, daß Mead ihren Juan aus dem Gefängnis geholt hatte, sondern auch, um ihm zu berichten, was dem armen Lino, Gott steh ihm bei, widerfahren war.

Lester bewegte das Grün seiner Augen in der weißen Hornhaut und blieb stumm. Er tat nichts, sagte nichts, war nicht wie sonst. Wenn er Lino wenigstens den Kopf zurechtgerückt oder ihm einen guten Rat gegeben hätte; wenn er gesorgt hätte, daß er auf den rechten Weg zurückfand! Aber nichts dergleichen. Linos Mißgeschick ließ ihn ungerührt.

»Was soll er schon dazu sagen?« meinten einige. »Er ist doch selbst der Sohn einer Wasserfrau, ist lachend an unserer Küste aus dem Meer gestiegen.«

»Stimmt! Grüne Nixenaugen hat er und weißes Fischfleisch.«

»Er ist ein Sohn der Fische, durch und durch, deshalb bleibt er auch stumm.«

Leland erzählte ihm, sie habe mit Linos Frau gesprochen. Sie weine sich zwar die Augen aus, habe sich aber mit ihrem Unglück abgefunden.

»Um so besser, wenn sie das getan hat«, erwiderte Lester.

»Natürlich glaubt sie nicht so recht an die Wasserfrau als Nebenbuhlerin.«

»Für sie ist es genauso, als betröge er sie mit einer spanischen Tänzerin«, entfuhr es Lester. Es war, als könnte er sein Geheimnis nicht länger wahren.

»Jedenfalls solltest du einmal mit ihm sprechen, von Mann zu Mann, und ihm klarmachen. daß es so nicht weitergeht . . . Du mußt ihm sagen, er soll seine Lebensweise ändern . . . Es ist albern.«

Mead antwortete nicht. Seine Sirene hieß Socorrito Cruz, ihr Fleisch war getönt wie Gitarrensaiten, und ihre nach Sandelholz duftenden Finger verschlossen ihm den Mund.

Er schwieg geraume Weile, dann schlug er seiner Frau vor: »Sprich du. Setz du dich für Lino ein, sag, sie sollen ihn in Ruhe lassen, dann wird das Übel wieder vergehen. Adelaido soll ihn sogar aus dem Haus gejagt und mit dem Machete bedroht haben. So ein Wahnsinn! Daß sich die meisten Eltern wie Elefanten im Porzellanladen benehmen, wenn sie böse sind auf ihre Sprößlinge! Aber das begreift wohl nur einer, der selbst keine Kinder hat.«

Einige Tage später — es war nach Tisch — kam noch einmal die Rede auf Linos Wasserfrau, weil Leland gefragt hatte, ob es denn wirklich Sirenen gebe.

»Es sollte mich nicht wundern«, meinte Missis O'Briend, matt von der Hitze, die wie ein Gewürz war, das man dem Essen hinzugefügt hatte und das ihr den Schweiß aus allen Poren trieb.

»Jede Frau, ausgenommen die eigene, ist eine hübsche Sirene«, bemerkte Mister O'Briend, dem dicke Schweißperlen über das Gesicht rannen, und klopfte sich mit dem Taschentuch auf Wangen, Nase, Kinn, Stirn, hinter die Ohren und auf den Nacken, um mit dem Schweiß fertig zu werden.

»Das ist . . . das ist . . .«, begann Lester.

». . . dummes Geschwätz«, ergänzte Missis O'Briend.

»Schweifen wir doch nicht ab«, nahm Leland den Faden wieder auf. »Glauben Sie nun an Sirenen oder nicht?«

»Als ich jung war, als Student, wurde ich einmal über die Sirenen belehrt. Ich weiß es noch wie heute«, sagte Mister O'Briend.

»Erzählen Sie!« rief Mead aus.

»Um Gottes willen, nein«, protestierte Missis O'Briend. »Ich kann es schon bald auswendig. Er erzählt es bei jeder Gelegenheit, wenn wir auf einen Zug warten oder auf die Straßenbahn, wenn er sich rasiert, wenn er keine Lust mehr hat zu lesen.«

»Aber wir kennen die Geschichte noch nicht und möchten sie gern hören. Sie dürfen nicht so egoistisch sein.«

»Nixen kannte ich bereits vom Hörensagen . . .«

»Aha, es geht schon los. Während mein Herr Gemahl Ihnen erzählt, werde ich ein bißchen spazierengehen«, sagte Missis O'Briend und stand auf. Die Kaffeetasse in der Hand, verschwand sie in der heißen Finsternis, die heiß und schwarz war, als wäre auch sie Kaffee.

»Nixen kannte ich bereits vom Hörensagen, aber ich glaubte nicht an sie. Bis zu jener schrecklich heißen Tropennacht mitten auf dem Karibischen Meer. Ich lag im ersten Schlaf, den nichts störte. Bei günstigem Wind und ruhiger See schaukelte unser Schiff wie eine Wiege. Die Sterne folgten ihm von weitem, es waren so viele, daß der Himmel von einem goldenen Windhauch überrieselt schien. Plötzlich tauchte dort, wo der Schatten tief war, ein Licht auf und verschwand wieder; es glich einem von Brillanten übersäten Fisch, der zersprang und an jener Stelle eine leuchtende Spur hinterließ.

Ich fuhr auf. War es eine Sirene? Ich war wohl im Schlaf aufgesprungen, denn erst viel später stellte ich fest, daß ich beinahe ins Meer gefallen wäre. Mehr sah ich nicht. War es eine Sirene? Ich glaube ja, und ich habe meine Gründe dafür. Seit jener Begegnung ist mir, als hüllte ein schimmerndes Licht mich ein, das zugleich heiß und kalt ist, etwa so, als hätte ich mich von oben bis unten mit Mentholsalbe eingerieben. Mir scheint, daß ich den Frauen besser gefalle als früher, daß ich — wie soll ich es nur ausdrücken — dem Meer irgendwie näher bin. Spotten Sie nicht über mich, wenn Sie mich nicht verstehen. Aber Sie brauchen mich auch nicht zu bemitleiden. Fassen Sie mich an, vielleicht zerbricht der Zauber unter Ihren Händen, vielleicht aber geht ein wenig von dem schimmernden Licht der Sirene auf Sie über. Aber nun frage ich mich und Sie: War es wirklich eine Sirene? Obgleich ich mich weder an ihr Gesicht noch an ihren Körper noch an die Farbe ihrer Augen erinnere, bin ich fest davon überzeugt. Aus vielen Träumen schrecken wir jählings auf, weil wir jemandem begegnet sind, von dem wir uns nicht erklären können, wohin er gehört, der uns von Gestalt so unbekannt ist wie ein Gespenst. Und schließlich trugen der Duft jener Nacht, die linde Luft, das lichtbewegte Meer, die Schatten der aus Wimpern gewebten Hängematten dazu bei, daß meine Erinnerung an das flüchtige Licht vom Meeresgrund erotischer, allein erotischer Natur ist . . . das Licht, das am Rande des Abgrunds einen Augenblick lang die Unermeßlichkeit um mich herum aufriß.«

Leland wollte O'Briend Beifall spenden, aber Lester kam ihr zuvor.

»Unterbrich ihn nicht, er ist noch nicht fertig . . . Bitte, fahren Sie fort, es ist sehr spannend. Wie gut Sie sich an alles erinnern!«

Reisende erzählen, daß die Ameisen in den Tropen die Nixen auffressen, die sich auf den grünen, von Bananen und Schlingpflanzen überwucherten Küstenpfaden verirren. Manchmal wird eine der Nixen von den Wellen des Meeres fortgetragen und nimmt Millionen Ameisen mit sich, die, nachdem sie den Leichnam zerfressen haben, leuchtend an den Strand zurückkehren, wobei sie Spuren im aufgewühlten Wasser hinterlassen.

Müde, weil er schon so lange über die Eisenbahnschwellen gestapft war — noch eine Schwelle und noch eine und noch eine, und die Schienen schlängelten sich wie ein Nixenschwanz —, setzte Lino Lucero sich nieder, um mit den Streckenarbeitern zu schwatzen oder einfach vor sich hin zu dösen. Oft warf er sich längelang hin, wie abgebrochen in der Gürtellinie, den Hut im Nacken, und während er in der Erde wühlte, als wäre er ein Teil von ihr und als wollte er sie aufessen, hörte man ihn sprechen. Er würde gern an der Strecke arbeiten, sagte er, aber nur nachts. Er habe es satt unter der glühenden Sonne. Die Streckenarbeiter, einige Neger, rissen die Augen auf und lachten mit blitzenden Zähnen über die Einfälle des Nachtwandlers. Ihnen machte die Sonne nichts aus. Sie stach zwar, aber es war angenehm, im Sonnenlicht zu arbeiten. Von dem Staub, den der mit Schotter beladene Zug aufwirbelte, mußte Lino niesen. Aber aus seiner Nase kam nicht Schleim, sondern Ruß. Er atmete so viel schwarzen Rauch ein, die Exkremente, derer sich der Zug in die Luft entledigte, daß er sich, ohne zu arbeiten, wie ein Streckenarbeiter vorkam, ein Streckenarbeiter mit der heiseren, brüchigen Stimme eines alten Mannes, der den ganzen Tag den Rauch der Lokomotiven, Öl, Staubwolken und Dreck schluckt.

Sie waren ein Haufen Fleisch, von Schweiß und Sonne glänzend, ein Berg Muskeln, die bei der geringsten Bewegung spielten, als schwimme ein anatomisches Modell unter ihrer Haut. Einige rauchten Zigarren oder Zigaretten, andere leerten in großen Zügen Schnapsflaschen. Lino Lucero saß unter ihnen, in der Gruppe der Streckenarbeiter, in deren Händen die schweren Hämmer Spielzeug, die Schwellen Knüttel und die Schienen Guayaba-Mus waren.

Alle umringten den Nachtwandler und baten ihn, »Wer-wer« zu singen. Lucero klimperte ein wenig auf der Gitarre, nickte den Männern zu, und alle begannen: »Wer-wer, wer-wer, wer-wer, wer-wer, wer-wer . . .«

Auf ein Zeichen von ihm senkten sie die Stimme und wiederholten: »Wer-wer«, während er sang:

> »Wer lebt, wer stirbt, wer
> singt, ans Dampfroß geschmiedet?
> Der Streckenarbeiter.«

Der Chor wiederholte: »Wer-wer, wer-wer.«

> »Zwei Stränge, zwei Stränge, zwei
> Schienenstränge, hat meine Gitarre.«

Der Chor: »Wer-wer, wer-wer, wer-wer.«

> »Wer singt, wer ißt, wer
> schläft, geschmiedet an
> die Schienenstränge?
> Der Streckenarbeiter.«

Der Chor: »Wer-wer, wer-wer, wer-wer.«

> »Sechs Tage, sechs Tage, sechs
> Tage hat die Woche . . .«
> »Wer-wer, wer-wer, wer-wer.«
> »Wer weiß schon, wer weiß schon,
> wer weiß, Kumpel,

ob du lebst oder stirbst . . .«
»Wer-wer, wer-wer, wer-wer.«
»Ein Jahr, zwei Jahre, zehn
Jahre, und vorbei ist das Leben,
vorbei . . .«

Das Lied nahm kein Ende, und manchmal wurde es dreist. Andere fielen fröhlich ein.

»Wer säuft, wer hurt, wer kackt,
geschmiedet an die Schienenstränge?
Der Streckenarbeiter . . .

Wer zahlt, wer zahlt, wer schmiedet
uns fest an die Schienenstränge?
Der Gringo . . .«

So ging es weiter, bis die Sonne sank; sie rauchten, tranken und sangen: »Wer-wer, wer-wer, wer-wer.« Die reglose Glut des sinkenden Abends machte sie schläfrig. Die Grillen, die Frösche, ihre Schlaftrunkenheit selbst schienen weiterzusingen. »Wer-wer, wer-wer.« Lino stahl sich davon, um, wie er sagte, »das himmlische, wunderbare Weib zu suchen, dessen Fleisch grün ist wie das Pflanzengrün des Meeres und das sich an Land in Bananenstauden verwandelt«. aber er fand es nicht mehr. Die Beine trugen ihn kaum, so betrunken war er, und der struppige Macario wich ihm nicht von der Seite. »Du hast deine Kinder, hast deine Frau, hast dein Haus, bloß Verstand hast du keinen!«

Aber Lino wackelte nur mit dem Kopf, starrte vor sich hin und ließ die Unterlippe hängen.

Mitunter kam Lino mit Einbruch der Nacht betrunken zu den Arbeitern, die mit den Machetes das Unterholz schlugen, und sang ihnen vor:

»Usebia, wenn ich sterbe,
Bananen essend,
begrab mich nicht im Ort,
Bananen essend,
begrab mich auf der Weide,
Bananen essend,
wo das Vieh rumtrampelt
auf dem, was von mir übrig ist,
der Schale, der Schale,

der Schale der Banane.
Als Ruhekissen gebt mir
eine goldene Banane,
darauf geschrieben steht:
Hier ruht ein Unglücklicher,
ein Häuflein Bananenfleisch,
Bananenfleisch,
Bananenfleisch.«

»Mensch, das ist ja nicht auszuhalten«, schrie sein Bruder Juancho Lucero ihn an. »Ist bei dir denn Hopfen und Malz verloren? Es wäre besser, du wärst tot! Bringst uns noch alle unter die Erde. Mutter weint sich die Augen aus. Geh doch endlich zu deiner Patin, der Sarajobalda, vielleicht kann die dir helfen. Es wird immer schlimmer mit dir. Deine Nixe ist der Schnaps! Eine Schnapsnixe in Flaschenform.«

Die Patin hatte ihm gesagt, es sei gar nicht so einfach, den Chamá, den Zauberer, zu befragen. Man mußte genau wissen, an wen man sich wandte, an Rito Bin Perraj, Rito War Perraj oder Rito Werdesein Perraj. Um gut aufgenommen zu werden, mußte man sofort und ohne zu zögern die richtige Anrede finden. Rito Bin Perraj, wenn es der Vater, Rito War Perraj, wenn es der Großvater, und Rito Werdesein Perraj, wenn es der Enkel war.

Lino war fest entschlossen, niemals zu ihm zu gehen, aber der Niemalstag kommt doch einmal. Die Malaria packte ihn. Ein ekelhaftes Sumpffieber mit Schüttelfrost, eiskalten Händen, schmerzenden Gelenken und gallebitterem Geschmack im Mund. Wäre er nicht krank geworden, er wäre nicht gegangen. Aber die Augen lagen ihm tief in den Höhlen, sein Gesicht war fleckig vor Schmutz, denn er hatte tagelang im Freien geschlafen, im feuchten Bananenhain, der für ihn die Wärme des Frauenkörpers hatte, nach dem seine kranken Sinne verlangten. Manchmal zeigte er dem Struppigen oder seinem Bruder Juancho einen aufgeschnittenen Bananenstrunk, dessen Inneres gerippt war wie der Schwanz seiner Sirene. Es sah aus, als quelle aus Honigwaben säuerlicher Saft.

Ihn trieb aber auch das Mitleid zum Chamá, das er mit sich selbst hatte, wenn er seine Kräfte prüfte und sich im stillen eingestand, daß er höchstens noch als Quenque arbeiten konnte, als einer jener armen Teufel, die die Bananenstauden mit Gift besprühen, die aus der Stadt kommen, das häusliche Elend im Gesicht. Nur kein Quenque werden, dachte Lino. Dann schon lieber Bettler vor dem Kirchenportal. Arbeiten, ja, aber mit dem Machete oder beim Streckenbau. Doch dafür ... hm ... ehrlich gestanden ... langte es nicht mehr. Carla, wie ein Italiener seine Sirene nannte, sog ihm das letzte Mark aus den Knochen. Er stampfte auf, und Tränen der Verzweiflung traten ihm in die Augen. Er, Lino Lucero, nur noch gut zum Quenque! Er konnte die mitleidigen Reden der schwarzen Streckenarbeiter nicht länger ertragen und machte sich auf zum Chamá. Wie ein Bananenblatt war er, das unzählige tropische Ameisen fortschleppten, welk, kraftlos, das lange, verfilzte Haar benetzt mit Bordeauxsäure, denn zuletzt hatte er sich bei den Quenques herumgetrieben. »Meine Carla keine Donna, keine Sirene«, wiederholte der blauäugige Italiener, den der Chianti zugrunde gerichtet und der eingewilligt hatte, daß man ihn als Sklaven an die Tropicaltanera verkaufte. »Carla mia, keine Donna, keine Sirena, Carla mia Wein aus Italia, della mia Italia.«

Als Linos Nachtwandlergesicht im Türrahmen erschien, kniff der Chamá ein Auge zu. Groß war die Nacht, die sich herabsenkte, groß, sehr groß, wie der Mond, der dort hinten über dem Horizont aufstieg. Einer jener heißen Monde, wie es sie nur an der Küste gibt und deren Anblick schaudern macht. Lino hatte das unendliche Glück, unendlich wie die Nacht, den Chamá sofort mit dem richtigen Namen anzusprechen:

Rito War Perraj.

Der Alte, der schon die Tür schließen wollte, ließ die Hand sinken und neigte das graue Haupt vor. Hinter ihm zeigten sich verschwommen Rito Bin und Rito Werdesein, weswegen Lino rasch hinzufügte:

»Guten Abend auch, Rito Bin und Rito Werdesein Perraj.«

Im Halbdunkel leuchteten drei gelbe Maisgebisse. Aber ein Mund schloß sich, und vernehmen ließ sich die von den Jahren gezeichnete milde Stimme des Großvaters. Sie hieß Lino willkommen und forderte ihn auf einzutreten.

Die Hände des Alten — harte Knochenhände, um die schon die Leere des Todes war — berührten ihn und löschten ihn aus. Er lag auf der Matte in dem Zimmer neben der kleinen Küche, angeleuchtet vom bleichen Schein brennenden Ocoteholzes.

Er hatte vergessen, wer er war, obgleich er alle seine Namen aufzählte: Lino Lucero de León, Sohn des Adelaido Lucero und der Roselia de León de Lucero, Bruder des Juancho Lucero, Bruder des Eidechsleins, bester Freund des struppigen Gaitán, Mitglied der Genossenschaft.

Nichts Faßbares. Der Atemhauch des Chamá verwandelte ihn wieder in jene abstrakte Masse, die er vor der Taufe gewesen war, Fleisch vom Fleisch seiner Mutter und seines Vaters, stumme unstillbare Sehnsucht zweier Menschen, die sich liebten in einer Zeit, wo für ihn die Zeit nicht zählte.

Wann begann für ihn die Zeit zu zählen? An einem sechsten April neunzehn . . . neunzehn . . . Sogar das Datum seiner Geburt hatte er vergessen.

Der Zauberer löste ihn auf, trug ihn auf den Fingerspitzen, auf seinem zitternden Atem, in den sich greisenhaftes Ächzen mischte, in die Höhle der Fledermäuse, der von Flöhen und Hitze gepeinigten Fledermäuse, die nicht fliegen konnten, weil sie schliefen. Sie trugen den Wind in Spinnweben unter ihren Flughäuten eingerollt und flogen nur einmal in hundert Jahren auf, wenn der Chamá sie nicht vorher freiließ. Die hungrigen Flöhe stürzten sich auf Lino, saugten sich mit seinem Blut voll, summten wie Fiebermücken, und vor seinen Augen begannen runde Zwiebelscheiben zu kreisen. Sie kreisten, kreisten und kreisten, als hätte man ihm in jedes Auge einen Stein geworfen. Seine Stirn glich einem gerösteten Tragriemen. Die Hand des Chamá strich ihm den klebrigen Schweiß aus dem Haar, damit er ihm nicht in Augen und Nase liefe, die er mit Wurmsalbe aus Pfefferminzblättern eingerieben hatte.

Daß er geschlafen hatte, wußte er erst, als er aufwachte, daheim, aber nicht bei seiner Frau, sondern im Hause seiner Eltern, und an sein Ohr schlug wie ein Strahl klaren Wassers die Stimme der Mutter, die seiner Frau erklärte, der Chamá habe ein Abführmittel gesandt, mit der Weisung, es dem Kranken zu geben, sobald er die Augen öffne.

Dank der Wunderkraft, die dem Kern der Chicofrucht innewohnt, nahm Lino an Gewicht zu und genas in wenigen Wochen. Man zerrieb diesen Kern, dessen schwarze Traumhülle man gesprengt hatte, zu einer Paste, die in kleinen Portionen gegen Schwäche half, in größeren die Manneskraft erhielt.

Der alte Lucero, den das Rheuma an den Lehnstuhl fesselte, sagte ein um das andere Mal:

»Recht habe ich getan, daß ich meinen Sohn aus dem Hause gewiesen habe. Nun kann ich mich über seine Rückkehr freuen, nun ist er erst wirklich mein Sohn . . .«

»So schweig doch, Adelaido, red nicht solchen Unsinn.«

Die Schritte Lester Meads überraschten sie. Lange hatte er sich nicht blicken lassen. Doña Roselia ging ihm entgegen, um ihn zu begrüßen. Mead umarmte den Alten und Lino, dann setzten sich alle im Kreis um den Lehnstuhl des Kranken, vor sich das Panorama, das man von der Veranda aus überblicken konnte. Mead eröffnete ihnen, daß Lino in die Hauptstadt übersiedeln müsse.

»Aber wovon wird er leben? In der Stadt ist doch alles so teuer«, wandte Doña Roselia nach einer kleinen Pause ein.

»Er wird genug Geld mitbekommen.«

»Und was wird er dort arbeiten?« fragte Lucero nachdenklich und ein wenig schüchtern, denn Lesters Vorschläge waren fast immer Befehle. Als der Junge verhext war, hat er keinen Finger gerührt, dachte der Alte, aber jetzt kommt er und will ihn wegschicken.

»Er wird die richtige Arbeit finden. Hauptsache, er nimmt seine Gitarre mit und lernt so rasch wie möglich, nach Noten zu spielen.«

Der alte Lucero, der schon erklären wollte, daß er seinem Sohn verbiete, in die Stadt zu gehen, fühlte sich geschmeichelt. Es gibt keine größere Eitelkeit als die eines Vaters. Aber Doña Roselia blieb schweigsam, in sich gekehrt. Beinahe mußte sie die Augen schließen, so deutlich sah man ihre Gedanken: Da kommt dieser Unglücksmensch und schlägt vor, daß der Junge die Gitarre mitnimmt, die Gitarre, in der Linos Sirene verborgen ist.

»Zunächst sollte ihm Doña Leland etwas von Musik beibringen«, sagte sie mit gedehnter Stimme, »Adelaido ist krank, und ohne die Kinder stirbt man bald. Die Kinder sind ein Stück von uns selbst, ohne sie beginnt man, sich auf der Welt überflüssig zu fühlen, und das ist fast so, als riefe man nach dem Tod. Die Kinder, Mister Mead, geben uns Wärme.«

»Gut, Leland soll anfangen, ihm die Noten beizubringen. Aber ratsam wäre, wenn er ginge.«

14

Adelaido Lucero, es ist soweit, du mußt sterben. Du machst dich schon auf die Reise. Hier bleibt dir nichts mehr zu tun. Deine Söhne haben wieder Söhne. Roselia ist alt, daran ist nichts zu ändern. Und du, Alter, bist vom Rheumatismus der Küste gegerbt, von brennendem Rheumatismus, wie das Leder eines Packsattels.

Er schluchzte wie ein Kind, wenn man ihn allein ließ. Er kratzte sich, kratzte sich, kratzte sich. Kratzte sich immerzu den Kopf. Dann sah er um sich, ob einer da war. Mit großer Anstrengung hob er für einen Augenblick den Nacken. Wer war da? Roselia? Natürlich, Roselia. Noch lieber wäre ihm einer der Jungen gewesen. Einer von ihnen war immer in der Nähe, falls er etwas benötigte. Am anhänglichsten war der Jüngste, Rosalío Cándido, den sie noch immer Eidechslein nannten. Aber an diesem Abend feierten sie in einem hellerleuchteten, mit bunten Papiergirlanden geschmückten Schuppen die Einweihung der Fabrik, in der sie das Bananenmehl herstellen wollten. Die Hände Lester Meads, die Hände Lelands, die

Hände aller griffen in die Behälter, die sich mit dem kostbaren Mehl füllten, während die Welle sich vibrierend drehte und die Treibriemen wie endlose Schlangen die magische Bewegung, die von einem Motor mit anderthalb Pferdestärken ausging, auf das Mahlwerk übertrugen.

»Ich werde sterben, Roselia, Adelaido Lucero wird sterben, ohne die Wahrheit zu erfahren. An alldem, was du mir von der Genossenschaft der Jungen mit dem verrückten Cosi erzählt hast« — den Namen Lester Mead glaubte ihm der Alte nicht —, »ist etwas faul. Ich weiß, was ich sage, Roselia. Etwas ist faul. Mir kann keiner weismachen, daß sie sich, wie du sagst, alles von ihrem bißchen Ersparten angeschafft haben. Und nun noch die Mühle. Irgendwas ist faul.«

»Auch wenn du an die Sache mit dem Holztransport denkst und an die trächtigen Stuten?«

»Und ich sage dir, daß er einen Pakt mit dem Teufel hat. Erinnere dich, wie wir ihn kennengelernt haben. Damals verkaufte er ... ja, was eigentlich? Er hatte doch nichts als sein gellendes Lachen, das durch Mark und Bein ging. Und er schlief, wo die Nacht ihn überraschte, aß — jetzt muß ich selber lachen —, er hungerte eher.«

In der Mühle spielte eine Marimba, die sie aus dem Ort geholt hatten. Und schon tanzten einige Paare auf dem mit Piniennadeln bedeckten Lehmboden eines Hofes. Mead legte den Arm um Leland. Ein Walzer. Sie strahlte vor Glück, von diesem Mann geliebt zu werden. Ihr Glück war größer als das aller Frauen, die je geliebt worden waren, denn der Mann, der sie liebte, war außergewöhnlich. Sie schmiegte sich an ihn, um seinem Herzen so nahe wie möglich zu sein. Und Lester zog sie an sich, sanft, als wäre sie seine Braut und dies ihr erster Tanz. Er liebte sie, weil sie zu ihm gekommen war, als er noch Cosi war, der närrische Händler, der alles hatte, »was Sie für den Nähkorb brauchen«, Cosi, der seinen Kram mit einem durchdringenden, langen, tieftragischen Lachen anpries. Er konnte der Versuchung, sie zu küssen, nicht widerstehen, er drückte seine Lippen neben ihrem Haar auf das Ohr, ließ dann seinen Mund in der duftenden, warmen, seidigen Flut versinken, dem Gold mit dem Glanz von Bananenblättern, unter dem er ihre Schädeldecke spürte. Sie fühlte sich schön unter seinem Kuß, und sie wünschte sich, daß alle sie so sähen, eingehüllt in den Kuß ihres Mannes.

»Sie geben nichts aus, Adelaido, ich sage dir, daß sie nichts ausgeben. Da muß jeder vorankommen. Alles, was sie verdienen, legen sie auf die hohe Kante, und vom Ersparten heben sie nur ab, was sie unbedingt brauchen.«

»Erzähl doch keine Märchen. Glaubst du denn, daß so eine Mühle zwei Pesos kostet? Oder die Stuten, das Land der Fuetés und der Jarríns? All das ist doch mehr wert als ein paar Eierschalen. Und wieso befördert ihm die Eisenbahn, die keinem was befördert, die ganze Fracht? Das kostet, Roselia, kostet, und er kann es nur bezahlen, weil er seine Seele dem Teufel verkauft hat, und der gibt ihm und gibt ihm, bis sein Tag kommt . . .«

»Vielleicht ist was dran«, murmelte Doña Roselia, »aber gerade wir haben keinen Grund, ihm Böses nachzusagen. Wir am wenigsten. Denk nur, wie er zu den Jungen ist und was er für sie getan hat. Und hast du vergessen, wie er sich damals darum gekümmert hat, daß Juancho zu Frau und Kindern zurückkehrte?«

»Das ist es, darauf wollte ich hinaus! Ehe ich Gott meine Seele anempfehle . . .«

»Red doch nicht immer vom Sterben.«

»Unterbrich mich nicht, Frau. Bevor ich die Augen schließe, will ich, daß mir meine Söhne beim Kreuz schwören, daß sie keinen Pakt mit dem Teufel geschlossen haben und es auch nie tun werden.«

»Sag ihnen, daß sie schwören sollen . . .«

»Könnte es nicht schon heute sein, Roselia?«

»Heute sind sie beim Fest, da werden wir ihnen doch nicht die frohe Stimmung verderben! Sieh dir lieber deine süßen Enkelchen an, statt dauernd vom Satan zu reden.«

»Und wenn das, was sie haben und was sie ausgeben, doch zusammengestohlen ist und sie eines Tages dafür ins Kittchen müssen?«

»Dann wird sich schon erweisen, daß sie unschuldig sind.«

»Es wird sich erweisen . . . inzwischen aber sitzen sie, als Komplicen . . .«

»Du läßt mich an Dinge denken, an die ich nicht denken will. Wenn es so ist, sollen sie lieber einen Pakt mit dem Teufel haben.«

»Frau!«

»Also keins von beiden. Aber du bringst einen ja auf solche Gedanken . . . Es gibt nichts Schlimmeres als die Zunge; die Zunge der Alten ist Sanftheit oder Gift.«

»Der einzige, der uns Genaues sagen könnte, ist Mister Rose; ich kenne ihn gut, und manchmal schaut er hier herein. Aber ich bin ja krumm wie eine verwelkte Staude, und er sagt mir nie auf Wiedersehen, vielleicht weil er mich nicht belästigen will. Ich müßte den Kopf heben, und das kostet mich soviel Mühe.«

»Den frage ruhig. Als die Geschichte mit Lino passierte, hat er uns besucht und sehr viel Anteil genommen.«

»Und ob ich ihn frage! Als Vater ist man für seine Söhne verantwortlich, auch wenn sie schon erwachsene Kerle sind. Sie sollen weder als Diebe eingesperrt werden noch ihre Seele dem Teufel verkaufen. Sie sollen ehrlich arbeiten wie ihr Vater, aber als freie Bauern auf eigenem Grund und Boden . . .«

»Das ist doch alles geschafft. Wir können uns wirklich nicht beklagen.«

»Geschafft ist es, aber . . . laß uns lieber nicht darüber reden, Roselia. Geschafft, ja, aber vielleicht ist es gestohlen oder vom Teufel. Und ich weiß nicht, was ärger ist.«

In dieser Nacht war das Land mit leuchtenden, grünen Punkten übersät, als würde die Bananenpflanzung unter der Hitze des Himmels Augen in Gestalt von Leuchtkäfern tanzen lassen. Von Semírames aus sahen die beiden Alten die Lichter des Hauses, in dem gefeiert wurde. Sie strahlten hinter einem großen Vorhang von Bäumen, der sich halb den Hügel hinaufschob, zwischen die Mühle im Tal und Semírames, das oben auf der Höhe lag.

»Ich habe Schritte gehört«, sagte die alte Roselia nach langem Schweigen, »da scheint jemand zu kommen.«

»So spät? Das kann nur der Doktor sein . . . Wenn er es ist, frage ich ihn. Wie kann ich ruhig sterben mit dieser Ungewißheit?«

Die freundliche Art des Arztes heiterte das Ehepaar auf. Während der Alte das Gesicht verzog, tastete ihm die Hand des Doktors schnell wie eine Spinne die Rippen auf der Herzseite ab. Mit den zirkelförmig gespreizten Fingern zeichnete er einen Halbkreis. Dann zog er die andere Hälfte des Kreises nach und legte dort das Ohr auf ein Seidentüchlein.

Aber mehr noch als auf Adelaidos Herzschlag schien er auf das zu lauschen, was draußen vorging, denn er hob den Kopf und fragte:

»Ist hier in der Nähe eine Marimba?«

»Ja, unten im Tal, sie weihen die neue Mühle ein«, antwortete Doña Roselia, während sich ihr Mann das Hemd zuknöpfte, oder besser, die Zipfel des Hemdes verknotete, denn wann gelang es ihm schon, mit seinen krummen Fingern eins dieser Perlmuttknöpfchen durch ein Knopfloch zu bekommen?

»Hören Sie, Doktor, Sie sagen doch immer, ich sei ein alter Querkopf. Aber so verdreht bin ich nicht, daß ich mir nicht mein Teil bei der Einweihung der Mühle denke! Da stimmt was nicht.«

»Ihre Söhne müssen es doch wissen.«

»Die wissen nichts. Deshalb will ich ihnen ja die Augen öffnen. Was Mister Mead treibt, ist mir nicht geheuer.«

Doña Roselia räusperte sich. Sie täuschte einen Hustenanfall vor, um den Alten aufmerksam zu machen, daß er Dummheiten sagte.

»Nun ...«, erwiderte der Arzt, »soviel ich weiß, hatte die Tropical Platanera Company drei berühmte Detektive aus den Staaten hier, doch sie haben über das Geheimnis Lester Meads nichts herausbekommen. Ist er ein Abenteurer? Ein Spezialist für Genossenschaftswesen? Ein Schwärmer? Fest steht, Don Adelaido, daß er sich die Sympathie und die Achtung aller verschafft hat.«

»Er ist so hilfsbereit«, rief Doña Roselia aus.

»Und ich glaube, daß er einen Pakt mit dem Teufel hat.«

»Wir wissen von ihm nur, daß er schon immer Umgang mit Bananenpflanzern gehabt hat. Bei uns und in anderen Ländern.«

»Setzen Sie sich doch, Doktor.«

»Nein, Señora, ich muß gehen ... Ich habe mich neulich mit ihm unterhalten und mir seine ökonomischen Theorien erklären lassen. Die Indios von San Jacinto gehen an die andere Küste, arbeiten auf den Bananenplantagen und kehren reich nach Hause zurück. Die Kreolen hingegen kommen hierher, den Kopf voller heroischer Flausen, und bleiben hier hängen, oder aber sie kehren als Wracks zurück. Sie sollten nicht über den Teufel, sondern über die Sparsamkeit der Indios von San Jacinto nachdenken.«

Der Doktor brach auf und veranlaßte Doña Roselia durch einen Wink mit dem Kopf, ihn ein Stück zu begleiten. Als sie zurückkam, waren ihr die Füße schwer wie Blei. Lucero hatte die Augen geschlossen, sein Gesicht war eine mit Schweißperlen benetzte Greisenmaske. Aber noch atmete er, wenn auch schwach. Sie legte ihm die milde Altfrauenhand auf den Kopf. Um ihn herum sah man schon nichts mehr. Da war die Nacht, der Schatten, das Reich des Todes, in das er eingehen würde, sobald sein Herzschlag stockte. Sie schloß die Augen, um die Tränen zu zerdrücken wie dicke Maiskörner unter einem Mühlstein. Es war traurig, ein Leben verlöschen zu sehen, um den armen, verbrauchten Alten herum schon die ganze Nutzlosigkeit der Welt, die Nutzlosigkeit der Dinge zu empfinden. Sie hockte sich neben ihn, tastete nach seiner Hand — sie wollte bei ihm sein, bis an sein Ende — und öffnete die Lippen, um zu sagen: »Mein Gott!«

»Die Sparsamkeit der Indios von San Jacinto«, murmelte der alte Lucero vor sich hin.

Der letzte Anfall dauerte lange. Eines Tages trugen sie ihn zur Mühle. Er hatte nie zuvor Bananenmehl gesehen. Alles war für den Export bestimmt. Er hielt dieses weiße Gold in den Händen. Er kostete. Er bat, ihm ein wenig davon an die Lippen zu führen, und mehr als er kostete, küßte er es. Bananenmehl. Mehl des tropischen Gottes, Mehl für die Hostien einer neuen Religion, der Religion der

Menschen. Dann zeigte man ihm die Büchsen, größere und kleinere, die zum Versand bestimmt waren, und die Etiketten darauf.

15

Die Frau Bastiancito Cojubuls hütete das Haus der Meads, die einige Wochen abwesend waren. Jetzt könnte man endlich einmal alles durchstöbern! Schade, daß ich nicht mehr aufstehen, mich nicht mehr rühren kann. Der alte Adelaido Lucero kam trotz der »Sparsamkeit der Indios von San Jacinto« immer wieder auf seine Zweifel zurück. Und mit ihnen starb er. Eines Tages, als sie in Semírames sein Zimmer betraten, fanden sie ihn, wie eine Küchenschabe bedeckt von Fliegen, tot. Die Totenfeier. Die neuntägige Andacht. Doña Roselia konnte Schwarz nicht ertragen. An der Küste versengte das dunkle Zeug die Haut. Und, pflegte sie zu sagen, war das Alter nicht Trauer genug? »Das Alter ist das Trauerkleid des Lebens. Man hat so viele Menschen hinwegsterben sehen, daß man davon alt geworden ist.«

April und Mai waren wie loderndes Feuer. Dabei hätte es an der Küste längst regnen müssen. Aber dieses Jahr war noch kein Tropfen gefallen. Endlich kam der Regen. Doch es schien, daß ihn die Vögel auf ihren Flügeln hergetragen hatten. Ein Guß, und gleich darauf trocknete die Sonne alles auf, machte die Erde hart wie ungebrannten Ziegel. Das war kein Regen, dem man stundenlang zuschaute, mit dem man schlafen ging, wieder aufwachte und sich am nächsten Abend von neuem niederlegte.

Um den Leib Adelaidos ein wenig zu vergessen, der für Doña Roselia noch immer in der Kälte und Leere des Hauses geblieben war, stieg sie den Hügel hinunter zum Haus der Meads, ein kurioses Gebäude aus lauter Baumstämmen, das in der Sprache der Fremden Bungalow hieß. Es war umgeben von Gärten, die nach Doña Roselia keine Gärten waren, sondern gepflegte Rasenstreifen. Bastiancitos Frau war sehr zuvorkommend. Kaum war die alte Roselia bei ihr erschienen, zwar nicht im Trauerkleid, aber mit der Trauermiene einer Witwe und Mutter, da brachte sie ihr auch schon eine Tasse Schokolade. Diese ausländische Schokolade schmeckte sehr gut. Die einheimische taugte nichts, viel zuviel Zucker und zuwenig Kakao. Einer ihrer Jungen hatte erzählt, daß Mister Mead vor seiner Abreise Land gekauft habe, um den Kakaoanbau voranzutreiben. Kakao bringe viel mehr ein als Kaffee und Bananen. »Ich hätte nie gedacht, daß meine Söhne so reich würden«, überlegte die alte Roselia und schlürfte nachmittags um zwei an der Küste die dampfende Schokolade. Sie hatte zu Gott gebetet, daß er aus den Jungen tüchtige Arbeiter machte, aber nicht reiche Leute. Reichtum zog Unglück und Verdruß ins Haus, man hatte es oft genug gesehen. Reiche hatten ein hartes Herz. Und gab es ein größeres Unglück als ein hartes Herz? Aber die Jungen waren nun mal zum Glück bestimmt, so wie andere bestimmt waren, ihr Leben lang Pech zu haben ...

Seit Leland Foster in die Tropen gekommen war, um die Ferien bei dem alten John Pyle, ihrem ersten Mann, zu verbringen, hatte sie die Plantage nicht mehr verlassen. Sie hatte nicht einmal die Landeshauptstadt besucht, geschweige denn die Vereinigten Staaten. Ein einziges Mal — es war schon recht lange her — hatte sie die Koffer gepackt, aber da kam Mead zurück, und sie blieb zu Hause. Da ihr das Reisen mit der Eisenbahn auf die Nerven ging, entschloß sich Lester, den Wagen zu nehmen. Sie würden ihn unterwegs in einer Autowerkstatt abstellen, um ihn überholen und lackieren zu lassen. Wenn sie zurückkehrten, würde er dann so gut wie neu sein.

Die Freunde, die ihre Abwesenheit erst bemerken würden, wenn sie schon unterwegs waren, würden gewiß große Augen machen! Vor allem weil Leland mitfuhr; denn daß Mead verreiste, war nichts Neues für sie, er war häufig unterwegs. Leland würde auch zum erstenmal mehrere Stunden hintereinander fliegen. In der Hauptstadt blieb ihr gerade noch Zeit, sich ein halbwegs ordentliches Kostüm, Hut, Handtasche und Schuhe zu kaufen und einen kleinen Rundgang zu machen. Die strahlenden Lichter riefen bei ihr den Eindruck hervor, in einer anderen Welt zu sein, im obersten Stockwerk der Luft.

Aber in einer anderen Welt war sie erst, als sie einige Stunden später aus dem Flugzeug stieg, in der stinkigen, metallischen Atmosphäre der Stadt New York. Wie viele Jahre war sie nicht in New York gewesen! Sie stand vor dem riesigen Spiegel ihrer fürstlichen Wohnung und schüttelte den Kopf. Die Villa, die Meads Freunden gehörte, lag in einem der schönsten New Yorker Vororte. Als Leland das Speisezimmer betrat, wurde sie von Mead erwartet, der Zeitung las und einige Telegramme überflog. Sie ging in die Bibliothek und wählte sich unter den Shakespearebänden »The Taming of the Shrew« aus. Das grüne Gold ihres Haares, ihre braunen, mandelförmigen Augen, ihre weiße Schönheit, alles lachte, als sie in das Speisezimmer zurückkehrte und zu Mead sagte:

»Ich muß wieder Shakespeare lesen, damit es mir nicht so geht wie dem Träumer Perillán.«

»Wenn hier einer die Rolle Perilláns spielt, dann ich ... Meine

Anwälte haben mich zu sich gebeten.«

»Hast du etwa ein Vermögen geerbt?«

»Ich weiß nicht, jedenfalls nimmst du den andern Wagen.«

»Welchen, Herr Herzog?«

»Den, den dir meine Bekannten zur Verfügung gestellt haben.«

»Bekannte? Seit ich in diesem Haus bin, habe ich niemanden gesehen. Höchstens Fotos.«

»Die Besitzer, meine Freunde, sind in Europa und leiten ihre Geschäfte von dort aus.«

Die Anwälte, Zwillingsbrüder, erwarteten Lester Mead. Schon wenn sie beisammen waren, konnte man sie kaum auseinanderhalten, hatte man aber nur einen vor sich, so war es ein Ding der Unmöglichkeit, zu sagen, welcher es war. Lester Mead war deshalb herzlich froh, daß er sie bei der Begrüßung nicht verwechselte, daß er Alfred Alfred und Robert Robert nannte. Es waren die beiden berühmten Anwälte Alfred und Robert Doswell.

Nach der Begrüßung nahm Mead vor dem großen Diplomatenschreibtisch Platz, der für zwei Personen eingerichtet war, zwei Personen, die aber eine einzige darstellten, denn sie hatten gewissermaßen alles gemeinsam, die Gestalt, die Geschäfte, den Geschmack.

»Unsere Aktionäre«, sagte Robert Doswell, »brennen darauf, die Ergebnisse Ihres Experiments zu erfahren. Vielleicht könnten wir schon heute nachmittag eine Versammlung einberufen.«

Während Alfred sprach — aber nein, es war ja Robert —, während also Robert sprach, zückte Alfred einen Block, bereit zu notieren.

»Meinetwegen kann die Zusammenkunft heute nachmittag stattfinden. Sie müssen mir nur sagen, wann«, erwiderte Mead.

»Wir schlagen vier Uhr vor«, sagte Alfred, während er schrieb.

»Einverstanden.«

»Einen Augenblick bitte, Mister Stoner« — es kam Mead seltsam vor, daß man ihn bei seinem richtigen Namen nannte —, »telefonieren wir erst noch mit Washington. Die Aktionäre unserer Gruppe wünschen, daß jemand vom State Department zugegen ist, wenn Sie Ihren Bericht verlesen.«

»Dann rufe ich inzwischen meine Frau an. Vielleicht ist sie noch zu Hause, und ich kann sie benachrichtigen.«

»Also um vier Uhr, Mister Stoner«, sagte einer der beiden Brüder, aber diesmal wußte Lester nicht, ob es Alfred oder Robert war.

Der Bericht war sehr bitter, obwohl er nicht des Humors entbehrte. Stoner, der einen kupferbraunen Anzug trug, begann eine Minute nach vier Uhr zu sprechen. Die Aktionäre saßen in niedrigen Sesseln. Vom State Department in Washington war eine hohe

Persönlichkeit gekommen, ein schroffer Mensch mit weißem Haar und Seehundbart.

»Sie wissen jetzt«, schloß Stoner, »mit welchen Methoden die Tropical Platanera Company arbeitet, der anzugehören ich die Ehre habe, wenn man es als Ehre bezeichnen kann, einer Gesellschaft von Schacherern, Menschenhändlern und Sklavenhaltern anzugehören. Diesen Zustand verdanken wir der von uns eingeschlagenen Politik. Es liegt an Ihnen, das Übel abzustellen. Wir dürfen so nicht weitermachen, wenn wir nicht unser letztes Prestige, wenn wir nicht alles verlieren wollen, was wir in den amerikanischen Tropen besitzen. Die Praxis hat bewiesen, daß wir nicht einen Cent einbüßen, ja daß wir unsere Gewinne vielleicht erhöhen können und daß wir nicht als Feinde, sondern als Freunde angesehen werden, wenn wir auf unsaubere Machenschaften verzichten, wenn wir mit den Einwohnern dieser Länder zusammenarbeiten und ihnen helfen, ihren Lebensstandard zu erhöhen. Wir sind weder aufrichtig zu ihnen noch respektieren wir die Gesetze der Länder, in denen wir arbeiten. Sie hassen uns, nicht weil wir Nordamerikaner, sondern weil wir schlechte Nordamerikaner sind. Es ist verhängnisvoll, Tag für Tag treten wir die Hoffnung derer mit Füßen, die ihr Land bebaut haben, um in Frieden zu leben. Diese Menschen stellen sich gegen uns, weil wir mit feindlichen Absichten zu ihnen kommen. Wir haben es nicht verstanden, uns so zu benehmen, wie es sich für ehrliche, anständige Kaufleute und Industrielle gehört. Wir glauben, uns sei alles erlaubt, weil die Macht des Dollars hinter uns steht. Ich aber glaube, behaupte, erkläre: Sollte sich eines Tages die Weltlage zu unseren Ungunsten verändern, so wird uns der Haß jener Völker treffen, ein Haß, so hoch wie die Berge Bananen, deren Ankauf unsere Angestellten heute Tag für Tag verweigern.«

Lester trank einen Schluck Wasser und fuhr fort:

»Diese Leute werden allmählich unser überdrüssig, und wir kommen mit ihnen nicht mehr zurecht. Die Drohung, daß wir fortgehen und anderswo Plantagen anlegen, wenn man uns verärgert, zieht nicht mehr. Es geht ihnen so schlecht mit uns, daß es ihnen ohne uns nicht schlechter gehen könnte. Schließlich ist auch die geographische Lage gegen uns. Wo können wir unsere Plantagen anlegen, wenn wir doch in der nächsten Nachbarschaft bleiben wollen. Nirgends. Denn der Presse, die unsere Interessen vertritt, schenkt kein Mensch mehr Glauben, und unsere Anwälte sind nicht mehr Diener des Gesetzes, sondern Polizeibüttel in unseren Diensten. Wir beteiligen einige an unseren Geschäften und machen sie uns hörig, andere bestechen wir mit Geschenken. Und die junge Industrie und der Handel unserer Nachbarn fallen unserer monopolistischen Gefräßigkeit zum Opfer . . . Aber was immer wir tun, es geschieht im Namen der Zivilisation! Wir bringen den Fortschritt ins Land und mit dem Fortschritt den Alkohol, der den Menschen jede Würde nimmt. Jetzt sterben sie nicht mehr an Malaria, sondern sie gehen an Whisky, Rum und Branntwein zugrunde. Und unsere eigene Würde besteht darin, durch einen Anruf bei der Botschaft zu verteidigen, wofür wir früher selbst einstanden, wie es Männern geziemt.«

Stoner, der heiße, trockene Lippen bekommen hatte, trank sein Glas leer und sprach weiter:

»Man vermag hohe Gewinne zu erzielen, ohne die Arbeiter auszubeuten, die selbständigen Pflanzer zu ruinieren und seine Konkurrenten kaltzustellen. Das ist nicht nur meine persönliche Überzeugung, das beweisen auch die Ziffern, die die Herren Aktionäre bei meinen Anwälten jederzeit einsehen können.«

Lester hob die Stimme:

»Jetzt kommt es darauf an, die Direktoren, die heute die Gesellschaft leiten und alles einer Politik des Profits unterordnen, durch Männer zu ersetzen, die unsere gewaltigen finanziellen Mittel richtig zu gebrauchen wissen, gesunde, stabile Verhältnisse schaffen und verhindern, daß uns das, was wir haben, immer mehr aus den Händen gleitet. Ich fordere eine neue, weitsichtige Finanzpolitik, die, ohne unsere Gewinne zu schmälern, auch die Zukunft im Auge hat. Sie haben sich noch nie den Kopf darüber zerbrochen, wie eine solche Politik aussehen soll. Die anderen Aktionäre ebensowenig, weil sie keine Ahnung haben, was dort vorgeht. Suchen wir deshalb unverzüglich unter denen nach neuen Anhängern, die den wahren Sachverhalt nicht kennen, und wenn wir erst die Mehrheit darstellen . . .«

Geräuschlos rollte der riesige Wagen eine der Autobahnen entlang, die von der New Yorker Innenstadt hinaus ins Freie führen. Leland, die neben ihrem sehr schnell fahrenden Mann saß, rückte ein wenig von ihm ab, um ihn besser sehen zu können, und sagte herausfordernd: »Ich muß dir etwas gestehen, du sollst nämlich wissen, was ich von dir denke . . . Ja, es ist besser, du weißt es. Ich habe zu dir aufgeblickt wie zu einem höheren Wesen, aber das ist vorüber, mein Glaube an dich ist zusammengebrochen . . . Du bist ein so niederträchtiger Heuchler, daß ich deine Anwesenheit nicht einen Tag, nicht eine Minute länger ertrage. Auf der Plantage hast du manchmal mit den Männern auf dem nackten Erdboden geschlafen. Dort wurde kein Centavo für Überflüssiges ausgegeben — was heißt Überflüssiges! Nicht für das Notwendige — Luxus gab es ja nicht . . . Du hast dich mit Macario wegen des bißchen Seidenzeugs überworfen, das er seiner Frau im Laden der Gesellschaft gekauft hat. Und warum das alles? Nur damit du in den Augen dieser armen, unwissenden Menschen nicht wie der Komödiant dastehst, der du in Wirklichkeit bist . . .«

Der Widerschein der Stadt breitete sich über die Felder aus wie der Schweif eines großen Kometen. Verletzt durch das Schweigen ihres Mannes, der trotz ihrer scharfen Worte keine Muskel seines Gesichtes bewegte, das Grün der Augen unverwandt auf das graue Asphaltband der Autobahn gerichtet, schwieg Leland und unterdrückte nur mühsam ein Schluchzen.

Schließlich fragte Lester, ohne den Kopf zu wenden:

»Wer ist dir denn lieber, der Puritaner vom Lande oder der New Yorker Weltmann?«

»Zyniker!«

Wieder blieb Lester stumm, aber Leland vermochte nicht länger an sich zu halten. Ein Strom dicker Tränen lief ihr über die Wangen. Schweigend, reglos, als wäre sie ein Teil vom summenden Mechanismus des lautlos dahinrollenden großen Autos, weinte sie vor sich hin. Nur das Spitzentüchlein, das sie an die Nase führte, um sich zu schneuzen, verriet, daß sie weinte.

»Einen gewissen, vielleicht überflüssigen Aufwand muß man leider treiben, wenn man einen Bankkredit in der Höhe aufnehmen will, wie ich ihn verlangt habe. Einen langfristigen Kredit, der uns erlaubt, die Banane industriell auszuwerten und andere tropische Früchte anzubauen.«

Leland hob den Kopf. Auf dem Grund ihrer vom Weinen feuchten Augen saßen zwei kleine, leuchtende Punkte, als sie leise sagte: »Verzeih mir, Lester, ich bin ein dummes Frauenzimmer. Außerdem hat mich die Stadt aus dem Gleichgewicht gebracht. Es tut weh, New York nicht so vorzufinden . . . wie man es erträumt, sich vorgestellt hat . . . sondern als eine Menschenmühle, geschaffen, die Kräfte bis zum äußersten zu erschöpfen, uns alle zu verschlingen, eine häßliche Riesin, ohne Gefühl. Ach, Liebster« — sie schmiegte sich an ihn —, »du spielst deine Doppelrolle so gut, als Einsiedler und Weltmann, City-Bankier und Plantagenbesitzer, daß man wirklich nicht weiß, in welcher Rolle du am besten bist. Mir gefällst du in jeder, denn in jeder bist du ganz du selbst. Deshalb habe ich so gelitten, weil ich fürchtete, du würdest das schöne Bild zerstören, das ich in mir trage, das Bild des Mannes, der alles erreicht, was er sich nur vornimmt.«

»Wir fahren bald ab. Auch ich möchte fort von hier. Ich bin wie ein Gefangener, der die Tage bis zu seiner Flucht zählt. Zu denken, daß es Meere, Berge, Vulkane, Seen und gewaltige, nach Früchten duftende Ströme gibt, während hier Millionen von Menschen ihr

Leben lang eingesperrt sind, in stinkenden, grauen Häusern und Büros . . .«

Die Anwaltszwillinge zeigten Mead, für sie war er Stoner, wieder ihr doppeltes Gesicht — ein und dasselbe Individuum vor zwei Spiegeln, Alfred und Robert, Robert und Alfred —, als er kam, um ihnen Lebewohl zu sagen und einige wichtige Dokumente zu unterzeichnen. Seine Unterschrift genügte, daß man ihm einen Kredit von einer halben Million Dollar gewährte. Und dann noch das Testament. Universalerbin war seine Frau Leland Stoner geborene Foster und im Falle ihres Ablebens die Firma Mead-Cojubul-Lucero-Ayuc-Gaitán.

Als Leland das Anwaltsbüro betrat, erhoben sich alle.

»Man hat vor der Abreise immer so viel zu besorgen. In letzter Minute fällt einem noch dies und das ein«, entschuldigte sie sich. Dann wandte sie sich an ihren Mann: »Wir kommen doch noch rechtzeitig, nicht wahr?«

Die Anwälte Doswell verneigten sich, küßten Leland die Hand und verabschiedeten sich von Lester Mead — für sie war er Lester Stoner —, und eine Minute später schloß sich die Tür hinter dem Ehepaar, automatisch und lautlos, wie sie sich geöffnet hatte.

»Ich verstehe nicht, wie du die zwei auseinanderhältst. Wer ist eigentlich wer?«

»Ich vermeide, mich nur mit einem von ihnen zu treffen. Wenn ich mich telefonisch anmelde, sage ich immer, daß ich mit beiden sprechen will, und ich glaube, ich bin bis heute der einzige unter ihren Klienten, der sie bei der Begrüßung noch nicht verwechselt hat.«

»Mir ist, als nähme der heutige Tag nie ein Ende, als würde ich nie wieder abreisen. Doch hier würde ich nur leben wollen, wenn ich Millionärin wäre . . .«

»Aber das bist du ja . . .«

»Dann bleibe ich also . . .«

»Du bist die Erbin eines der größten Aktionäre der Tropical Platanera Company, und deine monatlichen Einkünfte werden nie geringer sein als . . . na, setz einen beliebigen Betrag ein, von hunderttausend Dollar an aufwärts.«

»Ich werde eines Tages Millionärin sein, weil die Gesellschaft Mead-Cojubul-Lucero-Ayuc-Gaitán die Tropicaltanera schlucken wird und wir, wie ich hoffe, dann die meisten Aktien haben.«

»Bevor wir abreisen, mußt du nur noch den Shakespeareband an seinen Platz stellen. Noch ist Zeit dazu . . .«, man hörte das Lachen Lesters, der wiederholte, während sie durch den schattigen Garten der Villa fuhren: »Noch ist Zeit dazu.«

Zu Lelands größter Verwunderung hatte sich das dunkle Haus in ein feenhaft erleuchtetes Schloß verwandelt; überall brannte Licht, in den Zimmern, auf den Treppen, Gängen, Terrassen, in allen Winkeln.

»Deine Freunde sind zurückgekehrt. Welch angenehme Überraschung! Es hätte mir wirklich leid getan, wenn ich weggefahren wäre, ohne sie kennengelernt zu haben. Wir hätten eher kommen sollen, gleich nachdem wir die Anwälte verließen, dann hätten wir mehr Zeit für sie«, sagte Leland aufgeregt, als sie aus dem Wagen stiegen.

Damen im Abendkleid und Herren im Smoking eilten herbei und hießen sie willkommen. Seltsam nur, daß sie ihn nicht Mead, sondern Stoner nannten. Leland, die glaubte, der herzliche Empfang sei darauf zurückzuführen, daß man sie mit diesen Stoners verwechselte, bat ihren Mann, den Irrtum aufzuklären. Ihre Verwirrung wurde noch größer, als sie unter den Gästen die Anwaltszwillinge entdeckte. Die ärgerliche Verwechslung verdarb ihr die gute Laune, und sie mißtraute sogar ihrem Mann. Ob er sich am Ende als jemand anders ausgab? Frauen neigen nun einmal dazu, ihren Ehemännern zu mißtrauen. Dann aber fiel es ihr wie Schuppen von den Augen, und sie war sehr bedrückt. Sie war also wirklich Millionärin, Lester hatte nicht gescherzt. Die Erkenntnis kam so plötzlich, daß sie sich ängstigte. Aber nach dem ersten Glas Sekt verflog die Depression. Sie lachte mit Alfred und Robert Doswell, denen sie jetzt, da sie Freunde blieben, ihre Schwierigkeiten gestand, sie auseinanderzuhalten. Sie lachte mit den mürrischen Teilhabern der Tropical Platanera Company, die zusammen mit Stoner die verderbliche Finanzpolitik ändern wollten, sie lachte mit den Damen, die sie beglückwünschten und bezaubernd fanden. Selbst der gewichtigen Persönlichkeit aus dem State Department entlockte sie ein Lächeln, als sie erzählte, wie ihr Mann die Rolle des Cosi gespielt hatte. »Alles, was Sie für den Nähkorb brauchen.« Und Leland lachte mit jenem »Haha, hahaha«, das sie noch immer im Ohr hatte wie den Wasserstrahl einer heißen Dusche.

Lester führte sie hinaus auf die Terrasse. War sie berauscht von dem einen Glas Sekt? Oder vom Vergnügen? Leland antwortete nicht. Sie legte ihrem Mann die Arme um den Hals, küßte ihn und flüsterte:

»Ich bin berauscht von dir.«

Ein kleines Orchester spielte, was Leland sich wünschte. Sie gingen hinein und tanzten. Später, als sie nach dem Tanz auf die Terrasse zurückkehrten, lachte Leland nicht mehr.

»Ich weine«, murmelte sie, und ihr Gesicht war naß von Tränen.

Man hatte sie allein gelassen, die Gäste hatten sich zurückgezogen; denn es gibt Augenblicke, da selbst Freunde überflüssig sind, Augenblicke, die allein dem Paar im Paradies gehören. Darum hatten sie sich zurückgezogen, die Gäste, deren Gewicht, in Gold aufgewogen, so viel wert war wie ihre Aktienpakete bei der Gesellschaft. Auch der Alte mit dem Backenbart und den ironisch blikkenden Äuglein unter weißen Brauen, der die dicken Hände auf dem Bauch zu falten pflegte und am entschiedensten den Plan verfocht, die Finanzpolitik der Tropical Platanera Company nicht nur zu ändern, wie es seine gemäßigteren Kollegen wollten, sondern für eine Änderung von Grund auf war — die Sozialisierung des Unternehmens.

Durch die Stille drang Musik. Aber was sie hörten, waren nicht Orchesterklänge, sondern die Erinnerung an sie. Leland löste sich aus Stoners Händen und flüchtete in den Garten.

»Wohin willst du?« rief Lester ihr nach.

»Dorthin, wo Mead, der Arme, auf mich wartet.«

»Hier wartet er auf dich, nicht im Garten, sondern im Werk Shakespeares.«

Sie, Leland, sah sich um ihren Auftritt gebracht, kehrte um, strich Lester liebkosend über Stirn und Augen und sagte:

»Perillán . . ., hör auf zu träumen, Perillán, oder wir träumen, daß du es wirklich bist.«

Die Gäste waren nicht gegangen. Um Leland bemühte sich der Alte mit dem Backenbart, dem ein anderer Aktionär, ein Jude mit spitzem Schädel, erklärte, daß sich Stoner in das Abenteuer mit den Bananenpflanzern gestürzt habe, weil ihn sein Dasein als Millionär anöde.

Nach und nach fand Leland wieder zu sich zurück. Sie hatte gelacht und geweint und war durch den Garten gelaufen. Die Gäste, die Anwaltszwillinge, alle umstanden sie, und sie trug einen Ring am Finger, den sie betastete, nicht zufrieden, ihn nur zu sehen. Es war kein Smaragd, es war ein Stück von dem Auge Lester Meads. Für sie blieb er Lester Mead.

Die Gäste brachen zum zweitenmal auf, das heißt, jetzt taten sie es wirklich. Diesmal, schon wieder gefaßter, reichte Leland den Herren die Hand zum Kuß. Alle gingen, sie gingen wahrhaftig.

»Ja, Liebste, in New York, in diesem Haus bleibt Lester Stoner, und Lester Mead kehrt mit dir auf die Plantage zurück. Darf ich dir etwas erzählen?«

»Alles, was du willst, mein Herz.«

»Auch ich ziehe Lester Mead vor. Lester Stoner ist der herzlose Millionär, ein Millionär, der sich nicht den Luxus geleistet hat, auf den Schuft zu verzichten; der Millionär aus dem Hotel ›Waldorf

Astoria‹, der Luxusjacht, der Rennpferde und gekauften Frauen; der Millionär, der beim Bakkarat und beim Roulett die tollen Einsätze gewagt, der achtlos das Geld verspielt hat, an dem der Schweiß schlecht bezahlter Arbeiter klebt; der Millionär, der Politik macht, um die Regierungen in den Ländern für sich einzuspannen, in denen er, gefräßig wie ein Polyp, operiert. Ich ziehe Lester Mead vor, der die Pflanzer in Genossenschaften organisiert, der die kleine Mühle für das Bananenmehl errichtete und der auch als Millionär die Liebe fand, als hätte Gott ihn auf die Stirn geküßt.«

»Ja, Schatz, Lester Stoner bleibt in New York, in diesem Haus, und zurück kehrt mein Narr, der auf den Plantagen lachte, mein kleiner Millionär, der jetzt wieder ein einfacher Arbeiter ist.«

»Ich wußte nicht mehr, was ich mit mir und meinem Geld anfangen sollte. Alles ekelte mich an. Da kam ich mit meinen Anwälten und einigen Aktionären überein, auf eigene Kosten die Bedingungen in den tropischen Gebieten zu untersuchen, unter denen die Tropical Platanera Company arbeitet. Und das Schlimme — nein, nicht das Schlimme, das Gute ist, daß ich hier nicht mehr leben kann und will. Ich bin mir gewissermaßen selbst ins Garn gegangen.«

»Mir auch.«

»Aber jetzt ins Bett, morgen müssen wir früh raus.«

»Vorher stelle ich aber noch ›Der Widerspenstigen Zähmung‹ ins Regal, damit alles an seinem Platz bleibt.«

16

Eine nackte Sonne, eine Sonne, so furchtbar, daß zwischen den Steinen die Spinnen hervorkrochen, nicht eine, sondern Hunderte, nicht Hunderte, sondern Tausende, unabsehbare Scharen von Spinnen, die aus dem Erdboden flüchteten, um nicht zu verbrennen. Tag und Nacht Backofenhitze und nicht ein Tropfen Regen. Die Menschen blieben stehen und blickten zum Himmel auf, verschwitzt, erstickt, trocken die Haut, trocken der Atem. Der Himmel war blaue Finsternis. Die von Hitze und Durst erschöpften Tiere brachen zusammen. Die Bäume schienen in diesem gewaltigen Scheiterhaufen Flammen ohne Glut zu sein, und die dürstenden Bananenstauden sogen aus dem Erdreich die letzte Feuchtigkeit. Der Chamá nahm schon die mit Kalkwasser gefüllten Töpfe und machte sich auf den Weg zum Totenacker. Nur er, sonst keiner auf der weiten Ebene, die bis an den gekrümmten Horizont reichte. Nur er, Schritt für Schritt, er und die Töpfe mit Kalkwasser. Auf dem Totenacker knirschte der Sand. Er mußte den Mittag des neunten März nützen. Man sah ihn den Friedhof betreten. Ihn allein. So allein, daß die halb eingegrabenen Toten ihn mit ihren kalten Feuerhänden hätten packen können, denn die Erde war wie ein Backofen, und die Toten hatten die Wärme der Lebenden. Ein Friedhof heißer Gebeine und grüner und rötlicher Fliegen, die summend wie Ventilatoren über einer Vegetation kreisten, die die Farbe uralten Haars hatte.

Er allein. So allein, daß die Toten mit ihm hätten sprechen können. Klein, in ein Gewand von der Farbe der Baumrinde gehüllt, in einen vom Regen aufgequollenen Fetzen, in dessen Gewebe sich Staubwolken festgesetzt hatten, bis es spröde, brüchig und faserig geworden war. Die weitärmelige Jacke bis zum Hals geschlossen. Das Gesicht gerahmt von kohlschwarzem Grind wie von einem Bart. Um zu sehen, öffnete er mühsam die in tiefen Falten begrabenen Augen, faltig die Augenlider, faltig die Stirn, wie Falten die Ohren; die Hände Falten mit Fingern, die Füße Falten mit Zehen.

»Sugusán, sugusán, sugusán«, murmelte der Chamá, als er den Totenacker betrat. Das Kalkwasser in den Töpfen schwappte über und bespritzte den Weg, bespritzte seine Füße. Weiße Tropfen, weiße Tröpfchen . . .

Langsam schritt er an den Gräbern am Eingang vorbei. Sugusán, sugusán, sugusán. Ließ die Gräber hinter sich, die nach der ersten Reihe kamen. Sugusán, sugusán, sugusán. Ließ auch die Gräber hinter sich, die denen folgten, an denen er vorüber war. Sugusán, sugusán, sugusán.

Seine faltige Maske verlor ihre Traurigkeit, wurde fröhlich. Er hob den Kopf, der mit einem Hut in Gestalt eines Pilzes, eines Krötenrückens bedeckt war. Da er die Lider fast nicht heben konnte, hob er den Kopf, um sehen zu können, hob ihn ruckhaft. Dann huschte er zu einem Steinhaufen, wo er die Töpfe mit dem Kalkwasser absetzte, hockte sich nieder und wartete lange, wer weiß worauf.

Ein Zeichen.

Sugusán, sugusán, sugusán.

Dem Chamá fielen die Augen zu, die Lider schlossen sich, aber er schlief nicht. Plötzlich erbebte er und sprang auf wie elektrisiert. Aus einem der letzten Gräber, dessen Erde noch frisch, dessen Holzkreuz noch neu, dessen Inschrift schön gemalt war, zog er einen Toten. Mit einem Streich hieb er ihm den Kopf ab und warf ihn in einen der Kalktöpfe. Dann ging er denselben Weg zurück. Er allein — sugusán, sugusán, sugusán —, er allein mit seinen beiden Töpfen voller Kalkwasser; dem einen, um die Spur zu verwischen, dem anderen mit dem Kopf des Hermenegilo Puac.

Zu Hause holte der Chamá Rito Perraj den Kopf des Toten aus dem Kalkwasser, den stinkenden, schweren, vom kühlen Kalk weiß gefärbten Kopf, zwischen dessen blauen Lippen die festen, körnigen Zähne hervorlugten. Gleich darauf tat er ihn wieder in den Topf. Wenn dieser Mond, der kein Wasser brachte, abnahm, würde er sich ans Meer begeben, aber den Kopf Puacs würde er zu Hause lassen, gen Osten gerichtet, auf der Matratze aus Sperberfedern.

Er nahm nicht den Hut ab, sondern das Dach des Ranchos, das er wie einen Strohhut über dem Pilzhut trug. Dann brach er auf, zwei Schritte links, zwei Schritte rechts, drei Schritte links, drei Schritte rechts, fünf Schritte links, fünf Schritte rechts, zehn Schritte links, zehn Schritte rechts, bis er ans Meer gelangte. Die Pfosten des Ranchos seine Rippen, seine Armknochen, seine Beinknochen. Die Grundsteine des Ranchos seine Füße. Und dann kam es, kam vom Meer her und zerstörte alles, was es auf seinem Wege fand.

»Der Wind hat eine Hütte mitgenommen«, sagten die Leute und versteckten sich, denn der Wind blies stark, immer stärker, wurde zum verheerenden, vernichtenden Orkan.

Hermenegilo Puac starb, weil er keinen hatte, gegen den er kämpfen konnte. Da blieb ihm das Herz stehen. Er starb, weil er keinen hatte, gegen den er hätte kämpfen können, denn als er sich entschloß, den Direktor der Bananengesellschaft zu töten, sagte man zu ihm: »Tötest du diesen Direktor, so kommt ein anderer, und tötest du den, kommt wieder ein anderer.«

Er grub sich die Fingernägel in das dicke Fleisch, das Fleisch der arbeitgewohnten Hände, und wußte nicht, was tun. Man müßte nach Chicago schreiben, an »die Herrschaften dort drüben«, die das letzte Wort hatten. Hermenegilo Puac wußte nicht, wo Chicago lag, aber er wäre zu Fuß hingelaufen, hätte er es gewußt, nur um dem Ruin zu entgehen, dem er dann doch nicht entging. »Wer sind denn diese Leute?« fragte er. Alle schienen es zu wissen, aber keiner konnte es ihm genau sagen. Chicago. Die dort drüben. Die Herren.

An dem Tag, an dem sie sich weigerten, ihm die Ernte abzukaufen, die Bananenbüschel, größer als ein mittelgroßer Mensch, weinte er und sagte: »Gringos! Hurensöhne. Haben etwas, was man nicht sieht, was einen aber erdrückt, etwas, wogegen man nicht kämpfen, das man nicht töten kann . . . Aber der Teufel soll's holen, wenn ich mich nicht trotzdem räche!«

Und er ging und suchte den Chamá Rito Perraj auf, damit der jenem ungreifbaren Willen eine unwiderstehliche Macht entgegenstellte, die alles zugrunde richten sollte. Der Chamá forderte sein Leben dafür, und er, Hermenegilo Puac, gab es ihm, und der

Chamá forderte seinen Kopf, und er, Hermenegilo Puac, gab auch den, nur Rache wollte er.

Eine Kraft, die alles vernichtet. Das forderte Hermenegilo Puac. Einen Wind, der aus der Tiefe der Erde blies. Pausenlos, stark und immer stärker, aus immer größerer Tiefe, der die Bananenstauden der Tropicaltanera entwurzelt, sie ausreißt für immer. Einen Wind, der die Zähne in die Erde schlägt, einen schmutzigen, salzigen Wirbelsturm, der selbst die Toten aus ihren Gräbern zerrt. Das forderte Hermenegilo Puac, der den Tod im Herzen trug und bereit war, Rito Bin Perraj seinen Kopf zu lassen. Wird der Wind alles verändern? Er wird es. Die Schienen werden sich winden wie Schlangen. Nichts wird an seinem Platz bleiben. Den armseligen Widerstand der Pflanzen gegen die entfesselten Elemente wird ein einziges magisches Element brechen, ein übernatürliches Element, geweckt durch den Zerstörungswillen des Menschen, ein Element, das die Meeresungeheuer zu Hilfe ruft, das an den Wurzeln reißt und an den Grundmauern rüttelt, an den Hufen der Tiere, den Füßen der entsetzten Menschen. Das forderte Hermenegilo Puac. Und die Sturmlawine wirbelnder Luft, bebenden Meeres würde kommen, über sie hereinbrechen, weil Hermenegilo Puac es von Rito Perraj forderte, der über den flüssigen und den steinernen Atem Huracáns und Cabracáns gebot.

Diese Nacht. Der folgende Tag. Die zweite Nacht. Der zweite Tag. Die dritte Nacht. Der dritte Tag. Die Eisenbahnwagen, die auf den Gleisen standen, begannen gegen ihren Willen zu rollen und sprangen aus den Schienen, während das brüllende Vieh herdenweise aus den Einfriedungen brach, nur damit blind dahinrasende Lokomotiven es einholten und entgleisten. Häuser lösten sich langsam von ihren Fundamenten, so stark blies der Wind. Durch die Luft sausten, erloschenen Sternen gleich, die Schöpfräder der Brunnen. Stählerne Türme wurden geknickt, Telegrafenmasten herausgerissen. Die Bananenplantagen wurden dem Boden gleichgemacht, zermalmt, in eine Stätte reglosen grünen Elends verwandelt.

In den Händen des Chamá Rito Perraj sprühte das weiche Metall des Orkans Zorn wie Schwertstaub. Vergebens suchten die Bananenstauden in der Erde Halt, aber die Luftmassen ergossen sich wie ein strudelndes Meer über sie, und dann gab es nur noch eins: sich von den Wurzeln lösen, zersplittern, schneller fallen, keinen Widerstand leisten, damit der Wind um so rascher käme, sie mit Häusern, Tieren, Zügen hinwegzufegen wie Unrat.

Die Präsidenten der Gesellschaft, die Vizepräsidenten, die Direktoren, die stellvertretenden Direktoren, die . . . sämtliche Vertreter der »Herrschaften dort drüben«, die weder Gesicht noch Körper, aber einen eisernen Willen haben, wälzten sich am Boden, blonde Ratten in weißen Anzügen, taumelten, die Brille vor den kurzsichtigen Augen, durch ihre wankenden Häuser, die jeden Augenblick fortgeschleudert, hinweggefegt zu werden drohten. Sie suchten den, der sich ihren Plänen entgegenstellte, der ihnen im Bund mit höheren Mächten die Stirn bot, sie vernichtete trotz aller Maßnahmen, die sie vorsorglich getroffen hatten, um gegen Schäden gefeit zu sein.

Der heiße, trockene Wind, beinahe flüssiges Feuer, stürzte nicht nur um, was ihm in den Weg trat, sondern dörrte es aus, so daß es wie Werg wurde; sog den Saft aus den gefällten Bananenstauden, als hätten sie viele, viele Tage in der Sonne gelegen.

Sugusán, sugusán, sugusán . . .

Der Chamá kehrte mit dem Kopf des Hermenegilo Puac auf den Totenacker zurück und grub ihn wieder ein. Die Kreuze waren zerbrochen, als der Orkan über die Gräber hinweggerast war. Von der Ortschaft, die den Friedhof mit Toten versorgte, waren kaum die Umrisse geblieben, das zerfetzte, feierliche, traurige Gerippe, eine Anhäufung von Häusern, denen das Dach fehlte oder die Vorderfront, als hätte man sie aufgeschlitzt, ihnen die Eingeweide, die Möbel, herausgerissen und auf die leeren Gassen geworfen, neben Ladeneinrichtungen und Etageren aus Kneipen, neben Kadaver von Katzen, Hunden, Hühnern, den Leichnam eines Kindes.

Sugusán, sugusán, sugusán.

Furcht bemächtigte sich der toten Dinge im Sog des Windes, der alles vor sich hertrieb, hierhin und dorthin, damit nichts, nichts, nichts an seinem Platz blieb. Was dennoch widerstand, mußte grausam leiden, wurde entsetzlich zugerichtet. Die Natur selbst schien sich zu ergeben, aber auch gemeinsame Sache mit dem Orkan zu machen, um die hohen Bäume zu retten, die mit ihren windgewordenen Zweigen immer wieder hochschnellten.

»Leland!«

Lester, der sich gegen den Wind zu seinem Haus durchkämpfte, wiederholte mechanisch ihren Namen.

»Leland!
Leland!«

Die Lust zu lachen kam ihn an, saß ihm unter der Haut, in den Nerven, den Adern, reizte ihm die Kehle, zerrte an seinen Halsmuskeln, sein schauerliches Lachen, mit dem er einst seinen Kram angekündigt hatte — »alles, was Sie für den Nähkorb brauchen« —, und er preßte sich die zur Faust geballte Hand auf den Mund, um nicht zu lachen, lachen, lachen.

»Leland!

Leland!«

Der Orkan riß ihn fast von den Füßen, die über den mit zerfransten Blättern bedeckten Boden stolperten; er klammerte sich an den Baumstämmen fest und kam nicht voran. Er warf sich auf den Boden, kroch auf allen vieren, kroch streckenweise auf dem Bauch weiter wie eine Schlange, um nach Hause zu gelangen, trotz des Sturms, der alle festen Gegenstände mit sich riß.

»Leland!
Leland!«

Das Gelächter von damals überkam ihn wie ein Erbrechen aus Lachen und Blut, er spürte es zwischen den Zähnen, würgte es hinunter, bis es wieder hochstieg, vermengt mit Wasser, zu Wind geworden, mit Meer, zu Wind geworden, mit Licht, zu Wind geworden, mit Bäumen, zu Wind geworden, mit Steinen, zu Wind geworden, der entfesselt blies, toll, rasend geworden, der nach Seeungeheuern roch, in dessen Heulen sich die Klage der auf der Erde ringsum sterbenden Kreatur mischte. Der Sturm ließ die Bananenstauden verschwinden, fegte sie vom Boden, warf sie in die Luft, wirbelte sie weit, in alle Himmelsrichtungen. Tische, Stühle, Betten zertrümmerte und verstreute er über viele Kilometer hinweg in Bäume, unter Brücken, in die aufgepeitschten Flüsse, die nicht mehr Wasser führten als sonst, aber unter den Stößen des Sturms wild hin und her wogten.

»Leland!
Leland!«

Wieder mußte er das Lachen bezwingen, als er inmitten des Sturmes endlich sein Haus erreichte und zwischen Pferd und Sulky seine Frau sah, die Haare zerzaust, die Kleider in Fetzen.

»Leland!«

Er warf sich auf sie, ein Sturmwind auch er. Sie berühren. Sie betasten. Sich vergewissern, daß sie noch da war, daß der Sturm sie nicht davongetragen, sie nicht zerschmettert, niedergeworfen, kraftlos, ohnmächtig gemacht hatte wie so viele, die irgendwo am Boden lagen, gleichgültige Kadaver auf dem Weg des Orkans.

»Leland!«

Sie antwortete nicht, stumm vor Entsetzen, zitternd bei dem Gedanken, daß dies ihre letzte Stunde sei, aber auch wieder ohne zu denken, denn sie fühlte es eher wie eine brutale Vergewaltigung, wie etwas Unvermeidliches, absolut Unvermeidliches, das gegenwärtig war, hier, bei ihr, in allem, was augenblicklich geschah und noch kommen würde . . .

Das Pferd stob davon, kaum daß es den steinernen Korral hinter dem Haus verlassen hatte, wo sich Hühnerhof, Remise und Pferdestall befanden. Der Wagen war ein Meteor, und Lester Stoner — die Gefahr gellte ihm seinen wahren Namen in die Ohren — war wieder ein römischer Wagenlenker wie auf lustigen Festen in den besten Tagen seiner Studentenzeit.

Aber hier waren es nicht Tausende von Zuschauern, die ihm applaudierten, sondern Tausende sturmgepeitschter Blätter, Zweige, deren tausend Zungen unaufhörlich gegeneinanderschlugen, den bitteren Triumph genießend, daß sie noch fest am Baum saßen und nicht wehrlos und willenlos durch die Lüfte trieben. Die Räder des Wagens begannen sich zu lockern. Sekundenlang meinten sie auf einem Rad zu fahren, weil das andere sich bereits löste. Aber zum Glück brach das Gefährt nicht zusammen, und so rollten sie weiter, flüchteten sie weiter, der Ortschaft zu, in der Hoffnung, zumindest das Haus Luceros zu erreichen. Verzweifelt klammerte sich Leland an Lester, wurde eins mit ihm, stand, den Kopf in seinem Rücken vergraben, hinter ihm, um ihn beim Kutschieren nicht zu behindern; aber der Arm, mit dem sie ihn umfaßte, um besseren Halt zu haben, war wie ein straffgespanntes Seil. Sollten sie fallen, dann würden sie gemeinsam fallen, sollte ihnen etwas zustoßen, dann ihnen gemeinsam, sollten sie sterben, dann gemeinsam. Windstoß auf Windstoß. Die Ohren dröhnten ihnen von dieser Welt in Bewegung, diesen Hunderten und aber Hunderten Bananenstauden, die vorbeiflogen, als hätten sich ihre Blätter in grüne Geierflügel verwandelt, um sie durch die Staubwolken zu tragen, die ihnen die Sicht nahmen. Als sie durch eine kleine Senke fuhren, prallte der Wagen gegen einen Stein, der mitten auf den Weg gerollt war. Sie landeten nach einem furchtbaren Sturz mitsamt den Ledersitzen auf dem Boden. Lester, noch immer die Zügel in der Hand, fiel mit dem Rücken auf Leland, über deren Gesicht von der Stirn bis zum Ohr ein schrecklich klaffender Riß lief. Sie empfand jedoch keinen Schmerz, nur Angst, Angst vor dem Letzten, das unmittelbar bevorzustehen schien, das immer näher kam, denn die Hoffnung zu überleben war gering, jetzt, da sich große Felsbrocken in Bewegung setzten, um sie zu überrollen wie schweigende Welten . . . Das Pferd war weiter unten von einem riesigen Baum zerquetscht worden, den jählings ein Felsen, der auf den Abgrund zurollte, gefällt hatte. Das arme Tier, dem gleichzeitig alle vier Fesseln brachen, stürzte auf die Knie, wie vom Blitz getroffen, ein klägliches Wiehern, eine Blutlache.

Obgleich Lester die Gegend vertraut war, verlor er in diesem Inferno, in seiner Angst um Leland, die Orientierung. Wäre er allein gewesen, er hätte gewußt, wohin er hätte kriechen müssen. Aber da war Leland . . .

Er richtete sich halb vom Boden auf, wo sie ausgestreckt lagen, um nicht weggeweht zu werden, ausgestreckt und fest an die Wurzeln geklammert, und stellte fest, daß sie unweit der Gambucino-Höhlen waren, etwa eine halbe Meile vom Hause Luceros entfernt.

»Der Orkan hat ein großes Gebiet betroffen«, hieß es im Bericht des Meteorologischen Instituts. Wer wußte es besser als der Chamá, wer besser als das kalkweiße Totenhaupt des Hermenegilo Puac, das schon wieder auf dem Friedhof lag und zähnebleckend über die Gringos lachte, über ihre Macht, über ihre Maschinen, über die »feinen Herrschaften dort drüben«, jene unsichtbaren Köpfe, die sie beherrschten, die in Wirklichkeit nicht einen, zwei oder drei Köpfe für sich darstellten, sondern den aller Aktionäre, den Wasserkopf des Grünen Papstes. Der kalkweiße Totenschädel des Hermenegilo Puac lachte auf über die Millionen Bananenstauden, die der Sturm aus dem feuchten Erdreich gerissen und durcheinandergekegelt hatte.

Sie waren auf eine kleine Senke zugekrochen, die der Boden bildete, und hier kamen sie voran, ohne zur Erde geschleudert zu werden, gebückt, ganz gebückt, um den Kopf nicht dem Sturm auszusetzen, der mehr von der Seite als von vorn blies, einer hinter dem anderen, mit kleinen schwankenden Schritten wie Betrunkene. Als sie die Gambucino-Höhlen erreicht hatten, brach Leland mit einem winzigen Klagelaut zusammen. In der Atmosphäre, die trüb war wie Salzwasser, glich ihr Gesicht unter der goldgrünen Haarkrone weißem geronnenem Wachs. Lester hatte einen der Sitze des Wagens mitgeschleppt, und während er ein Taschentuch suchte, um das Blut abzuwischen, das seiner Frau hinter dem Ohr hervor über den Hals rann, bettete er ihren Kopf auf jenen Wust von Roßhaar und Leder.

Die Schatten gespenstischer Bäume, die nicht mehr existierten, hier aber Gestalt annahmen, begannen, die Höhle zu füllen, schlichen heran gleich riesigen Tieren. Was es damit auf sich hatte, wußte Lester von der Sarajobalda. In Sturmzeiten dringen die Schatten der Bäume, die vor vielen Jahren gefällt worden waren, wie Schemen in die Gambucino-Höhlen ein, und wehe dem, den sie dort antreffen. Sie saugen ihm alles Leben aus dem Leib, so daß nichts von ihm übrigbleibt als eine Puppe aus Haut und Knochen. Lester riß die grünen Augen auf, als sähe er ein wildes Tier herankriechen, erstickte in seiner Kehle das Lachen, das ihm aus der Brust hochstieg wie eine Zahnradbahn, und schrie:

»Leland! Leland!«

Die Schatten der gewaltigen Bäume, Mahagonibäume, Ebenholzbäume, Matilisguatebäume, Chicozapotebäume, Guayacanbäume, die nicht mehr existierten, gespensterten immer näher, drangen mit den Bewegungen von Tieren, von Wogen schwerer See in die Höhle ein.

»Leland, laß uns fliehen, die Schatten dringen ein!« rief Lester aus und wies mit starrem Finger ins Leere. »Sieh, wie sie wachsen, sich ausbreiten, uns in die Enge treiben, gleich werden sie uns fassen, und wenn sie uns umschlingen, saugen sie uns aus, so daß man morgen hier nur noch zwei Puppen auf Haut und Knochen findet!«

Sie flohen so ungestüm aus der Höhle, daß Leland sich den Rock bis zum Schenkel aufriß, hasteten weiter dem Hause Luceros zu, zwischen hohen Stämmen hindurch, in deren Kronen der Widerschein des Tages zitterte wie die Erde, hasteten weiter, in den Augen das Wissen um den nahen Tod, ständig bedroht von den gewaltigen Felsbrocken, die der Wind wie Unrat vor sich hertrieb.

Keuchend, mit tauben Füßen, wie Automaten, erreichten sie eine waldgeschützte Stelle in der Nähe von Luceros Haus. Dort machten sie halt. Der heiße Staub, der vom Boden aufwirbelte, nahm ihnen die Sicht. Dennoch erkannten sie, was in Sekundenschnelle, sie streifend, sie beinahe verletzend, vorbeisauste: einen Lastwagen, der wie das Dach eines Hauses aussah. Er rammte einen Telegrafenmast, der noch im Fallen hartnäckig seine Drähte festhielt, einen Mast oder eine Hand, die zu sagen schien: Seht, ich habe die Leitungen nicht losgelassen. Ihm folgten eine Rinderherde, steifbeinig, mit hängenden Schwänzen, die Haut hart gepeitscht vom Sturm, ein Stück Mauer, auf dem »Knabenschule« stand, und lustig trudelnde Bänke und Wandtafeln, die den Eindruck machten, als genössen sie nach Herzenslust die große Pause. Alles das war zwischen Tausenden von Bananenstauden verstreut, die nicht aus der Erde gerissen, sondern vom Himmel gefallen, herabgeregnet schienen.

»Leland, hier wollen wir bleiben, hier wollen wir abwarten, bis alles zu Ende ist, denn es ist alles zu Ende. Ich habe es gewußt . . .«

Der Wind pfiff durch die Bäume, hinter denen sie Schutz gesucht hatten, und rings um sie tobte der Sturm der Vernichtung. Ein Gartenschirm, an dem ein Stück Bank hing, überschlug sich wie ein Riesenvogel mit gebrochenen Schwingen, Trümmer bunter Stühle, Küchengeräte, die Reste eines Schlafzimmers polterten vorbei, kamen einen Augenblick zur Ruhe, wenn sie am Boden zerschellten, und wurden dann weitergetrieben, zusammengekehrt zu einem riesigen Schutthaufen. Der Schirm stammte aus dem Garten Tury Duzins. Eine menschliche Gestalt, gleich einer Strohpuppe, wild zappelnd wie ein Tier in der Falle, schoß vorbei. Sie konnten nicht erkennen, wer es war, aber nahebei hörten sie den gellenden Schrei einer Frau. Und dann Stille, Stille und das gleichmäßige Heulen des Sturms. Hühner mitsamt den Ställen, Taubenschläge, aus denen schreckgeweitete Augen starrten, Schränke und flatternde Kleider, die heraushingen wie Eingeweide, Spiegel, in denen die von der Katastrophe geprägten Gesichter zersprangen, und Blütenblätter, die der Orkan wie Papierfetzen durcheinanderwirbelte . . .

Sie sahen nichts mehr. Atemlos, mit stockender Stimme wiederholte Lester: »Leland, wir wollen hier bleiben, wir wollen hier abwarten, bis alles zu Ende ist, denn es ist alles zu Ende. Ich habe es gewußt.«

Pferde, Pferde, Pferde galoppierten vorbei und wirbelten Wolken von Staub auf, der sich unbestimmbar mit dem Licht der wie Salzwasser trüben Atmosphäre mischte. Man ahnte sie nur, man sah nur Staub und die Umrisse fliehender Tiere, denn der pfeifende Sturm übertönte das Klappern der Hufe. Gleichzeitig ließ eine Sturzwelle Benzin darauf schließen, daß die Tanks gesprungen waren, in denen der Brennstoff lagerte.

Leland war wie erstarrt. Manchmal schluckte sie, weil ihre Kehle trocken war, manchmal verzog sie das wachsbleiche Gesicht, wenn der Schmerz, den sie empfand, ein unbestimmter, undefinierbarer Schmerz, sie überwältigte. Sie faßte es nicht. Daß es so enden mußte! Von oben bis unten bedeckt mit Staub, drückte sie sich an ihren Mann, um ihn fühlen zu lassen — denken und sprechen konnte sie nicht mehr —, daß sie beieinander waren, daß sie sein war, sein im Sturm, sein für immer. Und Lester wiederholte:

»Leland, hier wollen wir bleiben, hier wollen wir abwarten, bis alles zu Ende ist, denn es ist alles zu Ende. Ich habe es gewußt . . . Ich habe gewußt, daß eine große Dunkelheit auf uns wartet, eine Zeit ohne Zeit, ein Orkan in der Hand einer Meereskröte, schrecklich rachsüchtig . . . So wie der hier . . . schrecklich rachsüchtig . . . ein Aufstand der Elemente . . . Denn am Ende ist das, alles das Sturm, nichts als Sturm, der heulende, tobende Sturm, der nicht aufhört . . .«

Sein Rücken, die Bäume, die sternlose, finstere Nacht, die plötzlich hereinbrach, wie ein Block aus Finsternis.

»Leland, ich habe es gewußt, ich habe gewußt, daß eine große Dunkelheit auf uns wartet.«

Sie sahen einander nicht einmal mehr an. Sie sahen einander nicht einmal mehr an. Nur lauschen. Das war alles. Nur lauschen. Und nicht einmal mehr das. Nicht einmal mehr lauschen. Wozu? Um zu hören, wie das Meer gegen sie vordrang? Denn jetzt war Dunkel um sie, völliges Dunkel, und sie wähnten sich in einer gewaltigen Zunge, die sich zum Sprechen krümmte, aber immer nur den einen fürchterlichen Laut hervorbrachte, in einer gewaltigen Zunge heißen Meeres, das Wind geworden war, der, wo er auftrat, mit entfesselter Kraft peitschte, fegte, dörrte, fortriß, lichtete.

»Leland, bleiben wir hier, warten wir hier ab, bis alles zu Ende ist, denn es ist alles zu Ende. Ich habe es gewußt, ich habe gewußt, daß eine große Dunkelheit auf uns wartet.«

Vor Leland öffnete sich ein einziger Abgrund, ein tiefer Abgrund der Erschöpfung, in den sie sich gleiten fühlte, als sie sich nicht länger auf den Füßen halten konnte; mit dem Rücken lehnte sie an dem Baumstamm, der starr vor Entsetzen war wie sie selbst. Ihr schien, daß sie sich von dem eigenen Körper löste, der noch immer an dem riesigen Baumstamm lehnte, während sie selbst niederfiel, nicht anders als eins der armen Tiere, die sie auf der Flucht hatten zusammenbrechen sehen, gefesselt vom Tod, der sie hier erwartete, gerade hier, gerade jetzt ... Ja, sie löste sich von ihrem Körper und sank müde, todmüde, todesmatt immer tiefer bis zu ihren Füßen, und dann kam das übrige herunter, die Materie, und nun waren Körper und Mattheit ein einziges regloses Ding, ganz und gar dem Willen Gottes anheimgegeben.

»Leland! Leland! Leland!«

Mead rief sie an, rüttelte sie mitleidslos, als wäre auch ihm der Orkan in den Leib gefahren. Seine heißen Hände tasteten sie ab, er wollte unter der vollen Brust das Herz spüren, schmerzhaft griff er zu, liebkoste sie nicht wie sonst, suchte unter ihrer Brust, was er nicht spüren konnte, weil seine Hand zitterte ... Da war es, endlich, da, da, da ...

»Leland!« Er beugte sich über sie, um sie zu küssen; seine Zähne schlugen gegen die ihren, leise, flüsternd fast, wiederholte er: »Ich habe es gewußt, ich habe gewußt, daß eine große Dunkelheit auf uns wartet.«

Er wachte an ihrer Seite. Aus Zweigen bereitete er ihr ein Lager, hob sie vorsichtig hoch und bettete sie bequemer, denn sie lag da, abgeknickt wie der Ast eines Baumes.

»Leland!« Er klammerte sich an sie mit geschlossenen Augen. »Leland, vielleicht morgen ...« Er hob die Hand und entfernte einen schwarzen Zweig, einen Zweig mit dunklen Trauerblättern, der ihm auf die Stirn geweht war. Die Hand ... schon nicht mehr sein ... war zu Boden gefallen mit dem Zweig, den sie weggewischt hatte ... Er hatte keine Hände mehr und keine Füße, hatte sie abgestreift wie ein Paar abgetragene, alte Schuhe.

EPILOG

»Hier haben sie sich kennengelernt, und hier bleiben sie«, entschied die schwarzgekleidete Doña Roselia, die Witwe Adelaido Luceros, mit verweinten Augen, roter, verschwollener Nase und vom Unwetter, den vielen angsterfüllten Stunden aufgesprungenen Lippen. Sie sagte es so, daß der alte Gerichtsdiener, der zugleich Bürgermeister und Friedensrichter war, nicht zu widersprechen wagte.

»Hier haben sie sich kennengelernt, und hier bleiben sie.«

Um die Tragbahren aus frischen Blättern, auf denen man sie hergebracht und die man auf dem Hof abgestellt hatte, schnüffelten gleichgültig hungrige Hunde, die nichts zu fressen fanden, aber Doña Roselia holte flink das Bett aus der guten Stube und legte die beiden darauf. In ein Bett, weil sie nicht zwei Betten hatte. Nebeneinander, im Tode vereint, eisig, als hätten sie ihre Gesichter und Hände auf einem hohen Berg dem Vollmond preisgegeben. Roselias Söhne waren unterwegs und halfen, wo sie konnten. Wie viele Dinge hatte der Sturm ins Meer geschleudert! Wie viele Lebewesen trieben auf dem Wasser oder waren Opfer der Haie geworden! Sie würden sich in leuchtende Smaragdsplitter verwandeln, in schaumig blitzende Nixenschwänze, in Sonnengefunkel oder glitzernde Tautropfen im Bananenhain.

Jemand sprach von den Häusern unten am Hang. Häuser? Die gab es nicht mehr. Nur noch die Stellen, an denen sie einmal gestanden hatten. Auch von dem Bungalow der Meads war nichts geblieben, nur ein kahler, öder Platz, über den ein wütender Besen gefahren war, der das bezaubernde Häuschen hinweggefegt hatte.

Reglos standen die Freunde, die Luceros, die Cojubules, die Ayuc Gaitanes vor den beiden Toten, und die Luft rings um sie war dunstig, schwer von Feuchtigkeit und noch immer voller Drohung.

Doña Roselia ließ neben dem Grab ihres Mannes ein Viereck ausheben, auf dem Friedhof, wo der kalkweiße Totenkopf des Hermenegilo Puac grinsend die Zähne bleckte. Und zusammen mit ihm entblößten drei andere grinsend ihre gelben Maisgebisse: Rito War Perraj, Rito Bin Perraj und Werdesein Perraj. Als man die Toten ins Grab senken wollte, kam der Friedensrichter wieder und verlangte, sie ihm herauszugeben. Sie sollten auf einem Friedhof im Ausland beigesetzt werden.

Auf denselben Bahren, auf denen man sie nach Semírames gebracht hatte, trugen die Freunde die in weiße Laken gehüllten Leichname Lester Meads — unter diesem Namen kannten sie ihn — und seiner Frau Leland Foster zur Bahn. Unter einem der

Laken lugte eine schimmernde Haarsträhne grünen Goldes hervor. Ganz langsam, fast geräuschlos, fuhr der Zug über einen Friedhof gefällter, zerspellter, zerfetzter Bananenstauden.

Guatemala de la Asunción
Januar—April 1950